Melissa Foster

Schenk mir dein Herz

Die Bradens & Montgomerys
(Pleasant Hill – Oak Falls)

DIE AUTORIN

Melissa Foster ist eine preisgekrönte *New-York-Times-* und *USA-Today*-Bestsellerautorin. Ihre Bücher werden vom *USA-Today-Bücherblog*, vom *Hagerstown Magazin*, von *The Patriot* und vielen anderen Printmedien empfohlen. Melissa hat mehrere Wandgemälde für das *Hospital for Sick Children*, eine Kinderklinik in Washington, D. C., gemalt.

Besuchen Sie Melissa auf ihrer Website oder chatten Sie mit ihr in den sozialen Netzwerken. Sie diskutiert gern mit Lesezirkeln und Bücherclubs über ihre Romane und freut sich über Einladungen. Melissas Bücher sind bei den meisten Online-Buchhändlern als Taschenbuch und E-Book erhältlich.

www.MelissaFoster.com

Melissa Foster

Schenk mir dein Herz

Die Bradens & Montgomerys

LOVE IN BLOOM – HERZEN IM AUFBRUCH

Aus dem Amerikanischen von Anna Wichmann

Sollte dies Ihr erstes Buch der Reihe sein, sollten Sie wissen, dass sich jede meiner Liebesgeschichten unabhängig von den anderen lesen lässt. Stürzen Sie sich also einfach unbeschwert in dieses witzige und heiße Abenteuer! Falls Sie schon mehrere der Bücher gelesen haben, erinnern Sie sich vielleicht daran, Aubrey Stewart in *Alles für die Liebe* und ihrem Helden Knox Bentley in *Pfade der Liebe* bereits begegnet zu sein. Getrennt voneinander sind Aubrey und Knox sture, witzige und sexy Charaktere, aber sobald sie aufeinandertreffen, brennt die Luft!

Aubrey ist eine der Ladies Who Write und eine der drei Inhaberinnen von LWW Enterprises. Außerdem ist sie eng mit den Montgomery-Schwestern und Charlotte Sterling befreundet, und mir war klar, dass die Braden-Montgomery-Welt ohne ihre und Knox' Geschichte nicht vollkommen sein würde. Daher hoffe ich, dass Ihnen die Reise der beiden so großen Spaß macht wie mir.

Abonnieren Sie meinen Newsletter und bleiben Sie immer auf dem Laufenden über alle Neuerscheinungen:
www.MelissaFoster.com/Newsletter_German

Über die Reihe »Love in Bloom – Herzen im Aufbruch«

Die Serie über die Bradens und die Montgomerys ist nur ein Teil der Reihe »Love in Bloom – Herzen im Aufbruch«, meiner großen Sammlung von Liebesromanen, in denen die Mitglieder weit verzweigter Familienclans die Hauptrollen spielen. Alle Geschichten können als Einzelroman oder Teil der jeweiligen Serie gelesen werden. Und darauf können Sie sich verlassen: Am Schluss eines Romans bleibt keine Frage offen und kein Problem ungelöst. Figuren aus den einzelnen Serien tauchen auch in späteren Büchern immer wieder auf, sodass Sie keine Verlobung, Hochzeit oder Geburt verpassen. Eine vollständige Liste aller Serientitel sowie eine Vorschau auf kommende Veröffentlichungen finden Sie am Ende dieses Buches und auf meiner Website:
www.MelissaFoster.com/Herzen-im-Aufbruch

Über die Ladies Who Write (LWW)

Ich gehöre tatsächlich einer fantastischen Gruppe von Autorinnen namens Ladies Who Write an, und wir haben eine gemeinsame Welt geschaffen, in der unsere Geschichten spielen. Die Bücher *Schenk mir dein Herz* und *Alles für die Liebe* spielen sowohl in der LWW-Welt als auch in der Welt der Bradens & Montgomerys. In beiden Bänden lernen Sie weitere LWW-Mitglieder kennen, deren Geschichten von mir und den anderen Autorinnen der echten Ladies Who Write geschrieben werden. Auch in einigen anderen meiner Bücher finden sich Bezüge zu LWW, zum Beispiel in *Von der Liebe umarmt*. Mir bereitet es ein riesiges Vergnügen, Erzählwelten zu verknüpfen, also wird es in Zukunft sicher noch einige LWW-Geschichten geben!

Mehr Informationen über unsere Autorinnen-Gruppe und die aktuellen Veröffentlichungstermine der LWW-Titel bekommen Sie auf www.LadiesWhoWrite.com, wo Sie auch unseren Newsletter (in englischer Sprache) abonnieren können.

Eins

Aubrey erwachte mit dem herben, verlockenden Duft von *Oud Wood*-Aftershave und Sex in der Nase. Sie fuhr mit den Fingern über die teure Hotelbettwäsche und genoss das angenehme Gefühl, das sich nach ihrem One-Night-Stand mit Knox Bentley in ihr ausbreitete. Sie hatten sich bei der Wohltätigkeitsveranstaltung gestern Abend getroffen und waren im Anschluss zusammen im Hotel gelandet. Es fühlte sich gut an, mit geschlossenen Augen dazuliegen, seinen kräftigen Arm um ihre Mitte und seine Erektion an ihrem Hintern zu spüren, während er sich an sie kuschelte.

Kuschelte?

Sie riss die Augen auf. Kuscheln stand bei ihr nicht zur Debatte. Das war noch intimer als Sex. Kuscheln setzte eine tiefere Verbindung voraus – das Verlangen, den anderen zu beschützen. Als eine der Gründerinnen von LWW – Ladies Who Write Enterprises, einem Multimedia-Konzern, und Leiterin der Film- und Fernsehabteilung musste Selfmade-Milliardärin Aubrey Stewart jedoch ganz bestimmt nicht beschützt werden. Höchstens vor ihrem gefährlich attraktiven und viel zu frechen Bettgenossen, dessen Erektion gerade immer härter wurde, während er sich an sie drückte und verführerische

1

Geräusche von sich gab, bei denen ihr Herz schneller schlug.

Grundgütiger …

Knox presste die warmen Lippen auf ihre Schulter, drehte sie auf den Rücken und sah ihr tief in die Augen. Verlangen brandete in ihr auf. Es war kaum zu fassen, wie wenig er tun musste, um sie zu erregen. Ein begieriges Geräusch, ein Hauch seines teuren Aftershaves. Sogar ein Blick in seine sündigen karamellfarbenen Augen bewirkte bereits, dass sie wie ein Teenager Schmetterlinge im Bauch hatte. All diesen Details schien das Versprechen dunkler Verlockungen innezuwohnen, und wenn sie alle zusammenkamen, war es jedes Mal um sie geschehen.

Sie hatte in dieser Woche noch unzählige Dinge zu erledigen, bevor der Wintersturm, der bereits die Küste heraufzog, über sie hereinbrechen würde, und Knox' große, kräftige Hand, die über ihren Oberschenkel wanderte, half ihr nicht gerade dabei, hier einen schnellen Abgang hinzulegen.

»Ich weiß wirklich nicht, was bei diesen Wohltätigkeitsveranstaltungen über mich kommt. Es ist unfassbar, dass wir das schon wieder getan haben«, flüsterte sie atemlos und versuchte, sich ihm zu entwinden, bevor sie sich abermals in ihm verlor und ihre Pläne für diesen Tag in den Wind schoss.

Er drückte ihren Oberschenkel und hielt sie dort fest, wo er sie haben wollte, während sich ein Grinsen auf seinem Gesicht ausbreitete. »Ich bin über dich gekommen, Babe. Wie solltest du all dem hier auch widerstehen?« Er deutete auf seinen prachtvollen, knackigen nackten Körper. »Aber eigentlich dürfte dich das nicht überraschen.« Sanft strich er ihr mit den Bartstoppeln über die Wange. »Wir gehen seit über zwei Jahren nach Wohltätigkeitsveranstaltungen und anderen Geschäftsevents miteinander ins Bett, also tu nicht so, als wäre das eine Ausnahme. Manche Menschen würden sogar behaupten, wir hätten eine Beziehung.«

»In deiner Welt vielleicht.«

Sie hatte Beziehungen schon vor langer Zeit aufgegeben. Männer fühlten sich von ihrem Erfolg entweder eingeschüchtert, waren gelangweilt oder benahmen sich selten dämlich. Und wenn es um Sex ging, hatte Knox sie im Grunde genommen für jeden anderen Mann verdorben, auch wenn sie das ihm gegenüber niemals zugegeben hätte. Sie hatte fast den Verstand verloren, als er geschäftlich nach Belize reisen musste und letzten Endes mehrere Monate dortgeblieben war.

»Seit zwei Jahren? Das kann doch nicht stimmen.« *Oder?* Sie dachte an ihre erste Begegnung zurück, und verdammt ... Er hatte recht. Aubrey hatte den rebellischen Milliardär bei ihrer Arbeit für eine Stiftung kennengelernt. Den Gerüchten zufolge war Knox als der Sohn von Griffin Bentley, einem bekannten Risikokapitalgeber und Immobilienmogul, seit seiner Kindheit darauf vorbereitet worden, irgendwann einmal die Geschäfte seines Vaters zu übernehmen. Er war in Elitekreisen für seine Umweltschutzbemühungen und die beachtlichen Spenden für Kinderhilfsorganisationen bekannt – ebenso wie für seine entschiedene und unverhohlene Trennung vom Familienunternehmen. Aubrey wusste ganz genau, wie es war, sich von einem Familienerbe loszusagen, auch wenn ihr Hintergrund völlig anders aussah. Ihre Mittelklassefamilie war in Port Hudson, New York, verwurzelt, wo ihr Vater als Footballcoach an der Boyer University arbeitete und ihre Mutter mit Feuereifer Events der Highschool und College-Sportveranstaltungen sowie After-Partys organisierte, obwohl ihre Kinder längst erwachsen waren. Bei zwei älteren Brüdern, die nach Footballstars benannt worden waren und heute in der NFL spielten, war es nicht gerade leicht gewesen, ihrem Ruf als *das Mädchen aus der Footballfamilie* zu entkommen.

Sie liebte ihre Familie und sie liebte Sportereignisse, hatte jedoch als Teenager davon geträumt, sich irgendwie befreien und beweisen zu können. Diese Gemeinsamkeit war es, die ihr Interesse an Knox geweckt hatte. Sein unfassbar gutes Aussehen und sein Sinn für Humor hatten natürlich auch ihren Teil zu dieser Faszination beigetragen, und nach der ersten Nacht zudem die Tatsache, dass sie sich keinen besseren Liebhaber vorstellen konnte …

Er holte sie mit Küssen auf ihren Hals in die Gegenwart zurück und ließ die Hand langsam über ihren Oberschenkel wandern. »Ich muss langsam los und mir noch andere Hotels für eine anstehende Filmproduktion ansehen.«

»Wenn ich mich recht erinnere, hat *Mrs. Robinson* es nie so eilig gehabt.«

Sie funkelte ihn wütend an. »Du bist nur vier Jahre jünger als ich, also komm mir jetzt nicht auf die Tour.«

Als seine Fingerspitzen ihre Scham streiften, entfuhr ihr ein begieriger Seufzer.

»Du kennst doch meine Tour, Babe, und scheinst sie letzte Nacht mehrfach genossen zu haben.«

Babe? Das war neu. Sie ließ es ihm durchgehen, denn sie musste sich die Tatsache eingestehen, dass sie die letzte Nacht nicht einmal dem Alkohol in die Schuhe schieben konnte. Tatsächlich war sie seit dem College nicht mehr betrunken gewesen. Außerdem genoss sie es bei Knox viel zu sehr, alle Sinne beisammenzuhaben, um jede leidenschaftliche Sekunde mit ihm auskosten zu können.

Er senkte den Kopf und drückte die warmen, weichen Lippen auf ihre Brust. Aubrey schloss die Augen und gab sich ganz diesem Gefühl hin. Er war ein wirklich talentierter und freigiebiger Liebhaber, und sie gönnte sich einige weitere Augenblicke voller Wonne, bevor sie sich wieder der wirklichen Welt stellen musste.

»Das ist schon besser«, murmelte er mit rauer Stimme.

Er saugte ihre Brustwarze in den Mund und fuhr mit den Zähnen sanft über die steife Spitze. Sie konnte das Stöhnen nicht unterdrücken, als Schmerz und Lust gleichermaßen durch ihren Körper zuckten. Wenn sie nicht schnellstmöglich aufstand, würde sie heute garantiert nicht mehr zu den Hotels fahren, die ihre Assistentin Becca für sie herausgesucht hatte. Das Wetter in den ländlichen Gegenden konnte Ende Januar schnell umschlagen und es war ohnehin schon eine Kaltfront unterwegs. Sie schloss die Augen, um ihre ganze Kraft zusammenzunehmen und die Sache zu unterbinden, als Knox seine Härte an ihrem Oberschenkel rieb und ihre verräterischen Hüften sich wie aus eigenem Antrieb von der Matratze hoben, als wollten sie um mehr betteln.

Ihr Handy auf dem Nachttisch vibrierte und machte den Zauber schlagartig zunichte. Sie schob seine Hände weg und schwang die Beine mit lautem Seufzer über die Bettkante. Knox schmunzelte, als sie nach ihrem Handy griff – und streckte die Arme nach ihr aus, schlang sie um ihre Taille und bedeckte ihre Hüften und ihren Rücken mit Küssen.

»Ist das jetzt dein Ernst? Es ist Sonntag, du Workaholic«, sagte er, während sie Beccas Nachricht las.

»Wie gesagt, ich muss noch ein paar potenzielle Locations besichtigen, und zwar ab heute. Nächsten Sonntag ist der Super Bowl. Meine Eltern feiern eine Riesenparty, die will ich nicht verpassen.«

»Oh, das hört sich gut an. Brauchst du einen Begleiter?«

Er schob ihr eine Hand zwischen die Beine und umfing mit der anderen eine Brust, was es ihr sehr erschwerte, sich zu konzentrieren. »Knox ...« Das Flehen nach mehr in ihrer Stimme war nicht zu überhören.

Das ist doch lächerlich.

Sie zwang sich, die Nachricht zu lesen. *Soll ich die Treffen für heute absagen, damit du im Bett bleiben und morgen durch und durch befriedigt und lächelnd da auftauchen kannst?*

Nein!, antwortete sie, während sich Knox die größte Mühe gab, sie um den Verstand zu bringen. Aubrey hätte Becca nie gestehen dürfen, dass sie etwas mit Knox angefangen hatte, aber ihre überaus aufmerksame Assistentin hatte die Veränderung an ihr sofort bemerkt, die sie als *Knox-Aubrey* bezeichnete, sobald sie das erste Mal mit ihm im Bett gewesen war. Da war Aubrey nichts anderes übrig geblieben, als es zuzugeben, sonst hätte Becca ihr ewig mit unerbittlichen Fragen in den Ohren gelegen.

Becca antwortete sofort. *Ich musste bei deiner Nachricht gerade die Augen verdrehen. Jeder weiß doch, dass du gestern mit Knox im selben Zimmer verschwunden bist. Presley und Libby meinten, ich soll deine Termine absagen, obwohl sie genau wussten, dass du einen Anfall kriegen wirst. Allein dafür, dass ich dich überhaupt frage, habe ich eine Gehaltserhöhung verdient.*

Aubrey und Knox hatten nie zu verbergen versucht, dass sie etwas miteinander hatten, und ihre Geschäftspartnerinnen und besten Freundinnen Presley Cabot, die die Verlagsabteilung von LWW leitete, und Libby Warren, die Leiterin der Abteilung für wohltätige Zwecke, waren am Vorabend ebenfalls auf dem Event gewesen. Selbstverständlich wussten sie daher von der gemeinsamen Nacht. Allerdings kannten sie sie auch gut genug, um zu erkennen, dass sie für einen Mann nie die Arbeit vernachlässigen würde.

Allerdings hatte Becca recht: Sie hatte tatsächlich eine Gehaltserhöhung verdient, jedoch nicht für diese Frage. Vielmehr war die Frau effizient, hatte eine tadellose Arbeitsmoral und, was gar nicht genug zu würdigen war, sie nahm Aubreys hohe Ansprüche stets mit Humor in Kauf. Die einzigen Nachteile an ihr waren, dass sie heißer als die Sünde war, was bedeutete, dass jeder männliche Klient Becca mehr Beachtung schenkte als dem Geschäft, und dass sie Aubrey viel zu gut kannte. Becca merkte immer, wann Aubrey eine zu lange Durststrecke hatte.

Und sie kannte das beste Heilmittel.

Nämlich den Mann, der gerade eine Hand auf ihr Handy legte und sie mit der anderen an sich zog, um sie leidenschaftlich zu küssen.

Als sie sich endlich voneinander lösten, um Luft zu holen, stieß Aubrey hervor: »Ich muss jetzt wirklich los.«

»Bei dir kann ein Mann richtig Komplexe kriegen, wenn du dein Handy seinem besten Stück vorziehst.«

»Kann dein bestes Stück für mich die Hotels überprüfen? Das könnte in der Tat interessant werden«, zog sie ihn auf, beugte sich vor und küsste ihn noch einmal. Er sah einfach umwerfend aus mit seinem dichten dunklen Haar und den sexy hellbraunen Augen, die so lüstern blicken konnten, dass einem das Höschen in Flammen aufging. Gleichzeitig konnte er in seinen Ausdruck aber auch so viel Professionalität legen, dass selbst der gerissenste Geschäftsmann sich zu einem Deal bewegen ließ. Sein sorgsam gepflegter Dreitagebart hätte bei jedem anderen Mann zu hochglanzpoliert gewirkt, doch Knox hatte eine so verwegene Ausstrahlung, dass sie das wieder wettmachte. Sein ebenso rebellisches wie atemberaubendes Lächeln war die Krönung des Ganzen und verlieh ihm etwas

Einzigartiges.

Als er den Kuss vertiefen wollte, stemmte sie eine Hand gegen seine Brust. »Unter der Dusche. Wir müssen multitasken.«

Ein Grinsen umspielte seine Lippen, als sie ins Bad gingen. Während das Wasser warm wurde, erzählte sie ihm von den Hotels zwischen Virginia und New York, die für ihren anstehenden Dreh infrage kamen.

»Hast du denn keine Untergebenen, die das für dich erledigen können?«

»Normalerweise schon.« Sie hielt eine Hand in den Wasserstrahl, um die Temperatur zu überprüfen, und stellte wieder einmal fest, dass Knox der einzige Mann war, mit dem sie je zusammen geduscht hatte. Na ja, abgesehen von diesem einen Typen während der Collegezeit, aber das zählte nicht wirklich. Damals waren sie beide betrunken und vollständig bekleidet gewesen. Jedenfalls am Anfang. »Aber hierbei geht es um meine allerbeste Freundin, die Liebesromanautorin Charlotte Sterling. Sie ist ebenfalls ein LWW-Mitglied und hat einen Roman mit dem Titel *Alles für die Liebe* geschrieben. Der ist davon inspiriert, wie sie ihren Verlobten kennengelernt hat. Wir machen daraus einen Film für unseren neuen ›Me Time‹-Sender. Ich möchte mir die möglichen Drehorte lieber selbst ansehen und mich vergewissern, dass sie perfekt sind.«

Sie betraten die Duschkabine. Er schlang sofort die Arme um sie und drückte seinen muskulösen, verlockenden Körper an sie.

»Ist das die Charlotte, mit der du zusammen aufgewachsen bist und die während eurer Collegezeit ihre ganze Familie verloren hat?«

Sie erstarrte. »Woher weißt du das?« Nachdem Charlottes

Eltern bei einem Flugzeugabsturz umgekommen waren und sie mit ihrem Großvater auch noch ihren letzten Verwandten verloren hatte, war Charlotte auf das Anwesen ihrer Familie und in den ehemaligen Gasthof dort gezogen und hatte sich richtiggehend verkrochen. Sie hatte Trost im Schreiben gefunden und wohnte seitdem dort, aber Aubrey konnte sich nicht daran erinnern, Knox je von ihr erzählt zu haben.

»Es gibt nicht viel, was ich nicht über dich weiß, Babe. Du wirst nach dem Sex immer sehr redselig.«

»Seit wann nennst du mich eigentlich Babe? Und ich werde überhaupt nicht redselig nach dem Sex.«

»Seit heute, und doch, wirst du. Woher sollte ich sonst wissen, dass Charlotte sich dank ihrer gemeinsamen Liebe zum Schreiben auf dem College mit Presley und Libby angefreundet hat? Oder dass ihr alle das ganze Theater um Studentinnenverbindungen nicht ausstehen konntet und deshalb mit den Ladies Who Write eine Schwesternschaft gegründet habt? Womit ihr im Grunde genommen aber nur eine weitere Studentinnenverbindung wart?« Er umfing ihre Pobacken und zog sie näher an sich heran, während das warme Wasser auf sie herabprasselte. »Und dass LWW das Haus gekauft hat, in dem eure Schwesternschaft ihren Anfang genommen hat? Deine LWW-Mädels sind eigentlich überall.«

»Ja, uns gehört das Haus, und darin lebt noch immer eine Schwesternschaft, die allerdings völlig anders ist als die anderen Studentinnenverbindungen. Sie nimmt Mädchen auf, die sich für das Schreiben generell interessieren – seien es nun Bloggerinnen, Schriftstellerinnen, Drehbuchautorinnen. Eines Tages werden wir die Weltherrschaft übernehmen. Aber ich bin definitiv nicht redselig, und das kann nur bedeuten, dass du mich gestalkt hast.« Sie fasste ihn an seine empfindlichste Stelle und drohte im Scherz: »Gib es zu oder es wird schmerzhaft.«

Er schob die Finger einer Hand zwischen ihre Beine und fand sofort diesen magischen Punkt, bei dem in ihrem Inneren die wildesten Sachen passierten. »Warum solltest du das tun? Du brauchst dieses Körperteil doch.« Er drückte ihr einen Kuss auf den Hals. »Und du bist sehr wohl redselig. Nach dem Orgasmus fängst du immer an zu plappern. Außerdem weiß ich gern etwas über die Person, mit der ich ins Bett gehe. Ist das etwa ein Verbrechen? Und ich bin mir ziemlich sicher, dass *deine* Charlotte mit dem Bruder meines Geschäftspartners verlobt ist.«

Sie schloss kurz die Augen, als seine Liebkosungen ihr den Atem raubten. »Ich hatte ganz vergessen, dass Graham Braden das zweite B in B&B Enterprises ist.«

»Frag uns lieber nicht, wessen B das erste ist. Das könnte eine Schlägerei auslösen.«

»Männer müssen immer miteinander wetteifern.« Sie sah ihn wieder an. »Du wusstest also, dass meine Char die Verlobte deines Freundes Beau ist?«

»Ich wusste, dass sie verlobt sind, und ich hatte so eine Ahnung, dass es deine Charlotte sein könnte.« Er knabberte an ihrem Hals. »Ich kenne das Sterling House, den Gasthof, in dem sie sich kennengelernt und ineinander verliebt haben, und keines der von dir erwähnten Hotels liegt ländlich genug, um das angemessen widerzuspiegeln.«

Sie pikte ihm spielerisch in die Brust. »Ich werde ja wohl noch am besten wissen, was für meine Klienten das Richtige ist.«

»Das werden wir ja sehen.« Er ließ die Hände über ihre Hüften wandern und küsste sie erneut. »Ich bin diesen Monat noch mit Graham und seiner Frau Morgyn in New York zum

Essen verabredet. Du könntest mich begleiten.«

»Soll das etwa ein Doppeldate werden? Nein danke. Und jetzt mach weiter …«

»Ich bin mir nicht sicher, wie gut mir dieses schmutzige kleine Geheimnis gefällt, das wir hier laufen haben.«

»Bisher hat es doch gut funktioniert.« Sie machte lächelnd einen Schritt nach hinten. »Ich könnte auch allein duschen.« Zum Glück gab es die Antibabypille, sonst hätten sie die Kondome gleich in Vorratspackungen kaufen müssen.

Er runzelte die Stirn, strich jedoch im nächsten Augenblick über ihren nassen Bauch und das Bauchnabelpiercing, das sie sich während der Collegezeit als Mutprobe hatte stechen lassen, und zog sie wieder an sich. »Das muss ziemlich stressig für Beau sein, mit einer Liebesromanautorin verlobt zu sein. Wenn man denkt, dass der Sex so wie in Büchern und Filmen ablaufen muss. Ich wüsste zu gern, ob sie ihm auch mal einen Orgasmus vortäuscht.«

»Ach, bitte. Beau hat damit kein Problem. Außerdem kann eine Frau vielleicht ein paar Orgasmen vortäuschen, aber niemand das von einem Orgasmus hervorgerufene Koma.«

»Ist das eine Herausforderung?« Er setzte ein arrogantes Grinsen auf und rieb mit dem Daumen ihre empfindlichste Stelle. »Aber eins kannst du mir glauben.« Er bedeckte ihren Hals mit Küssen. »Du redest nach dem Sex sehr viel. Ich weiß alles über deine Cheetos-Sucht und deine Liebe zu Filmen aus den Achtzigern, über den Deal mit dem widerlichen Produzenten, der in die Hose gegangen ist, und dass du als Teenager total in Tom Selleck verliebt warst.«

Sie schloss flatternd die Lider. Eigentlich war ihr auch völlig egal, was er wusste, solange er nicht mit den wundervollen Dingen aufhörte, die er da gerade mit ihrem Körper anstellte. Er ging in die Knie, leckte und liebkoste sie, zog mit den Zähnen an ihrem Bauchnabelpiercing und knabberte an ihrer Haut. Ihr ganzer Körper schien vor Anspannung förmlich zu platzen, und als er die Lippen endlich an die Stelle legte, an der sie sie spüren wollte, lehnte sie sich mit dem Rücken an die Fliesen und gab sich ganz ihrer Leidenschaft hin.

»So sehe ich dich am liebsten. Und jetzt hör auf nachzudenken und lass mich dir zeigen, was ich noch von dir weiß …«

Und das tat er dann auch … gleich mehrmals hintereinander.

Nach der besten Dusche seit Neujahr – als Aubrey und er zuletzt in den Armen des anderen aufgewacht waren, nachdem sie eine lustvolle Nacht miteinander verbracht hatten – stand Knox in seiner Hose und dem offenen schwarzen Hemd vor dem Badezimmerspiegel und fragte sich, warum in aller Welt er zwar befriedigt, aber nicht zufrieden war. Er beobachtete Aubrey im Spiegel, die sich die Zähne putzte. Ihr schwarzer Bleistiftrock schmiegte sich eng an ihre kurvigen Hüften, und der Spitzen-BH schien nur dafür gedacht zu sein, ihn ihr wieder vom Leib zu reißen. Ihre langen goldenen Locken fielen ihr offen über die Schultern. Er konnte die seidigen Strähnen noch immer zwischen den Fingern und auf seiner Haut spüren. Es hatte eine Zeit gegeben, in der er nach einer Nacht mit Aubrey befriedigt *und* zufrieden gewesen war. Damals hatten ihm ihre ungezwungenen Treffen ausgereicht. Doch in den letzten Monaten hatte er immer öfter an sie denken müssen, sich gefragt, mit wem sie wohl gerade zusammen war oder wie ihr Leben zwischen ihren Treffen aussah. Peinlicherweise hatte er sogar damit angefangen, ihr immer mal wieder Nachrichten zu schicken, damit die Verbindung zwischen ihnen nicht abbrach, sobald sie das Hotelzimmer verlassen hatten.

Sie spülte sich den Mund aus und lehnte sich ans Waschbecken. »Warum machst du ein Gesicht, als würdest du über einen Plan für den Weltfrieden nachdenken?«

Er nahm sie in die Arme. In ihren bernsteinfarbenen Augen flackerte sogleich Leidenschaft auf, aber im nächsten Augenblick versteifte sie sich und legte ihm eine Hand auf die Brust.

»Das reicht jetzt, du bist ja unersättlich. Ich muss meine Termine einhalten.«

Sie war die resoluteste Geschäftsfrau, die er je kennengelernt hatte, und dafür respektierte er sie umso mehr. Das Problem war nur, dass sie gleichzeitig die sinnlichste und leidenschaftlichste Person auf Erden war und ihm einfach nicht aus dem Kopf gehen wollte. Nicht einmal, als er letzten Herbst mit Graham nach Belize gegangen war, um ein Investmentprojekt in die Wege zu leiten. Graham hatte Morgyn mitgenommen und dort geheiratet. Die beiden so glücklich und verliebt zu sehen, hatte Knox nur umso mehr vor Augen geführt, was er sich eigentlich von Aubrey wünschte. Er war noch lange nach Grahams Heimreise dortgeblieben und hatte gehofft, die ungewohnten Gefühle wieder loszuwerden. Doch sein Verlangen danach, mit ihr zusammen zu sein, hatte sich durch nichts zügeln lassen. Sie passten sowohl als Freunde, im Bett als auch geschäftlich perfekt zusammen. Sie waren wie füreinander geschaffen, und Aubrey ging ihm nicht nur unter die Haut, sondern hatte sich auch in sein Herz geschlichen, was vor ihr noch keiner Frau gelungen war. Nicht, dass es keine versucht hätte. Er mochte seinen ungezwungenen Lebensstil, bei dem er viel umherreiste, allerdings hatte sich durch Aubrey einiges verändert. Inzwischen genoss er jede Minute, die er mit ihr verbringen konnte, und das ging weit über den Sex hinaus. Aber sie glich einem Deal, den er nicht abschließen, dem kostbarsten Juwel der Welt, das er selbst mit seinem vielen Geld nicht kaufen konnte.

»Lass uns mal richtig ausgehen«, schlug er vor. Wenn sie sich nur die Zeit nehmen würde, musste sie doch ebenfalls erkennen, was für ein gutes Paar sie abgeben würden.

Sie löste sich aus seinen Armen und vermied den Blickkontakt, indem sie in ihrer Make-up-Tasche herumkramte. »Was hast du denn heute nur? Zuerst heißt es *Babe* hier und *Babe* da und jetzt willst du auch noch mit mir ausgehen? Soll ich dir als Nächstes etwa die Liebeskekse meiner Großmutter backen?«

»Liebeskekse? Das klingt nach einer guten Idee.«

Sie verdrehte die Augen. »Dieses Rezept werde ich mir bestimmt niemals besorgen. Angeblich backt man diese Kekse nur für seine einzig wahre Liebe und all diesen Unsinn. Aber für irgendwelches Drama ist in meinem Leben kein Platz, Knox, ebenso wenig wie in deinem. Darum kommen wir auch so gut miteinander aus.«

In der Zwischenzeit hatte sie ihren Lippenstift gefunden und beugte sich vor, um ihn aufzutragen. Warum genoss er es nur so sehr, ihr dabei zuzusehen? Und wieso konnte er nicht aufhören, sich zu fragen, wie viele Männer schon an seiner Stelle gewesen waren? Er knirschte mit den Zähnen, knöpfte sich das Hemd zu und versuchte, nicht die Frage zu stellen, die ihm auf der Zunge lag und die ihn noch erbärmlicher wirken lassen würde.

»Was ist?« Sie warf ihm einen Seitenblick zu.

»Sag du es mir.« Er lockerte die Schultern und fuhr sich mit einer Hand durchs Haar. Als sie nichts erwiderte, versuchte er es auf sanftere Weise, legte die Arme um sie und zog sie abermals an sich. »Wir passen gut zusammen, Aubrey. Wieso beschränken wir uns aufs Schlafzimmer? Lass uns etwas mehr wagen. Kein Drama, nur ein Abendessen.«

Sie seufzte. »Wir haben gestern Abend zusammen gegessen.«

»Ja, mit etwa zweihundert anderen Leuten. Ich meinte, nur wir beide.«

»Knox …«

Er drückte die Lippen auf ihre, ohne sich um den frisch aufgetragenen Lippenstift zu scheren. Wenn er sie schon nicht überreden konnte, musste er sie eben auf diese Weise daran erinnern, wie gut sie zueinander passten. Sie erwiderte den Kuss, hielt sich allerdings zurück. Erst als er den Kuss vertiefte, schmolz sie in seinen Armen dahin. Da küsste er sie noch leidenschaftlicher, legte ihr die Hände auf den Hintern und ließ sie seine Erektion spüren. Sie bohrte die Finger in sein Hemd, wie sie es immer tat, wenn sie mehr wollte, was ihm unglaublich gut gefiel.

Schon hatte er sie auf den Waschtisch gehoben, ihr die Hände unter den Rock geschoben und nach ihrem Slip gegriffen. »Sag mir, dass ich aufhören soll, Aubrey, und ich tue es.«

Sie keuchte, hatte die Augen halb geschlossen und verschmierten Lippenstift auf den vollen Lippen. »Ich hasse dich dafür, dass ich deinetwegen zu spät kommen werde.« Bei diesen Worten hob sie den Hintern an und ließ sich von ihm das Höschen ausziehen.

Er schob sich zwischen ihre Beine. »Aber sicher tust du das.«

Nachdem er den Lippenstift mit einem Daumen weggewischt hatte, küsste er sie wieder, diesmal gemächlich und zärtlich. Als sich ihre Münder voneinander lösten, hielt er ihre Unterlippe mit den Zähnen fest und zog leicht daran. Ihm war bewusst, dass er ebenfalls Lippenstift abbekommen hatte, aber das war ihm egal. Ihr begieriger Blick war alles, was er sich ersehnte.

Aubrey wollte sein Hemd wieder aufknöpfen, aber er legte eine Hand auf ihre, damit sie innehielt. Sie runzelte die Stirn.

»Wir passen gut zusammen«, wiederholte er. »Sag, dass du mit mir ausgehst.«

Sie zog amüsiert die Augenbrauen hoch. »Willst du etwa erst mit mir schlafen, wenn ich dir ein Date verspreche, Knox Bentley?«

Verdammt. Hatte er das tatsächlich vor? »Sag einfach Ja, Aubrey.«

»Nein«, entgegnete sie mit loderndem Blick. »Ich lasse mich doch nicht erpressen.«

»Eigentlich solltest du mich besser kennen.« Er wich einen Schritt zurück, aber sie hakte einen Finger in seinen Hosenbund und zog ihn erneut an sich heran. »Hast du deine Meinung geändert?«

»Nein.« Sie schob ihm eine Hand in die Hose und umfing seine Erektion. »Aber ich hoffe, dass ich deine ändern kann.«

»Grundgütiger, Aubrey. Du weißt ganz genau, dass ich dich will.«

»Das wollte ich hören. Wie wäre es, wenn du mir jetzt zeigst, wie sehr du mich willst, bevor uns keine Zeit mehr dafür bleibt?«

Er zog sich die Hose aus. »Wie lange willst du dich noch hinter dieser Ausrede verstecken?«

»Ungefähr zehn Minuten, wenn ich Glück habe.«

Sie schlang ihm die Beine um die Taille, rutschte vom Waschtisch und nahm ihn tief in sich auf. Ihre Münder prallten aufeinander und ihre Hüften fanden sofort einen wilden Rhythmus. Sie schob ihm die Finger ins Haar und zerrte gerade so fest daran, dass ihm ein leichter Schmerz bis in den Schritt fuhr. Schon wurde er schneller, stieß fester in sie hinein, während sie sich leidenschaftlich küssten. Der Druck ihrer Beine um ihn wurde stärker, und er verlangsamte das Tempo, weil er genau wusste, wie gut ihr das gefiel. Sie stützte sich auf seinen Schultern ab, erwiderte jede seiner Bewegungen und stöhnte in seinen Mund, als er sie bis kurz vor den Orgasmus brachte und sie dort zappeln ließ.

Aubrey löste die Lippen gerade lange genug von seinen, um zu flehen: »Komm mit mir …«

Darum musste sie ihn nicht zweimal bitten. Er brachte sie beide zum Höhepunkt, und sie stieß seinen Namen aus, als wäre es ein Lobgesang. »Knox, Knox, *Knox* …«

Das war wie Musik in seinen Ohren.

Als sie in seine Arme sackte und er ihren Herzschlag an seiner Brust spürte, legte sie eine Wange auf seine Schulter. »Wow, wir sind so gut darin.«

»Wir sind gut in allem, Aubrey. Eines Tages wirst du auch erkennen, was direkt vor dir ist.«

Sie hob den Kopf und ein kokettes Lächeln umspielte ihre Lippen. »Meinst du nicht eher, *in* mir?«

»Nein, Babe.« Er strich ihr das Haar aus dem Gesicht. »Ich habe weitaus mehr zu bieten als unglaublichen Sex.«

Zwei

Am späten Freitagnachmittag saß Aubrey an ihrem Schreibtisch und sah sich die Websites der Hotels an, als Presley und Libby in ihr Büro geschlendert kamen. Sie drei waren in vielerlei Hinsicht sehr unterschiedlich, hatten sich jedoch vom ersten Augenblick an gut verstanden, und ihre Freundschaft würde alles überstehen. Allein beim Anblick der beiden ließ der Druck, der Aubrey den Brustkorb zuschnürte, ein wenig nach. Seitdem sie Knox am Sonntagmorgen verlassen hatte, um die Hotels aufzusuchen und deren Besitzer zu überzeugen – was bisher nicht von Erfolg gekrönt gewesen war –, hatte sie sich allein auf die Arbeit konzentriert.

»Zum Glück ist die Kavallerie eingetroffen«, sagte sie, während Presley Gläser auf den Tisch stellte. »Ich war schon drauf und dran, Charlotte zu fragen, ob wir den Film nicht doch in ihrem Gasthaus drehen dürfen, dabei weiß ich ganz genau, dass sie das auf gar keinen Fall will.«

Presley ließ sich anmutig in einen der beiden weichen Ledersessel vor Aubreys Schreibtisch sinken, schlug die langen Beine übereinander und hielt ihr Glas hoch. »Schenk uns was ein, Libby.«

Mit ihrem strahlenden burgunderroten Haar und der

Vorliebe für Designermode sah Presley wie immer umwerfend aus. Sie war eine gerissene Geschäftsfrau, doch unter ihrem schicken Äußeren verbarg sich eine empfindliche Frau, die viele Jahre gegen ihr Gewicht angekämpft hatte, bis sie sich nach dem Collegeabschluss ganz einem gesünderen Lebensstil zuwandte. Aubrey, Libby und ihre Freundin und Personal Trainerin Trinity hatten sie dabei tatkräftig unterstützt. Zwar hatte Presley schon immer wunderschön ausgesehen, aber der muskulöse Körper stand ihr super und die neu gewonnene Stärke schwappte auch auf andere Lebensbereiche über. Neben Charlotte war Presley die Freundin, an die Aubrey sich wandte, wenn sie ehrliche Antworten bekommen wollte. Presley nahm kein Blatt vor den Mund. Sie sagte ihr alles offen und ehrlich – das Gute, das Schlechte und das richtig Schlimme. Aubrey freute sich für ihre Freundin, die sich frisch in Nolan Banks verliebt hatte und von ihm angebetet und auf Händen getragen wurde.

»Aber mit Vergnügen.« Libby, das zurückhaltendste Mitglied des Trios, kümmerte sich immer um die anderen. Sie hatte ihren Bruder verloren, der mit Spina bifida zur Welt gekommen war, und ehrte sein Andenken, indem sie das Wish Network leitete, eine der erfolgreichsten Stiftungen im Bundesstaat. Sie war eher sensibel und still, aber trotzdem eine starke Persönlichkeit. Wenn sie etwas zu sagen hatte, hörte ihr jeder zu.

Libby schob sich das lockige braune Haar hinters Ohr und sah Aubrey aus ihren sanften Augen an. »Ich habe mit Treat Braden, einem unserer wichtigsten Geldgeber, gesprochen. Du hast ihn und seine Frau Max auf der Weihnachtsfeier kennengelernt. Ihm gehören mehrere Hotels.«

»Ja, ich erinnere mich an ihn. Ich habe ihn gefragt, ob er Basketball spielt, weil er so groß ist.«

»Ja, das ist er«, bestätigte Libby. »Er sagte, du könntest in jedem seiner Hotels drehen, wenn du möchtest. Allerdings scheinen sie alle nicht so abgelegen zu sein, wie du es dir vorstellst. Doch er hat versprochen, sich ein bisschen für dich umzuhören.«

»Danke, Libby. Es ist wirklich nicht leicht, den passenden Ort zu finden. Und dann kommt noch erschwerend dazu, dass das Hotel ja während der Dreharbeiten schließen muss.« Sie nippte an ihrem Wein. »Warum konnte sich Char nicht in einem gut besuchten Hotel verlieben anstatt in einem Gasthof, der gar nicht mehr genutzt wird?«

Seit ihrem Collegeabschluss lebte Charlotte allein im Gasthof. Bevor Beau in ihr Leben getreten war, hatte sie sich dort voll und ganz dem Schreiben ihrer Romane gewidmet. Die beiden wollten im Juni heiraten und planten zurzeit die Renovierungsarbeiten, um den Gasthof wiederzueröffnen. Charlotte wirkte glücklicher als jemals zuvor, war jedoch strikt dagegen, dass der Film in ihrem Zuhause gedreht wurde. Diese Art der Aufmerksamkeit wollte sie schlichtweg nicht, was ihr Aubrey nicht einmal verdenken konnte.

Libby ließ sich auf dem anderen Stuhl nieder. »Zu schade, dass uns das entsprechende Budget fehlt, um den Gasthof nachzubauen, so wie du es mit Schneewittchens Hütte vorhast.«

Wie Charlotte hatte auch ihre Großmutter Märchen geliebt. Aus diesem Grund hatte Charlottes Großvater Schneewittchens Häuschen auf dem Grundstück des Gasthofs nachgebaut und ihre Großeltern hatten darin gelebt. Beau renovierte das Cottage, da er mit Charlotte dort einziehen wollte. Aubrey wusste, dass es unmöglich war, etwas auch nur ansatzweise Ähnliches zu finden, daher wollten sie für den Film eine eigene Hütte bauen lassen.

»Wo sollten wir denn einen Gasthof bauen?«, fragte Aubrey. »Außerdem tun wir das für Char, daher muss alles perfekt sein. Ich werde einfach weitersuchen, bis ich das richtige Objekt gefunden habe.« Dabei musste sie sich allerdings beeilen. Wenn sie den Drehort nicht innerhalb der nächsten neunzig Tage fand und das Datum für den Dreh festlegte, konnte es passieren, dass sie ihre Hauptdarsteller verloren. *Aber nur kein Druck!*

»Ich wusste von Anfang an, dass du dir eine gewaltige Aufgabe aufgebürdet hast. Konntest du denn keinen der Hotelbesitzer ein bisschen bezirzen?«, wollte Libby wissen.

Presley schnaufte und warf Aubrey über den Glasrand hinweg einen amüsierten Blick zu.

»Zu so etwas lasse ich mich doch nicht herab! Das kannst du vergessen, Libby!«

»Ich bin all meine Kontakte durchgegangen«, warf Presley ein. »Nolan meinte, er würde Carter mal fragen, ob ihm etwas Passendes einfällt.« Carter war Nolans Bruder und wetteiferte ständig mit ihm. Sie hatten beide in der Finanzbranche gearbeitet und hochrangige Klienten gehabt, um dann ihrer Leidenschaft zu folgen und einen Pub mit angeschlossener Brauerei in Port Hudson zu eröffnen.

»Das ist wirklich nett von ihm, Carter um Hilfe zu bitten«, sagte Aubrey. »Aber der Mann würde auch alles für dich tun.«

Becca kam wie ein Wirbelwind ins Büro gestürmt und hatte einen riesigen Strauß aus Cheetos und pfirsichfarbenen Rosen in der Hand. Sie legte ihn auf Aubreys Schreibtisch, stemmte die Hände in die Hüften und betrachtete die gut gefüllten Gläser. Mit ihrer Sanduhrfigur konnte sie die Mode jeder Ära tragen. Heute hatte sie ein Minikleid aus den Siebzigern an, das mit lilafarbenen, gelben, orangen, weißen und blauen Wirbeln gemustert war. Dazu trug sie kniehohe weiße Stiefel und hatte ihr langes blondes Haar geglättet und mit einem passenden bunten Haarband zurückgebunden. Auch sie hatte ihren Abschluss an der Boyer University gemacht und war zwar jünger als Aubrey und ihre Freundinnen, aber auch ein Mitglied der LWW-Schwestern gewesen.

»Entschuldigt, wenn ich störe, aber das wurde gerade geliefert. Trinkt aus, Ladys, denn diese kleine Lieferung enthält noch mehr.« Nach diesen Worten drehte sich Becca um und stolzierte wieder hinaus.

»Was in aller Welt ist das?« Aubrey stand auf und griff nach der Karte.

»Da scheint dich jemand sehr gut zu kennen«, stellte Presley fest. »Libby, ist das etwa von dir?«

Libby hob eine Hand. »Ich habe damit nichts zu tun.«

Lächelnd las Aubrey die Karte. *Na, war kein passendes Hotel dabei? Ich dachte mir, das kannst du heute gut gebrauchen. Knox.* »Ich bringe Becca um.«

»Von wem ist das?« Libby trat neben sie und las die Karte. »Oh, Mr. Bentley weiß wirklich, was dir gefällt.«

»Becca Nunnally, schwing deinen hübschen kleinen Hintern hier rein«, brüllte Aubrey.

Becca eilte mit zwei Sixpacks *Stewart's Orange 'n Cream Soda,* Aubreys Lieblingsgetränk, wieder herein und stellte sie auf den Schreibtisch. »Entschuldige. Das gehört auch noch dazu, und noch etwas anderes.« Abermals verließ sie das Büro und kehrte mit einer eingepackten Geschenkschachtel mit goldener Schleife zurück, die sie Aubrey reichte. »Weswegen wolltest du mich doch gleich anschreien?«

Presley und Libby lachten laut los.

Aubrey kniff die Augen zusammen. »Woher genau weiß Knox Bentley, dass ich bei meiner Suche erfolglos war?«

»Sollte das etwa ein Geheimnis bleiben?« Becca keuchte auf. »Tut mir echt leid, Aubrey. Aber dieser Mann könnte einer Nonne den Kopf verdrehen, wenn er es darauf anlegt. Er hat gestern Nachmittag angerufen, als du in der Besprechung warst, direkt nachdem du deinen Frust wegen der Hotels bei mir abgeladen hattest. Ich habe dir nach deiner Rückkehr die Nachricht gegeben, die er hinterlassen hat. Wenn ich mich recht erinnere, hast du sie zusammengeknüllt und in meinen Papierkorb geworfen. Jedenfalls hat er sich erkundigt, wie es dir geht und was die Hotelsuche macht. Er erwähnte die Orte, die du bereits aufgesucht hast, als hättet ihr darüber gesprochen.«

»Ach herrje, Aubrey. Er benimmt sich ja schon ganz wie dein Freund. Dieser Mann wird kein Nein als Antwort akzeptieren.« Presley wollte sich eine Tüte Cheetos schnappen, aber Aubrey gab ihr einen Klaps auf die Hand.

»Hände weg. Ich brauche sie jetzt dringender als jemals zuvor. Eigentlich dachte ich, ich hätte deutlich gemacht, was ich von Beziehungen halte.«

»Wenn du mich jetzt genug gescholten hast, gehe ich zu meinem Boxkurs, okay?« Becca wich rücklings zur Tür zurück und fügte hinzu: »Und wenn du meine Meinung hören willst: Ich mag den Kerl. Wie alle Klienten von Taylor dachte er zuerst, sie wäre ein Mann, als er sie engagiert hat, und als er letzten Monat auf der Neujahrsfeier herausfand, dass sie eine Frau ist und ihre männliche Online-Identität nur zu ihrem Schutz erschaffen hat, ist er nicht wie viele ihrer anderen Auftraggeber sauer geworden. Und ich mag Männer, die die Dinge so nehmen, wie sie sind.« Beccas Schwester Taylor kümmerte sich um ihren kranken Vater und arbeitete als virtuelle Assistentin für zahlreiche vielbeschäftigte Manager.

Becca warf sich das Haar über die Schulter. »Ciao, Ladys!«

Aubreys Handy, das auf dem Tisch lag, vibrierte. »Mach das Geschenk auf«, verlangte Libby. »Und er kennt dich wirklich gut, Aubrey, das musst du doch zugeben. Die meisten Kerle würden einfach rote Rosen schicken.«

Als sie eine Nachricht von Knox auf dem Handydisplay sah, drehte sie das Gerät um. »Ich kann rote Rosen nicht ausstehen.«

»Ach was«, meinte Presley. »Aus diesem Grund steht auch ein riesiger Strauß aus Cheetos und pfirsichfarbenen Rosen auf deinem Schreibtisch. Vielleicht solltest du ihm einfach eine Chance geben.«

Seufzend öffnete Aubrey die Geschenkschachtel und nahm einen kleinen Karton mit einer handschriftlichen Notiz heraus. Sie las den Text laut vor. »›Weil ich dir so gern dabei zusehe, wie du dich schön machst.‹« Sie hob den Blick. »Ich bin mir nicht sicher, ob ich das vor euch aufmachen möchte.«

»Und ob du das wirst.« Presley sprang auf und griff nach dem Karton.

»Presley Cabot!« Libby schüttelte den Kopf.

»Du bist echt eine Spaßbremse.« Presley gab Aubrey die Box zurück.

Aubrey musste lachen und nahm langsam den Deckel ab, um den schwarz-goldenen Lippenstift darin erstaunt anzustarren.

»Grundgütiger!« Presley holte das Geschenk heraus und nahm es genau unter die Lupe. »Aha. Tom Fords Original Sin. Da hast du dir aber einen Typen mit gutem Geschmack geangelt.«

»Gib das her!« Aubrey stellte den Lippenstift auf den Schreibtisch, nahm eine weitere Nachricht aus der Schachtel und las sie vor. »›Denn wenn du Lippenstift trägst, ziehst du so was hier meist aus.‹« Sie warf ihren Freundinnen einen Blick zu.

»Jetzt bin ich aber gespannt.« Vorsichtig öffnete sie die Box und beim Anblick des schwarzen Spitzentangas mit dazu passendem BH auf dem knisternden Papier durchfuhr sie ein Prickeln.

»Wow. Die sind wunderschön«, murmelte Libby. »Darf ich?«

Aubrey zuckte mit den Achseln und hielt Libby die Schachtel hin, damit sie das Material befühlen konnte.

»Die sind von Agent Provocateur«, stellte Presley fest und bewunderte die Dessous. »Sogar aus französischer Spitze. Wunderschön. Der Mann hat …«

»Sich in meinen Privatbereich und meine Privatsphäre reingedrängt.« Aubrey drückte den Deckel wieder auf den Karton und versuchte, die erregenden Bilder zu verdrängen, auf denen Knox ihr die Dessous vom Leib riss.

»Und ich bin noch lange nicht fertig.«

Sie wirbelten alle drei beim Klang von Knox' tiefer, erotischer Stimme herum. Und da stand er in voller Lebensgröße, gekleidet in eine schwarze Lederjacke, Jeans und schwarze Stiefel, die vermutlich mehr gekostet hatten als Aubreys Schreibtisch. Mit einem charmanten Lächeln auf den Lippen sagte er: »Hallo.«

»Hi«, säuselten Presley und Libby gleichzeitig und starrten ihn mit großen Augen an.

»Knox.« Aubrey ärgerte sich darüber, dass ihre Stimme derart bewundernd klang. Sofort straffte sie die Schultern. »Was machst du denn hier?«

»Ich wusste, dass du nicht schlafen kannst, solange du den richtigen Drehort nicht gefunden hast.« Er überbrückte die Distanz zwischen ihnen, ohne den Blick von ihr abzuwenden. »Zufälligerweise kenne ich genau den richtigen Ort für dich. Ich habe dir eine Nachricht geschickt, als ich im Fahrstuhl stand.«

Er beäugte kopfschüttelnd ihr Handy. »Pack deine Taschen, Babe. Wir machen einen Ausflug.«

»Was? Ich kann doch jetzt keinen Ausflug machen.« Wenn er sie weiter so ansah, als wollte er sie mit Haut und Haaren verschlingen, würde sie bald keinen vernünftigen Gedanken mehr fassen können. Warum in aller Welt hatte er nur eine solche Macht über sie? Sie ließ den Blick über den Schreibtisch schweifen. »Vielen Dank für die Geschenke, aber siehst du nicht, dass ich beschäftigt bin? Wir haben gerade ein Meeting.«

Er betrachtete ihre Weingläser. »Ja, das sehe ich.«

»Woher wusstest du überhaupt, dass ich im Büro bin?« Nachdenklich blickte sie auf seine mit Bedacht ausgewählten und anmaßenden Geschenke. Libby hatte vollkommen recht. Die meisten Männer hätten einfach Blumen geschickt, aber Knox wusste genau, wie er sie durcheinanderbringen konnte. Sie war sich überdeutlich bewusst, wie ihr Körper auf den Gedanken reagierte, dass sie diese Dessous für ihn tragen – und nicht lange anbehalten – würde.

»Du plapperst, hast du das schon vergessen? Du trinkst jeden Freitagabend etwas mit deinen Freundinnen.« Er räusperte sich. »Ich meinte, du hast jeden Freitag ein *Meeting* mit Presley und Libby.«

»Erwischt«, meinte Presley. »Na ja, ich muss sowieso los und mich mit meinem Mann treffen, daher halte ich sie garantiert nicht auf.«

Aubrey starrte sie entrüstet an.

»Ich bin auch so gut wie weg«, meinte Libby fröhlich. »Zwar nicht, um meinen Mann zu treffen, aber ich habe … wir haben … ich habe da noch etwas zu erledigen.«

Libby war eine grottenschlechte Lügnerin. Dummerweise musste sie sich ausgerechnet jetzt daran versuchen.

»Hat mich gefreut, euch beide zu sehen«, sagte Knox, als Presley die Weinflasche und die Gläser abräumte.

Nachdem sie gegangen waren, trat Knox näher an Aubrey heran und legte ihr die Hände auf die Hüften. »Und es ist schön, dich zu sehen, meine Schöne.« Er senkte den Kopf und presste die Lippen auf ihre.

Als Aubrey den Kuss nicht erwiderte, sah er sie mit finsterer Miene an.

»Ach, jetzt sei doch nicht so, Aubrey. Warum bist du denn sauer auf mich?«

»Du hast mir *Geschenke* geschickt.« *Und mich damit total aus dem Gleichgewicht gebracht.*

»Die meisten Frauen würden sich darüber freuen.«

»Wir haben keine Beziehung, in der man sich etwas schenkt, und wir führen auch keine, die Überraschungsbesuche beinhaltet. Eigentlich sind wir überhaupt nicht in einer Beziehung. Punkt.« Sie entwand sich seinen Armen und ging um ihren Schreibtisch herum, wobei es ihr leidtat, derart direkt sein zu müssen, aber er sollte begreifen, dass sie sich vor allem auf die Arbeit konzentrieren wollte.

Doch er folgte ihr und sein sündiger Duft umwehte sie abermals. Er war wirklich unverschämt. *Und sexy.*

»Wir haben eine Beziehung, Aubrey, auch wenn die bis jetzt eher lockerer Natur ist. Ich finde allerdings, es ist Zeit, das zu ändern.«

Sie drehte sich zu ihm um und verschränkte die Arme. Sie brauchte eine Barriere zwischen ihnen beiden, weil seine romantischen Bemühungen in ihrem Inneren allerlei seltsame Dinge bewirkten. »Ich habe dir doch gesagt, dass ich keine Zeit für Dramen in meinem Leben habe. Ich muss ein Unternehmen leiten und weiter aufbauen, und das hier«, sie deutete auf die

Geschenke, »ist mir schon zu viel Drama.«

Er schenkte ihr ein Lächeln. »Das ist Zuneigung.«

»Dass ich nicht lache.« Ihr war selbst bewusst, wie gemein diese Worte waren und dass er nur versuchte, ihr eine andere Seite von sich zu zeigen, doch seine kleine Show hatte sie schon jetzt von der Aufgabe abgebracht, der sie sich eigentlich widmen wollte – ein Hotel für Charlottes Film zu finden, damit sie die prominenten Schauspieler, die sie dafür hatten gewinnen können, nicht wieder verloren.

»Ich mag dein Lachen«, murmelte er verführerisch. Dann beugte er sich vor, strich mit den Lippen über ihr Ohr und flüsterte: »Und all die *zuneigungsvollen* Dinge, die du mit deinen Lippen anstellen kannst.«

»Knox«, stieß sie mühsam hervor. Das hier war ihr Territorium; hier hatte sie das Sagen. Es fühlte sich so fremd an, in ihrem eigenen Büro weiche Knie zu bekommen, dass sie rasch einen Schritt zurück machte und sich um eine feste Stimme bemühte. »Genau so fangen Dramen aber an, Knox. Zuerst Geschenke, dann Abendessen. Danach heißt es ›Zieh bei mir ein‹, gefolgt von ›Du arbeitest zu viel‹ oder ›Du bist immer auf Reisen‹, und mit der Zeit gehen wir uns immer mehr auf die Nerven. Irgendwann ertappe ich dich mit einer anderen im Bett und … Siehst du, worauf das hinausläuft? Drama!«

Er wurde kreidebleich. »Aubrey! Hat irgendein Arschloch dir so etwas angetan?«

»Großer Gott, nein. Aber ich arbeite in der Medienbranche, da passiert so etwas ständig.«

Er warf den Kopf in den Nacken und lachte laut los. »Vielleicht in den Filmen, aber die meisten Männer, die ich kenne, verhalten sich durch und durch anständig. Und dein Leben ist kein Film. Wenn du nicht von einem Mann verschmäht wurdest, muss es doch einen anderen Grund geben, aus dem du derart gegen eine Beziehung mit mir bist.«

»Ich habe nicht so hart gearbeitet, um dahin zu kommen, wo ich jetzt bin, nur damit ich dann Kinder zur Welt bringe oder meine Karriere hinter der eines Mannes zurückstelle. Mir gefällt, wie ich allein zurechtkomme, Knox. Ich mag mein Leben, in dem mir keiner sagt, was ich tun oder ändern soll.«

Er mahlte mit dem Kiefer und Entschlossenheit spiegelte sich in seinen Augen wider.

Sie wandte rasch den Blick ab und betrachtete das Foto von sich und ihren Brüdern, nachdem Joe den Super Bowl gewonnen hatte, denn es erinnerte sie an all die Gründe, aus denen sie so hart gekämpft hatte, um eine derart erfolgreiche Geschäftsfrau zu werden. »Sieh mich als einsame Wölfin.«

»Wow. Du hast mich anscheinend vollkommen durchschaut«, konterte er. »Ich will dich an die Kette legen und schnellstmöglich schwängern, um dich dann davon abzuhalten, die beste Version deiner selbst zu werden, weil mich das eben total antörnt.«

Er ging zum Fensterbrett und griff nach einem Foto, auf dem sie zusammen mit Presley und Libby zu sehen war. Sie standen vor dem LWW-Gebäude unter dem LWW-Schild und strahlten voller Stolz. Sie konnte sich an keinen Augenblick erinnern, in dem sie stolzer gewesen wäre, denn da waren ihre Träume in Erfüllung gegangen. Es hatte viel harte Arbeit und Hingabe erfordert, um so weit zu kommen, die Darlehen zurückzuzahlen und sich in dieser mörderischen, von Männern dominierten Industrie einen hervorragenden Ruf zu erarbeiten, und da konnte sie auf keinen Fall zulassen, dass Knox sie jetzt von diesem Weg abbrachte.

»Ich sage dir das nur ungern, Babe, aber du bist bereits Teil eines Rudels, noch dazu eines verdammt guten.« Er stellte das Bild wieder ab und lockerte die Schultern. »Da ich dein Selbstbild einer einsamen Wölfin nun zunichtegemacht habe, könnten wir uns doch darauf einigen, dass wir unterschiedliche Meinungen haben, okay? Geh deine Sachen packen, dann brechen wir auf und ich zeige dir, wie perfekt Monroe House sich für deinen Film eignet.«

Das war etwas Geschäftliches. Damit kam sie klar.

»Ich weiß deine Bemühungen zu schätzen und du hast einen hervorragenden Geschmack«, gab sie zu. »Monroe House war meine erste Wahl. Aber ich habe bereits mit Vincent Monroe, dem Leiter der PR-Abteilung, gesprochen, und er hat mir eine Abfuhr erteilt. Er sagte, sie würden keine Filmcrews mehr auf dem Gelände dulden.«

»Vincent«, murmelte er kaum hörbar und schon umspielte das freche Grinsen wieder seine Lippen. »Ich kenne die Besitzer. Fang endlich an zu packen, Babe, denn ich kann dafür sorgen, dass dein Traum Realität wird.«

»Im Ernst?« Sie wusste, dass Knox auf der ganzen Welt Kontakte hatte, und hätte eigentlich nicht überrascht sein sollen, dass die Besitzer dieses Elitehotels dazugehörten, aber sie wollte den Film so gern dort drehen, dass sie ihr Glück kaum fassen konnte.

»Nein. Ich bringe dich nur in ein abgelegenes Gasthaus, um dich dort das Wochenende über als meine Sexsklavin festzuhalten, und ich dachte, mit dieser Lüge bekomme ich dich am besten dorthin. *Selbstverständlich* ist das mein Ernst. Und jetzt komm, Stewart. Lass uns gehen.«

Das Hotel lag zweieinhalb Stunden entfernt. Außerdem brauchte sie Zeit, um mit den Besitzern zu sprechen, die vermutlich längst nicht mehr da wären, wenn sie dort ankamen.

Ihre Hoffnungen lösten sich in Luft auf. Beinahe hatte sie daran geglaubt, dass er ihr wirklich helfen wollte.

»Wenn wir dort eintreffen, werden alle längst nach Hause gegangen sein, Knox. Vielleicht solltest du sie vorher anrufen«, schlug sie vor.

»Sie wohnen dort, und ich habe ihnen längst gesagt, dass wir kommen.«

»Sie leben dort?« Okay, offenbar wollte er ihr tatsächlich helfen, aber Vincent hatte dem Ganzen bereits einen Riegel vorgeschoben. »Warum sollen wir uns die Mühe machen, wenn sie doch Nein sagen?«

Er verschränkte die Arme und setzte sich auf die Schreibtischkante. »Du hast wirklich sehr wenig Vertrauen in mich. Das ist schon erstaunlich, wenn man bedenkt, wie oft du mir deinen Körper schon anvertraut hast. Derartige Verhandlungen führt man am besten persönlich, und ich weiß, wie man mit diesen Menschen umzugehen hat. Man muss sie umgarnen. Wir treffen uns morgen zum Frühstück, und ich gehe davon aus, dass du es nicht riskieren möchtest, im Verkehr festzustecken und zu spät zu der Besprechung zu kommen oder sie ganz zu verpassen.« Er stand auf. »Du kannst das Risiko natürlich eingehen und dir notfalls ein anderes Hotel suchen. Die Entscheidung liegt ganz bei dir.«

Die Möglichkeit, doch noch im Monroe House drehen zu können, machte sie ganz kribbelig. Dieser Ort eignete sich perfekt für den Film, denn das Haus war praktisch eine Kopie vom Sterling House – einen besseren Drehort konnte sie sich nicht vorstellen. »Haben wir getrennte Zimmer?«

»Warum in aller Welt sollten wir uns die Mühe machen, wo wir doch beide wissen, dass wir im selben Bett landen werden?«

Da hatte er auch wieder recht. Vielleicht konnten sie das ja sogar als Team angehen. »Und du glaubst wirklich, dass du sie umstimmen kannst?«

»Ich habe noch jede Verhandlung für mich entschieden.«

»Himmel, du machst hier aber einen auf dicke Hose.« Was ihr zugegebenermaßen sehr gefiel.

»Meinst du mit ›dicke Hose‹ das hier«, sein Blick wanderte über die beachtliche Beule in seinem Schritt, »oder bezeichnest du mich gerade als arrogant? Denn im Grunde genommen stimmt beides.«

Aubrey unterdrückte ein Lachen, da sie genau wusste, dass sie schon jetzt in Schwierigkeiten steckte, schließlich stand sie auf seine Art sogar noch mehr als auf seinen unfassbar heißen Körper. Sie drückte ihm den Strauß aus Cheetos und Rosen in die Hand. »Die nehmen wir mit. Ich trage die Limo.«

Er griff nach der Schachtel mit dem Lippenstift und den Dessous. »Die Hauptgeschenke sollten wir auch nicht hierlassen.«

Aubreys Haus war völlig anders, als Knox erwartet hatte, denn er hatte mit klassischem Understatement gerechnet, was zu ihr gepasst hätte. Stattdessen erwartete ihn ein stattliches Steinhaus, das gute eintausend Quadratmeter Wohnfläche haben musste und über so viele Fenster verfügte, dass er sich vorkam, als stünde er im Freien. Und erst die großartige Aussicht auf den Hudson River. Das teuer möblierte und makellos saubere Wohnzimmer wurde von mokkafarbenen Hartholzböden bestimmt und führte auf eine mit Schieferplatten ausgelegte Terrasse mit eingebautem Pool hinaus. Strahlend weiße Möbel im skandinavischen Stil mit klaren Linien wurden durch edle Beistelltische aus schwarzem Glas akzentuiert. Die dicken Teppiche waren mit auffälligen Mustern in Grau, Weiß und Schwarz verziert. An den Wänden hingen museumswürdige Gemälde, von den verzierten Decken Lüster aus Kristall und Gold, und durch mit üppigem Stuck verzierte Bogengänge gelangte man in die angrenzenden Räume.

Aubrey warf ihre Handtasche auf einen Tisch neben der Tür, der sehr teuer aussah, und seufzte. »Ich brauche nur eine Minute, um ein paar Sachen zu packen.«

»Dein Haus ist unglaublich und irgendwie überraschend.« Als eine der reichsten Frauen der Welt hatte Aubrey selbstverständlich ein solches Haus verdient, auch wenn Knox so eine Seite an ihr kennenlernte, mit der er nicht gerechnet hatte. Der Blick auf den Fluss war das Einzige, was ihn nicht erstaunte. Dass sie das Wasser mochte, hatte er schon immer vermutet, und er konnte sie sich gut im Bikini am Strand vorstellen, wo sie die langen Beine ausstreckte, während sie ein Drehbuch las oder den nächsten großen Schritt ihres Unternehmens plante. Es fiel ihm auch nicht schwer, sie sich beim Herumtollen im Meer, dem Wellenreiten oder gar Segeln auszumalen. Zugegeben, abgesehen von ihrem ungezügelten Liebesspiel gab sie sich stets durch und durch als Geschäftsfrau, aber das schelmische Funkeln in ihren bernsteinfarbenen Augen war nicht zu übersehen. Schließlich war es das Erste, was ihn zu ihr hingezogen hatte, direkt gefolgt von der Art, wie sie sich beim Verlassen der Wohltätigkeitsveranstaltung, auf der sie sich vor zwei Jahren zum ersten Mal begegnet waren, an ihn rangemacht und gesagt hatte: *Ich logiere übrigens in der Präsidentensuite,* in Kombination mit diesem selbstsicheren, umwerfenden Lächeln, das sein Interesse schon geweckt hatte, bevor ihre sexy Einladung auch diverse andere Körperteile in Erregung versetzt hatte. Aubrey war eine Frau, die genau wusste, was sie wollte, und nicht zögerte, es sich zu beschaffen – worin sie einander sehr ähnelten.

Sie winkte ab. »Ich konnte doch nicht zulassen, dass meine Brüder die größeren Häuser haben, oder?«

»Ein kleiner Wettbewerb unter Geschwistern?«, fragte er lachend und folgte ihr durch das Wohnzimmer zu einer breiten Treppe. »Was machen deine Brüder, wenn sie nicht gerade Football spielen?«

»Dann gehen sie mir meistens auf die Nerven.« Sie warf ihm über die Schulter einen Blick zu. »Mach es dir da unten gemütlich.«

»Wieso denn das? Darf ich etwa keinen Blick in dein Schlafzimmer werfen?« Er ließ absichtlich eine verdeckte Andeutung in seiner Stimme mitschwingen.

»Ha! Du kannst von Glück reden, dass ich dich überhaupt reingelassen habe. Im Allgemeinen darf kein Mann meinen persönlichen Bereich betreten.«

»Aha, verstehe.« Er wich einige Schritte zurück. »Du weißt nicht, ob du dem hier widerstehen kannst.« Bei diesen Worten deutete er auf seinen Körper. »Das kann ich dir nicht verdenken, immerhin würde es mir an deiner Stelle auch sehr schwerfallen.« Er zwinkerte ihr zu und wandte sich schmunzelnd ab, während sie weiter nach oben ging.

Knox schlenderte durch das luxuriöse Erdgeschoss. Das Haus war unfassbar sauber und jede Oberfläche glänzte. In der Küche, die größer war als jede, die er je betreten hatte, befanden sich mehrere Öfen und speziell dafür angefertigte Möbel – so weiß wie die im Rest des Hauses. Er öffnete eine Schranktür und beäugte das ordentlich gestapelte Porzellan. Die Räume schienen beinahe unbewohnt, was ihn an das Haus erinnerte, in dem er aufgewachsen war. Bei der Erinnerung an seine lieblose Kindheit, in der gute Manieren und vornehme Abendessen wichtiger gewesen waren als alles andere, zog sich sein Magen zusammen. Hatte er Aubrey etwa völlig falsch eingeschätzt?

Er ging durch eine ansehnliche, mit Mahagoni vertäfelte Bibliothek in einen Raum, der an eine Kunstgalerie erinnerte, und entdeckte am Ende eines weiteren Flurs ein großes Zimmer mit Ledersesseln, einem wunderschönen Pooltisch und einer gut ausgestatteten Bar voller teurer Flaschen. Bei jedem sorgsam dekorierten Raum zog sich sein Magen noch mehr zusammen.

Am Ende des Flurs gelangte er zu einer mit schönen Schnitzereien verzierten Doppeltür. Wäre er ein echter Gentleman gewesen, dann hätte er kehrtgemacht und diese Türen nicht geöffnet. Doch seine Neugier war größer als sein Anspruch, sich ritterlich zu benehmen, und er zog die Tür auf und betrat einen gigantischen – und verräterisch unordentlichen – Medienraum.

Als er das Licht einschaltete, ging ein Ring aus lilafarbenen Neonlampen an der gewölbten schwarzen Decke an, die mit den darin eingelassenen winzigen Lämpchen an ein Planetarium erinnerten. Unwillkürlich musste er grinsen. Dieser Anblick hatte rein gar nichts mit dem vergleichbaren Zimmer in seinem Elternhaus gemein. Auf den riesigen Sofas türmten sich Cheetos-Tüten, Bonbonverpackungen und Limoflaschen. Überall auf dem Boden und dem Tisch lagen Bücher und Zeitschriften herum und er entdeckte auch eine halb volle Popcornschüssel sowie mehrere Fernbedienungen. Auf den Sofakissen lagen ein Quilt und mehrere Decken mit den Logos der New York Jets und der Giants, den Teams, für die ihre Brüder spielten. Ein dickes Kopfkissen ruhte an einer Armlehne, was beinahe so wirkte, als würde Aubrey häufiger hier schlafen.

Schau einer an. Anscheinend habe ich dich doch richtig eingeschätzt, meine Süße. Du machst es dir insgeheim doch lieber gemütlich. Er fragte sich, wen sie in diesem Haus empfing, dass alles andere einen derart makellosen Eindruck erweckte.

Und er hätte zu gern gewusst, wie ihr Schlafzimmer aussah …

Kam ihr wahres, chaotisches Ich dort ebenfalls zum Vorschein?

Er ließ sich auf eine Couch sinken, sprang jedoch sofort wieder auf, als ihn etwas in den Rücken pikte, und hob ein Buch auf. Es handelte sich um einen Liebesroman, und als er durch die mit zahlreichen Eselsohren versehenen Seiten blätterte, stellte er fest, dass sie mehrere Erotikszenen unterstrichen hatte. »Meine Süße bildet sich also weiter. Sehr schön …«

Nachdem er das Buch wieder hingelegt hatte, drückte er auf der Fernbedienung, bei der er vermutete, dass sie für den Fernseher bestimmt war, auf »Play«. Die Lichter wurden gedimmt und winzige lilafarbene Lichtpunkte erschienen an den Wänden. *Cool. Gefällt mir.* Er versuchte es mit einer anderen Fernbedienung und schaltete den Projektor ein.

Knox griff nach dem Popcorn, aß eine Handvoll, zog eine Schnute, weil es schon sehr alt schmeckte, und machte es sich bequem, während *Ist sie nicht wunderbar?* anfing. Er hatte völlig vergessen, wie kitschig dieser Film war. Diese Frisuren! Und erst diese Klamotten! Leise glucksend schaute er weiter.

»Mann«, sagte er einige Minuten später zum Bildschirm. »Merkst du nicht, dass sie verrückt nach dir ist?«

»Was machst du denn da?« Aubrey kam herein und sah in ihrer Skinnyjeans, den kniehohen, mit Fell gesäumten Stiefeln und dem Off-Shoulder-Pullover einfach umwerfend aus. Panisch fing sie an, ein wenig aufzuräumen.

»Du hast gesagt, ich soll es mir gemütlich machen, *Wattsy*«, erwiderte er amüsiert. Ihre aufgerissenen Augen verrieten ihm, dass sie die Anspielung auf den momentan laufenden Film verstand und wusste, dass er sich auf die beste Freundin bezog, die versuchte, dem Nerd ein Date mit dem angesagten Mädchen zu verschaffen.

Er schaltete den Projektor aus, erhob sich und stellte die Popcornschüssel beiseite. Da entdeckte er ein weiteres Taschenbuch auf dem Boden, hob es auf und schwenkte es durch die Luft. »Ich finde die hier ja höchst interessant. Was haben wir denn hier? Lass mich raten … Noch einen Liebesroman mit unterstrichenen Szenen?«

Sie stöhnte auf und versuchte, ihm das Buch aus der Hand zu nehmen. Aber er hielt es so hoch, dass sie nicht herankam, und legte ihr den anderen Arm um die Taille. »Kein Wunder, dass du so gut im Bett bist.«

»Das ist mein Job!« Sie reckte sich noch immer nach dem Buch.

Er musterte sie fragend.

»Diese Bücher, nicht, dass ich gut im Bett bin!« Schließlich hatte sie sich aus seinem Griff befreit und das Buch an sich genommen. »Oh Mann. Das war wirklich gut. Fast so heiß wie Charlottes *Wicked Boys After Dark*-Reihe.«

»Ich kann dir was richtig Heißes zeigen.« Er wollte sie erneut an sich ziehen, doch sie wich lachend aus und bückte sich, um Schokoriegelverpackungen vom Boden aufzuheben. Da konnte er einfach nicht anders, als ihr einen Klaps auf den Hintern zu geben.

»Lass das! Normalerweise bin ich nicht so unordentlich!«

»Schon klar. Beim Rest des Hauses habe ich mich schon gefragt, ob ich mit Felix Unger aus *Männerwirtschaft* ausgehen will, aber jetzt bin ich erleichtert, dass du doch eher Oscar Madison gleichst.«

»Ha, ha.« Sie warf das Buch auf die Couch und die Verpackungen in den Mülleimer. »Ich muss den Rest des Hauses sauber halten, weil ich manchmal zu den Feiertagen an der Reihe bin.«

»Meinst du etwa Weihnachten?«

»Ja, was denn sonst? Können wir jetzt los oder willst du mich noch länger nerven?«

»Ich amüsiere mich gerade bestens und erfahre dabei noch viel Neues über dich. Beispielsweise«, er folgte ihr durch den Flur, »dass du dein Haus elf Monate im Jahr makellos sauber hältst, damit du auf eine Feier vorbereitet bist.«

Sie starrte ihn an. »Ich benutze den Rest des Hauses nicht mal. Schließlich lebe ich ganz allein hier. Was soll ich denn machen, mich etwa als einzige Person sittsam ins Wohnzimmer setzen? Jetzt hör aber auf.«

Er trug ihre Tasche zum Wagen und sie stiegen ein. »Siehst du?«, meinte sie dann. »Ich bin keine gute Kandidatin, wenn du auf ein kinderkriegendes Hausmütterchen aus bist, also streich mich lieber gleich von deiner Datingliste.«

»Zum einen bin ich nicht scharf darauf, zu heiraten oder Vater zu werden. Und zum anderen liegst du völlig falsch, Wattsy. Je mehr ich über dein wahres Ich erfahre, desto mehr faszinierst du mich.« Er warf ihr einen Seitenblick zu, während er Richtung Highway fuhr. »Du willst mir doch nicht weismachen, dass du nicht an mich denkst, wenn wir nicht zusammen sind.«

Sie zupfte eine Tüte Cheetos aus dem Blumenstrauß, der

auf dem Rücksitz lag, riss sie auf und stopfte sich schnell eine Handvoll in den Mund, um dann mit großen Augen aus dem Fenster zu sehen.

Drei

»Du errätst nie, wo ich gerade bin«, sagte Aubrey am nächsten Morgen zu Charlotte über die Freisprechanlage ihres Handys, während sie sich für das Frühstück mit den Monroes anzog. Tatsächlich konnte sie es selbst noch immer kaum glauben, dass die beiden zugestimmt hatten, sich mit ihr und Knox zu treffen. Sie war sehr nervös und aufgeregt, und bevor ihre Freundin antworten konnte, sprudelte es auch schon aus ihr heraus: »Im *Monroe House*! Und es besteht die Chance, dass wir hier deinen Film drehen dürfen!«

»Was?«, kreischte Charlotte. »Nimmst du mich auf den Arm? Ich dachte, sie hätten sofort abgelehnt?«

»So ist es auch, aber Knox kennt die Besitzer, und er glaubt, dass unsere Chancen nicht schlecht stehen. Dieses Hotel war meine erste Wahl, Char. Es ist so geräumig und luxuriös wie das Anwesen deiner Familie, und es liegt in den Adirondacks und nur eine Stunde von deinem Gasthof entfernt. Du kannst mir glauben, wenn ich dir sage, dass es einfach perfekt ist! Also drück uns die Daumen, ja? Drück alles, was du hast, aber nicht die Beine zusammen, sonst bringt mich Beau noch um.«

Charlotte lachte, wurde dann aber schlagartig ernst. »Augenblick mal. Hast du eben wirklich Knox gesagt? Ich dachte, ihr beide habt nur eine lockere Affäre? Arbeitet ihr jetzt auf einmal auch zusammen? Oder entwickelt sich das zu einer ernsten Beziehung? Du weißt doch, dass er Grahams Geschäftspartner ist, oder? Die Bradens halten viel von ihm.«

»Das mit uns ist nichts Ernstes, sondern rein geschäftlich.« Sie betrachtete den Cheetos-Strauß auf der Kommode und die nicht verriegelte, aber verschlossene Tür, die ihre und Knox' Suite miteinander verband. Es hatte sie überrascht, dass er nach seinen großspurigen Ankündigungen doch separate Suiten für sie beide gebucht hatte, und sie war felsenfest davon ausgegangen, dass es nur ein Trick war und sie in einem Bett schlafen würden. Darüber hinaus hatte sie sogar die heißen Dessous angezogen, die er ihr geschenkt hatte, doch er war nie durch diese Tür gekommen — er hatte nicht mal zum Flirten den Kopf um die Ecke gesteckt. Jetzt wusste sie nicht, ob sie enttäuscht sein sollte oder vielmehr erleichtert, weil er ihre Wünsche respektierte und ihr die Kontrolle überließ.

»Jetzt, wo ich ihn kennengelernt habe, kann ich dich nur ermutigen, dich auf mehr mit ihm einzulassen. Ich mag ihn sehr, Aubrey. Er ist witzig und attraktiv, und nach allem, was mir Beau erzählt hat, ist er außerdem ein sehr aufrichtiger und guter Kerl. Was nicht heißen soll, dass er keine Makel hätte. Anscheinend gehört er zu den Männern, die sämtliche Hebel in Bewegung setzen, wenn sie etwas haben wollen, selbst dann noch, wenn jeder andere längst aufgegeben hätte.«

»Ja, das habe ich auch schon gemerkt.« Aubrey schlüpfte in ein Paar taubengraue Pumps und warf einen letzten Blick in den Spiegel. »Ich habe meinen marineblauen Chanel-Hosenanzug an. Er wirkt sehr elegant und geschäftsmäßig und in der Hose sehe ich scharf aus. Was denkst du? Die Monroes sind angeblich sehr konservativ. Sollte ich lieber einen Rock anziehen?«

»Wir sind nicht mehr in den Fünfzigerjahren. Du siehst in allem umwerfend aus und außerdem ist die Kleidung nicht weiter wichtig. Sobald du den Mund aufgemacht hast, werden deine Persönlichkeit und deine Intelligenz ohnehin den Ausschlag geben. Aber ich muss jetzt los. Beau hat Omeletts gemacht, und ich will ihm jetzt zeigen, worauf ich wirklich Appetit habe. Vielleicht solltest du langsam anfangen, mich als Nymphomanin zu bezeichnen, denn sobald ich in seiner Nähe bin, will ich nur noch ihn. Sag mir hinterher unbedingt Bescheid, wie es gelaufen ist!«

»Mach ich. Und viel Spaß!« *Nymphomanin. So könnte man mich in Knox' Gegenwart auch bezeichnen.* Das war ein guter, wenngleich etwas erschreckender Gedanke. Als sie sich jedoch Charlotte und Beau zusammen ausmalte, wurde ihr ganz warm ums Herz. Dass sich Charlotte im nicht genutzten Gasthof eingebunkert hatte, war für ihre Karriere zwar von großem Vorteil gewesen, dennoch hatte sich Aubrey auch Sorgen um ihre Freundin gemacht, die mutterseelenallein in den Bergen von Colorado lebte. Darum freute sie sich jetzt umso mehr, dass Charlotte mit Beau einen Mann gefunden hatte, der ihrer Gutmütigkeit und Liebe würdig war.

Liebe …

Wenn Aubrey so wie jetzt an Charlotte und Beau oder Presley und Nolan dachte, fragte sie sich manchmal, wie ihr Liebesleben aussehen würde, wenn sie ein romantischerer Mensch gewesen wäre und Beziehungen offener gegenübergestanden hätte. Ihre Eltern führten noch immer eine mustergültige Ehe voller Liebe und Freude. Allerdings hatte ihre Mutter ihr Leben ganz auf die Karriere ihres Vaters eingestellt und unterstützte ihn, wo immer sie konnte. Sie verschmolz mit seiner Welt und wirkte eher wie eine Erweiterung seiner Person, indem sie seine Liebe zum Sport teilte und ihn ebenso anfeuerte wie er sein Team. Aubrey hatte kein Problem damit, jemanden zu unterstützen und anzufeuern, jedoch unterschied sich ihre Welt stark von der ihrer Mutter. Noch war ihr kein Mann begegnet, der bereit gewesen wäre, das für sie zu tun – sie zu unterstützen, sie anzufeuern, ohne ihr in den Ohren zu liegen, weil sie so viel Zeit in die Unternehmensleitung investierte. Gleichzeitig war ihr auch bewusst, wie hochnäsig sich das anhörte und wie unfair es war, so etwas von einem anderen Menschen zu erwarten, wo sie doch selbst nicht bereit war, in den Hintergrund zu treten und die zweite Geige zu spielen, während die Karriere des Mannes den Vorrang hatte. Aber sie war vor allem Realistin und gestand sich nicht einmal einen Augenblick lang zu, sich in dieser Hinsicht etwas vorzumachen oder sich einzubilden, dass sie sich derart verbiegen könnte.

Ein Klopfen an der Tür holte sie in die Realität zurück.

Sie schüttelte den Kopf, um ihn wieder freizubekommen, steckte die Zimmerkarte ein und ging zur Tür. Davor stand Knox, der sich das dichte Haar aus dem glattrasierten Gesicht gekämmt hatte. Sie konnte sich nicht daran erinnern, wann sie ihn das letzte Mal ohne seinen gut gepflegten Dreitagebart gesehen hatte, und, Grundgütiger, sah der Mann heiß aus! Am liebsten hätte sie eine Wange an seiner gerieben, um sie zum ersten Mal so glatt zu spüren. *Jungfräuliche Wangen,* schoss es ihr durch den Kopf, und sie musste ein Lachen unterdrücken. Sie ließ den Blick weiter nach unten wandern, über sein weißes Hemd, die dunklen Jeans und seine Bikerstiefel, die er am liebsten trug, vor allem beim Motorradfahren. Es gab nichts Heißeres als Knox Bentley, der auf seiner glänzenden schwarzen Ducati bei einem Wohltätigkeitspicknick vorfuhr.

Aber das hier war kein Picknick, sondern eine äußerst

wichtige Besprechung mit konservativen Geschäftspartnern, und er würde noch dafür sorgen, dass alles in die Hose ging.

»Wow. Nach einer Nacht voller erotischer Fantasien, in denen die Frau auf der anderen Seite der Tür die Hauptrolle spielte, bist du ein sehr willkommener Anblick.« Knox beugte sich vor und gab ihr einen Kuss auf die Wange. »Guten Morgen, meine Schöne. Hast du gut geschlafen?«

»Ja, aber … Jeans, Knox? Im Ernst? Das sind die *Monroes!* Alter Geldadel. Denkst du nicht, dass du dich dem Anlass entsprechend kleiden solltest?«

»Ich sagte doch bereits, dass wir uns schon länger kennen. Sie wissen, wie ich bin und wie ich mich kleide.«

Sie seufzte. »Hoffentlich hast du recht. Ich möchte unsere einzige Chance nicht vermasseln.« Sie konnte nicht widerstehen und strich ihm mit einer Hand über die glatte Haut an seinem kantigen Kinn. »Du siehst glatt rasiert super aus …«

»Ja?« Er beugte sich ganz nah zu ihr. »Ich bin schon sehr gespannt, ob du meine glatten Wangen an den Oberschenkeln aufregender findest als meine Bartstoppeln.«

Als wäre sie nicht schon nervös genug, reagierte ihr Körper nun auch noch auf seine anzügliche Bemerkung, indem er ein Feuerwerk in ihrem Inneren losgehen ließ. Wie sollte sie sich mit solchen Bildern vor ihrem inneren Auge mit den Besitzern des Hotels treffen?

»Erst mal bringen wir das Treffen hinter uns«, erwiderte sie herausfordernd. Am liebsten hätte sie ihn gefragt, aus welchem Grund er ihr letzte Nacht keinen Besuch abgestattet hatte, aber da sie auf getrennten Zimmern beharrt hatte, ließ sie es auf sich beruhen. »Lass uns gehen, sonst kommen wir noch zu spät.«

Sie liefen über den mitternachtsblauen Teppich zur Haupttreppe. Monroe House war deutlich eleganter als

Charlottes Gasthof, doch das würden sie beim Dreh problemlos ändern können, indem sie gewisse Elemente wie die verzierten Laternen entlang der Treppe und den großen Flügel, den sie in der Lobby gesehen hatte, einfach entfernten. Das wundervolle Holz und die Ruhe in dem abgelegenen Hotel waren jedoch ideal.

Je näher sie der Treppe kamen, desto stärker machte sich das Flattern in ihrem Bauch bemerkbar. Dabei war es für sie nichts Neues, einen geschäftlichen Abschluss auszuhandeln, daher gab es auch eigentlich keinen Grund, nervös zu sein. Allerdings konnte sie nach der anfänglichen Absage von Vincent Monroe jetzt nicht anders. Es war nicht ihr Ding, jemanden anzuflehen oder ihre Kontakte zu nutzen, um eine endgültige Entscheidung herbeizuführen, doch sie wünschte sich so sehr, dass der Film genau so wurde, wie Charlotte es sich vorstellte. Und dafür war sie bereit, auf ihren Stolz zu verzichten, und hoffte auf das Beste.

Als sie die Treppe hinuntergingen, legte Knox ihr eine Hand in den Rücken. »Vergiss nicht, dass wir das geschickt angehen müssen. Überlass es bitte mir, das Projekt zur Sprache zu bringen.«

»Okay.« Sie warf einen Blick in Richtung Empfang, wo eine Frau hinter dem Tresen telefonierte, während eine andere mit einem Gast sprach. In der Nähe standen mehrere gut gekleidete Männer und Frauen ins Gespräch vertieft zusammen. Aubrey fragte sich, ob die Monroes darunter waren.

»Nervös?«, erkundigte sich Knox leise.

»Woher weißt du das? Sieht man es mir etwa an?«

Er blieb auf dem Treppenabsatz stehen. »Nur, wenn man dich sehr gut kennt. Alle anderen sehen die wunderschöne, selbstsichere Geschäftsfrau, die du nun mal bist. Aber mir fällt der Unterschied auf.«

Sie legte den Kopf schief und sah ihn fragend an.

»Ich kann es hier spüren.« Er drückte die Hand etwas fester auf ihren oberen Rücken. »Dein Herz schlägt sehr schnell. Oder liegt das etwa an meiner Nähe?«

Sie seufzte leise.

»Wir schaffen das schon, Aubrey. Wir sind nicht nur im Schlafzimmer ein gutes Team.«

»Woher weißt du, wie wir auch außerhalb des Schlafzimmers zusammenpassen?«

»Du bist offenbar nicht zu nervös zum Zuhören. Das ist gut.« Er schenkte ihr ein Lächeln. »Wir waren schon auf diversen geschäftlichen Empfängen, daher weiß ich recht genau, wie du vorgehst. Dass du wirklich beeindruckend bist, wirst du selbst wissen. Wir können beide gnadenlos verhandeln und andere durchschauen. Wir wissen, wann wir geben«, in seinen Augen schien es zu lodern, »und wann wir nehmen müssen.«

»Knox! So etwas darfst du während der Besprechung auf keinen Fall tun!«, schimpfte sie mit gedämpfter Stimme.

»Was denn?« Er trat näher an sie heran.

»Das!«, flüsterte sie. »Diesen ›Ich will dich in meinem Bett‹-Blick, den du mir und vermutlich auch jeder anderen Frau zuwirfst.«

Sie wandte sich ab und wollte die Treppe weiter hinuntergehen, doch er legte ihr eine Hand auf den Arm und zog sie an sich. Dabei sah er sie mit zusammengekniffenen, harten Augen an, die kälter wirkten, als sie es je bei ihm gesehen hatte. Sein Griff fühlte sich jedoch nicht fest an, zwar besitzergreifend, jedoch ohne Aggressivität, was ein verwirrendes Gefühlschaos in ihr auslöste.

»Denkst du wirklich, ich würde ständig irgendwelche

Frauen aufreißen?«

»Es wäre töricht, das nicht zu tun«, antwortete sie leise. »Und ich mache mir da nichts vor, Knox. Die Art, wie wir zum ersten Mal und seitdem immer wieder im Bett gelandet sind, verrät mir schon so einiges.«

»Ach ja? Dann habe ich das möglicherweise aus einem falschen Blickwinkel betrachtet. Sollte mir das denn auch etwas über dich verraten?«

»Nein«, erklärte sie entschieden. »Ich bin nun wirklich kein Mensch, der ständig irgendwelche Affären hat, aber …«

»Das gehört zu den Dingen, die ich so an dir mag«, fiel er ihr hitzig ins Wort, aber die bisher unbeantwortete Frage schien noch immer zwischen ihnen zu stehen.

»Das geht mir im Gegenzug genauso«, gab sie aufrichtig zu. »Ich war schon mit einigen Männern zusammen, aber ich habe es mir nicht zur Gewohnheit gemacht, im Anschluss an geschäftliche Events einen Mann mit ins Bett zu nehmen.«

»Und doch hast du keinen Moment gezögert, als du an mich herangetreten bist.«

»Und du hast ebenso bereitwillig zugestimmt.« Sie kniff die Augen zusammen und ihr Herz raste. »Vielleicht ist es an diesem Abend einfach mit mir durchgegangen.« *Und ich habe mich bis jetzt nicht wieder eingekriegt.* »Was nicht heißt, dass ich es bereue, aber interpretier bitte nichts hinein, was nicht den Tatsachen entspricht.«

»Du weißt ganz genau, dass da mehr ist, Aubrey. Die Verbindung zwischen uns war – *ist* – unübersehbar. Es gibt keine andere, die ich in meinem Bett haben will. Zugegeben, es hat eine Weile gedauert, bis mir das klar geworden ist, aber was ist mit dir? Ist das deine Art, mir zu vermitteln, dass du auch mit anderen Männern ins Bett gehst?«

»Knox!« Eine große, unfassbar schlanke Brünette kam auf Schuhen mit wahnsinnig hohen Absätzen die Treppe hochgelaufen. Sie trug einen dunklen Designer-Hosenanzug, warf ihm die Arme um den Hals und gab ihm so feste Wangenküsse, dass Lippenstiftflecken zurückblieben. Ihr dunkles Haar war zu einem lässigen Halbknoten hochgesteckt, aus dem lange Strähnen heraushingen. Sie hatte blasse Haut und trug dezentes Make-up, nur die großen dunklen Augen waren stark geschminkt. Auch wenn man sie fast schon als dürr bezeichnen konnte, sah sie umwerfend aus. Sie ließ die Arme sinken und legte Knox eine Hand auf die Brust. »Wir haben uns viel zu lange nicht mehr gesehen. Du siehst großartig aus.«

Na super. Du triffst dich mit einer anderen, während du mit mir hier bist? Was zum Henker soll der Blödsinn?

Knox ließ den Blick am Körper der Frau hinabgleiten und legte ihr einen Arm um die schmale Taille. »Du aber auch. Wie geht es dir? Alles klar bei dir?«

»Oh ja, und wie! Aber du könntest dich wirklich öfter sehen lassen. Wir haben uns zuletzt im Herbst getroffen, bevor du nach Belize gegangen bist. Du kannst mich doch nicht so lange allein lassen, selbst wenn wir hin und wieder telefonieren. Ich habe Knox-Entzug.«

Jetzt reicht es aber langsam. Aubrey stellte sich etwas aufrechter hin und wollte Knox schon mitteilen, dass sie jetzt zur Rezeption gehen und sich erkundigen würde, wo sie Vincent Monroe finden könne, um die Sache hinter sich zu bringen und von hier zu verschwinden, als er ihre Hand nahm. »Paige, das ist Aubrey Stewart. Aubrey, das ist Paige.«

»Oh, es ist mir ein Vergnügen!« Paige ignorierte Aubreys ausgestreckte Hand und schlang ihr die schlanken Arme um den Hals, um sie herzlich zu umarmen. »Ich bewundere dich sehr, weil du dir ein regelrechtes Imperium aufgebaut hast. Du bist vielen Frauen ein großes Vorbild. Ich wünschte, ich hätte nur ansatzweise deinen Geschäftssinn, aber in meiner Familie scheinen wohl Knox und Landon das Talent geerbt zu haben.«

In der Familie? Ach herrje …

»Unsinn«, widersprach Knox ihr. »Paige ist ein großartiges Model und sogar noch talentierter als Organisatorin von Events und als Künstlerin.«

Aubrey hatte sich noch immer nicht von dem Schreck über ihre Fehleinschätzung erholt. Sie wusste von Knox' Geschwistern, hatte sich jedoch nie ausführlich, sondern immer nur am Rande mit ihm darüber unterhalten. Erst jetzt fiel ihr nicht nur die Ähnlichkeit in Paiges warmen kakaobraunen Augen auf, auch die Art, wie Paige Knox ansah, ähnelte vermutlich den Blicken, mit denen Aubrey ihre Brüder bedachte. Sie war nicht so redselig wie Paige, was jedoch nichts daran änderte, dass sie ihre Brüder und ihre Erfolge sehr bewunderte.

»Ich mag Partys und Malen«, sagte Paige. »Das ist beides viel interessanter als das Modeln, und wenn es ums Planen geht, macht mir so schnell niemand etwas vor. Kommt, gehen wir rüber ins Restaurant.«

»Arbeitest du hier?«, fragte Aubrey und folgte Paige nach unten.

»Ja. Knox, hast du in letzter Zeit mal mit Landon gesprochen?«

»Wir haben uns nur ein paar Nachrichten geschickt.«

»Dann sollte ich dich besser vorwarnen: Er ist ständig schlecht gelaunt, seitdem Carlos Ruiz vor einigen Monaten hier war. Hier steigen immer wieder Schauspieler ab, und auch Carlos hat schon mehrmals bei uns Urlaub gemacht, aber du hast bestimmt von dem Medienrummel bei seinem letzten Besuch gehört. Seitdem ist Landon irgendwie permanent angespannt. Ich kann es ihm nicht mal verdenken, schließlich sind viele unserer Kunden um ihre Privatsphäre besorgt.«

»Oh ja, daran erinnere ich mich«, meinte Aubrey, während sie die Lobby durchquerten und zum Restaurant gingen. »Das war in allen Klatschspalten. Der ewige Junggeselle Hollywoods verlobt sich mit … diesem Model. Wie war doch gleich ihr Name?«

»Brenda Marlow«, antwortete Paige, und sie betraten das Restaurant. »Einen Monat später haben sie die Verlobung gelöst. Da hättet ihr Landon erleben müssen. Einige Reporter haben hier herumgeschnüffelt und er hat sie entschieden vor die Tür gesetzt. Solche Dramen kann er nämlich überhaupt nicht leiden.«

»Ein Mann nach meinem Geschmack.« Aubrey grinste Knox frech an.

»Wenn du bei ihm landen willst, musst du dir schon einen Penis wachsen lassen.« Knox' Bemerkung entlockte Paige ein Lachen. »Mein Bruder steht auf Männer. Tut mir leid, Aubrey, dein gutes Aussehen wird dir bei diesem Treffen nicht weiterhelfen.«

Sie waren mit seinem Bruder verabredet? Aubrey hatte die ganze Zeit geglaubt, sie wollten mit Vincent Monroe sprechen. Wenn Knox die Besitzer gar nicht kannte und dies nur irgendein Schachzug war, um sie zu einer Beziehung zu überreden, dann konnte er was erleben.

»Ähm, sagt mal, ihr beiden … Seid ihr zwei etwa zusammen?«, fragte Paige auf einmal.

»Nein«, erwiderte Aubrey zur selben Zeit, als Knox »Ja« sagte.

Paige zog verwirrt die Augenbrauen zusammen. »Okay. Ich frage lieber nicht nach.«

»Warum ist es hier so ruhig?«, wollte Knox wissen. »Herrscht zu dieser Jahreszeit nicht sonst mehr Betrieb?«

»Ja, aber seitdem der neue Skiort eröffnet wurde, kommen weniger Gäste. Es wird bestimmt bald wieder besser«, meinte Paige hoffnungsvoll. »Da ist Landon.«

Paige deutete durch den Raum auf einen großen, attraktiven Mann, der gerade von seinem Platz an einem Fenstertisch aufstand. Er hielt sich ein Handy ans Ohr und war ganz eindeutig allein. Aubrey kämpfte gegen ihre Enttäuschung an und zwang sich zu einem Lächeln, als Landon ihnen zunickte. Er sah Knox ähnlich und war ebenso groß und breitschultrig, hatte etwas helleres Haar als Paige, das einen sanfteren Braunton hatte als Knox', hielt sich jedoch steifer als sein Bruder und hatte misstrauischere Augen. Sein grauer Anzug war maßgeschneidert und seine Manschettenknöpfe glänzten im Licht des Kerzenleuchters, sodass er einen starken Kontrast zu dem in Jeans und Stiefeln gekleideten Knox bildete.

Landon hatte sein Telefonat eben beendet, als sie an den Tisch traten. Rasch steckte er das Handy in die Tasche und setzte ein belangloses Lächeln auf. Als er Aubrey die Hand reichte, bemerkte er, wie Knox mit dem Kiefer mahlte. »Landon Bentley«, stellte er sich mit tiefer, sanfter Stimme vor, die weicher, aber ebenso potent klang wie die seines Bruders. »Sie müssen die berühmte Aubrey Stewart sein. Ihr beachtlicher Ruf eilt Ihnen voraus. Es ist mir eine große Freude, Sie kennenzulernen.«

Knox erkannte allein am verhärteten Kiefer seines Bruders, dass Landon noch angespannter war als üblich.

»Das ist sehr freundlich von Ihnen. Ich wusste gar nicht, dass Knox' Geschwister an Monroe Enterprises beteiligt sind.« Aubrey warf Knox einen fragenden Blick zu.

»Monroe ist der Mädchenname unserer Mutter«, erklärte Landon. »Uns allen gehört ein Teil dieses Hotels und mehrerer anderer. Dazu gehören auch Knox und unsere Verwandten Vincent, Elsie und Carlisle Monroe, allerdings arbeitet von ihnen nur Vincent hier.«

Landon und er hatten im Laufe der Jahre so einige Differenzen gehabt, insbesondere, weil sich Knox entschieden hatte, aus dem Familienunternehmen und dem anspruchsvollen Lebensstil auszusteigen, aber heute wirkte Landon noch gereizter als sonst. Knox ging davon aus, dass sein Bruder ihn mit der Bemerkung darüber, dass auch Knox am Hotel beteiligt war – von Geburt an, nicht etwa, weil er es sich erarbeitet oder gewünscht hatte –, nur provozieren wollte. Schließlich hielt er sich weitestgehend aus allen Entscheidungen raus und hätte sich auch offiziell zurückgezogen, wenn seine Familie nicht so strikt dagegen gewesen wäre. Knox und seine Geschwister verfügten über ein fast schon peinlich immenses treuhänderisches Vermögen, doch abgesehen davon, es als anfängliches Investmentkapital zu nutzen, hatte Knox es nie angerührt. Ebenso wenig baute er auf seinen Familiennamen Bentley oder Beziehungen, um Gefallen einzufordern. Bis heute. Auf dieser Tatsache wollte Landon anscheinend herumreiten. Knox hatte Paige nur angerufen und um das Treffen gebeten, weil er wusste, wie viel Charlotte Aubrey bedeutete. Auch wenn Aubrey nicht mehr wusste, wie viel sie ihm in den vergangenen zwei Jahren anvertraut hatte, erinnerte er sich doch an jedes Wort –

und, noch viel wichtiger, auch an die Augenblicke, in denen sie geschwiegen hatte. *Wir waren immer füreinander da, sei es bei der ersten Liebe, dem Verlust unserer Jungfräulichkeit, dem Tod ihrer Eltern oder …* Sie war so lange verstummt, dass Knox die Last der Geheimnisse, die sie ihm nicht anvertrauen wollte, förmlich gespürt hatte. Irgendwann hatte sie weitergesprochen. *Als wir gerade wieder Halt gefunden hatten, starb ihr Großvater. Ich würde alles für Charlotte tun.* Die Tatsache, dass sie ihre eigenen Krisen unerwähnt ließ, war ihm dabei nicht entgangen. Charlotte Sterling mochte wie die Schwester sein, die Aubrey nie gehabt hatte, aber Knox ging davon aus, dass noch mehr hinter der Geschichte steckte. Jedenfalls hatte er beschlossen, sich ordentlich dafür ins Zeug zu legen, dass Charlottes Film so perfekt wurde, wie Aubrey es sich wünschte. Und dazu gehörte auch, dass er die Bentley-Karte ausspielte.

»Ist dem so?« In Aubreys Stimme schwang eindeutig Sarkasmus mit und Knox konzentrierte sich lieber wieder auf die Unterhaltung. »Vermutlich hätte ich bei meinen Recherchen noch etwas gründlicher sein sollen.«

»Wie wäre es, wenn wir jetzt keine weiteren Familiengeheimnisse mehr aufdecken?« Knox umarmte seinen Bruder und raunte ihm ins Ohr: »Das zahl ich dir heim«, was ihm ein vertrautes Schnauben einbrachte.

Dann zog er einen Stuhl für Aubrey und einen für Paige heran und nahm neben Aubrey Platz. »Ich bin sehr froh, dass du so kurzfristig Zeit für uns hast.«

Landon hielt seinem Blick stand. »Für die Familie habe ich immer Zeit, kleiner Bruder.«

Die versteckte Botschaft traf ins Schwarze und schmerzte Knox wie eine heiße Nadel, die man ihm unter den Fingernagel bohrte.

»Wird Vincent auch noch zu uns stoßen?«, erkundigte sich Aubrey.

»Nein«, antwortete Paige. »Unser Cousin ist an diesem Wochenende bedauerlicherweise nicht in der Stadt, er ist bei einer Besprechung in einem anderen Hotel. Aber er hätte dich bestimmt gern persönlich kennengelernt.«

Eine Kellnerin trat an den Tisch und schenkte ihnen Kaffee ein. Nachdem sie wieder gegangen war, breitete Landon die Serviette auf dem Schoß aus und beäugte Knox neugierig. »Ich bin sehr gespannt, über welches Projekt du mit uns sprechen möchtest, aber in Anbetracht der Tatsache, dass du zum ersten Mal seit einer Dekade eine wunderschöne Frau zu einem Familientreffen mitbringst, sollte ich vielleicht lieber meine Rede als Trauzeuge vorbereiten und mir einen Smoking besorgen?«

Aubrey verschluckte sich an ihrem Kaffee.

Knox tätschelte ihren Rücken, reichte ihr eine Serviette und bedachte seinen Bruder mit einem wütenden Blick. In Landons Augen spiegelte sich aufrichtige Reue wider.

»Nein«, sagten Knox und Aubrey gleichzeitig. Aubrey räusperte sich und fand ihre Fassung wieder.

»Alles in Ordnung?«, erkundigte sich Paige.

»Ja. Danke«, bestätigte Aubrey, die jedoch noch immer leicht gereizt war. »Und nein, ein Smoking ist überflüssig. Knox und ich sind nur Kollegen.«

»Wir sind mehr als das«, korrigierte Knox sie dreist. »Aber wir hängen das momentan nicht an die große Glocke.«

Hätten Blicke töten können, wäre er durch Aubreys auf der Stelle gestorben, was seinen Bruder über alle Maßen zu amüsieren schien. Knox war nie gut darin gewesen, seine Gefühle zu verbergen, und er spielte auch keine Spielchen, beschloss jedoch Aubrey zuliebe widerstrebend, seine Zuneigungsbekundungen vorerst einzustellen – jedenfalls so lange, bis sie sich ihre wahren Gefühle eingestanden hatte.

Paige lächelte Aubrey an. »Dieser ganz besondere große Bruder kann manchmal ziemlich penetrant sein, aber ich hab's verstanden.« Sie tat so, als würde sie ihre Lippen verschließen.

»Danke.« Aubrey entspannte sich ein wenig.

Das war nicht gerade die beste Art, eine Besprechung zu beginnen, aber immerhin waren sie jetzt über seine Gefühle im Bilde. Dass Knox davon wusste, dass Landon wegen des eben erst überstandenen Medienrummels erbost war, gab ihm einen Vorteil. So konnte er sich vorab eine Strategie überlegen, um die Besorgnis seines Bruders nicht noch weiter anzustacheln.

»Wo das jetzt geklärt wäre …« Landon hielt inne, als die Kellnerin das Frühstück brachte. »Danke, Sarah. Das sieht köstlich aus.«

Die Kellnerin lächelte, erkundigte sich, ob sie ihnen noch etwas bringen konnte, und entfernte sich wieder. Beim Essen hielten sie Small Talk. Knox bemerkte, dass Landon Paige noch genauer als sonst im Auge behielt. Es war jetzt zwei Jahre her, dass Paige das Modeln aufgegeben hatte, um ihre Essstörung in den Griff zu bekommen, und vor etwas mehr als einem Jahr hatten ihre Ärzte – und auch Paige – verkündet, dass es ihr nun besser ging. Sie hatten ihre Probleme auf die Bitte ihrer Eltern hin verheimlicht, wobei Knox ebenso wie Paige das gern anders gehandhabt hätten. Aber inzwischen hatten sie Wege gefunden, anderen Menschen zu helfen, die ebenfalls an Essstörungen litten. Knox und seine Schwester schrieben sich häufig Nachrichten und telefonierten oft, nicht nur, damit er über ihre Gesundheit auf dem Laufenden blieb, sondern auch, weil sie sich schon immer sehr nah gestanden hatten. Er wusste, dass es ihr gut ging, konnte aber genau wie Landon nie aufhören, sich Sorgen um sie zu machen. Immerhin hatten sie erfahren müssen, dass Essstörungen nie wieder ganz verschwanden, sondern nur unter Kontrolle gebracht werden konnten – bis sie vielleicht doch wieder überhandnahmen.

Als alle satt waren, ergriff Paige das Wort. »Jetzt würde ich aber zu gern mehr über das Projekt erfahren, über das du mit uns reden möchtest. Knox hat sich am Telefon ja sehr geheimnisvoll gegeben.«

Knox warf Aubrey einen Blick zu und unterdrückte den Drang, ihre Hand zu nehmen, um ihr zu verstehen zu geben, dass er für sie da war. »Wie ihr wisst, ist Aubrey eine der Gründerinnen von LWW Enterprises. Sie leitet zudem die Medienabteilung und kümmert sich um Film und Fernsehen. Im Augenblick ist sie mit dem Start eines neuen Fernsehsenders namens ›Me Time‹ beschäftigt und produziert einen Film, der auf einem Buch ihrer besten Freundin Charlotte Sterling basiert.«

Paiges Augen leuchteten auf. »Ich liebe ihre Erotikromane! Ich habe schon von der bevorstehenden Verfilmung von *Alles für die Liebe* gelesen und kann es kaum abwarten, den Film endlich zu sehen. Das Buch war so unglaublich. Die Liebe zwischen ihren Figuren war so echt, dass man sich beinahe vorstellen konnte, es würde sie tatsächlich geben.«

»Sie ist wirklich sehr talentiert«, gab Aubrey zu. »Und ich gehe davon aus, dass der Film dieselbe Wirkung erzielen wird, wenn wir den passenden Drehort dafür finden. Wir haben bereits Duncan Raz als Hauptdarsteller verpflichtet.«

Landon kniff die Augen zusammen, als ahnte er bereits, welche Richtung das Gespräch einschlagen würde, und wäre überhaupt nicht erbaut davon.

»Ist nicht wahr!« Paige beugte sich zu Aubrey hinüber und senkte die Stimme. »Er ist sogar noch heißer als Zac Efron. Ich stehe total auf Duncan Raz, seitdem ich ihn in *Country Hearts* gesehen habe. Er hat so umwerfende blaue Augen. Ich gerate richtig ins Schwärmen.«

»Ich kann euch einander vorstellen«, schlug Aubrey vor. »Er ist seit Langem mit Chars Verlobtem befreundet und ein sehr netter Kerl.«

Paige keuchte begeistert auf.

»Wie wäre es, wenn wir das später besprechen«, schaltete sich Landon entschieden ein. »Kommen wir lieber zu dem Projekt zurück, das du mit uns besprechen möchtest. Es ist ganz offensichtlich der Grund für Knox' Besuch.«

»Wir reden später weiter«, versprach Paige Aubrey.

Knox ließ seinem Bruder die Bemerkung durchgehen. »Wie ich bereits erwähnte, wird der Film, den Aubrey produziert, für das Fernsehen und nicht für die große Leinwand gedreht und spielt in einem Gasthof, der diesem Hotel sehr ähnelt. Aubrey würde sich riesig freuen, wenn die Dreharbeiten im Monroe House stattfinden könnten.«

Die Hände seines Bruders verschwanden unter dem Tisch, und Knox wusste, dass Landon die Fäuste ballte. Allerdings hatte er in der Öffentlichkeit noch nie Aggressionen gezeigt und beherrschte es meisterhaft, weiterhin Interesse zu heucheln.

»Während der Zeit müsste das Hotel geschlossen bleiben«, fuhr Knox fort. »Aubrey ist bereit, das Timing mit uns abzustimmen.« Er warf Aubrey einen Blick zu, und sie nickte, obwohl sie das nicht im Voraus abgesprochen hatten. Aber ihm war klar, dass sie alles tun würde, wenn sie nur hier drehen durfte. »Angesichts der Probleme, die ihr zuletzt mit den Medien hattet, wird LWW zusätzliche Securityleute einstellen und nach Möglichkeit dafür sorgen, dass die Dreharbeiten unter Ausschluss der Öffentlichkeit stattfinden. Es würde mir sehr viel bedeuten, wenn ihr über ihre Bitte nachdenken würdet.«

»Wow, im Ernst?« Paige schaute zwischen Aubrey und Knox hin und her. »Das wäre wahnsinnig aufregend und käme genau zur rechten Zeit, da wir aufgrund des neuen Skiresorts ohnehin weniger Buchungen bekommen. Und wir finden garantiert einen Weg, die Medien außen vor zu lassen. Bei Fotoshootings und Filmdreharbeiten gelingt das schließlich auch.«

»Das ist keine Entscheidung, die wir hier und jetzt treffen können«, erklärte Landon ruhig. »Dabei gibt es viel zu bedenken, wenn wir das Hotel schließen und Buchungen verschieben müssen. Aber wir lassen es uns durch den Kopf gehen.«

»Überleg doch nur, welche Publicity wir bekämen, wenn der Film im Fernsehen gelaufen ist, Landon«, gab Paige zu bedenken. »Dann wären wir über Jahre ausgebucht.«

»Über Jahrzehnte«, versprach Aubrey. »Der Gasthof, in dem *Dirty Dancing* gedreht wurde, kann sich noch heute kaum vor Anfragen retten.«

Landon saß einfach nur schweigend da.

»Ich wäre euch sehr dankbar, wenn ihr euch das gründlich durch den Kopf gehen lasst«, sagte Aubrey. »Solltet ihr zustimmen, uns das Hotel zu überlassen, werde ich persönlich zusätzliche Securityleute einstellen, wie Knox eben schon erwähnt hat. Wir schätzen, dass die Dreharbeiten im Gasthof etwa drei bis vier Wochen dauern werden, und falls ihr hinsichtlich der Art des Films, den wir drehen werden, besorgt seid, kann ich euch versichern, dass es kein Erotikfilm wird und auch keine Gewalt oder anstößige Szenen enthalten wird. Es geht um eine geschmackvolle und wunderschöne

Liebesgeschichte zwischen zwei Menschen mit gebrochenem Herzen, die ohne den anderen nie wieder glücklich geworden wären, zusammen jedoch die Chance auf ein schönes Leben haben. Ich kann euch auch gern das Drehbuch zukommen lassen.«

»Das ist sehr freundlich von dir, Aubrey«, erwiderte Landon, »aber nicht nötig.«

»Wir haben auch noch nicht über das Finanzielle gesprochen, doch ich gehe davon aus, dass wir da eine Lösung finden, mit der beide Seiten zufrieden sind. Und ich hoffe, dass ihr einen Entschluss trefft, von dem das Monroe House ebenso wie der Film profitieren werden. Danke, dass ihr euch heute Morgen Zeit für mich genommen und euch meinen Vorschlag angehört habt.«

»Ich habe mich sehr gefreut, dich kennenzulernen«, sagte Paige. »Und ich glaube, der Film könnte uns sehr guttun, doch die endgültige Entscheidung liegt bei Landon, da er sich zusammen mit Vincent um die ganze PR des Hotels kümmert.«

»Was ist mit Vincent?«, erkundigte sich Aubrey. »Sollen wir uns auch noch mit ihm treffen?«

»Nein. Ich werde mich mit ihm beraten, letzten Endes ist es jedoch meine Entscheidung. Es hat mich sehr gefreut, Aubrey.« Landon legte seine Serviette auf den Tisch, sah auf die Uhr und wollte die Unterhaltung offensichtlich beenden. »Wir werden über alles nachdenken und melden uns dann bei dir. Wenn ihr mich jetzt entschuldigen würdet.«

Er stand auf, und Knox erhob sich ebenfalls und legte Aubrey eine Hand auf die Schulter. Sie sollte nicht zwischen ihm und Landon stehen. »Ich würde gern noch ein paar Minuten mit dir unter vier Augen über Familienangelegenheiten sprechen.«

Paige hob den Kopf. »Kann ich Aubrey dann kurz entführen? Wir könnten einander besser kennenlernen, während ihr euch unterhaltet.« Sie nahm Aubreys Hand, stand auf und zog Aubrey mit sich. »Soll ich dich ein bisschen herumführen?«

»Das wäre wunderbar.« Aubrey schüttelte Landon die Hand. »Noch einmal vielen Dank, dass du dir die Zeit genommen hast. Es hat mich sehr gefreut, Knox' Familie kennenzulernen. Manchmal kommt er mir nämlich vor wie ein einsamer Wolf.«

Knox legte ihr einen Arm um die Taille und fragte sich, ob sie sich daran erinnerte, dass sie sich in ihrem Büro als einsame Wölfin bezeichnet hatte. »In meinem Bau ist noch Platz ...«

Die Bemerkung brachte ihm einen entrüsteten Blick von Aubrey ein.

Landon lachte auf. »Jetzt wundert es mich nicht länger, dass ich mir keinen Smoking besorgen muss. Wirklich charmant, kleiner Bruder.«

»Du hast den ganzen Charme für dich gepachtet, da musste ich mich mit Humor und gutem Aussehen begnügen.«

»Offenbar bin ich die einzige Normale in der Familie. Komm mit.« Paige zog Aubrey bereits von den Männern weg. »Ich bringe sie später zurück, keine Sorge.«

»Es kommt ein Sturm auf«, rief Landon ihnen hinterher. »Beeilt euch besser.«

Knox war sich nicht sicher, ob sie sich wegen der Kaltfront oder der bevorstehenden Auseinandersetzung beeilen sollten.

Vier

»Wo gehen wir denn hin?«, fragte Knox, als er zusammen mit Landon das Restaurant verließ.

»In mein Büro. Wie läuft es bei dir, Knox? Ich meine, abgesehen von deiner Zuneigung zu einer ganz bestimmten blonden Geschäftsfrau. Mom und Dad haben dich über die Feiertage vermisst und wir auch.«

»Ja, ich weiß. Tut mir leid. Die Geschäfte laufen gut. Wir bauen ein nachhaltiges Wohnprojekt gleich außerhalb von Seattle und die umliegenden Viertel unterstützen uns nach besten Kräften.«

»Davon habe ich schon gehört. Herzlichen Glückwunsch.« Landon warf ihm einen Blick zu. »Du hast zwar behauptet, du wärst wegen des Projekts in Belize geblieben, aber wir wissen doch beide, dass es schon vor Weihnachten abgeschlossen war. Und ich habe keine neuen Ankündigungen von weiteren Auslandsunternehmungen von B&B Enterprises gelesen.«

»Stimmt. Aber es gab im Anschluss noch einiges zu erledigen. Außerdem planen Sage Remington und ich ein gemeinsames Projekt.« Sage war Künstler und der Gründer von *Hydration Through Creation*, einem Projekt, das sich auf den Brunnenbau in Entwicklungsländern über den Verkauf von

Kunstwerken konzentrierte. Knox und Graham hatten sich mit Sage zusammengetan, um in einem Dorf in Belize Tiny Houses zu bauen. Erst zu Silvester war Knox in die Vereinigten Staaten zurückgekehrt – mit der festen Absicht, seine Familie zu besuchen, doch direkt nach der Landung war sein Entschluss ins Wanken geraten. Stattdessen hatte er die Silvesterparty der Ladies Who Write aufgesucht, weil er genau wusste, dass er Aubrey dort antreffen würde. Sie hatten zwei heiße Nächte in einem Luxushotel verbracht, sich alte Filme angesehen und den Bauch mit ihren Lieblingssnacks vollgestopft. Obwohl Aubrey eigentlich nichts Festes wollte, hatten sie auch viel geredet und einander erzählt, was in den vergangenen Monaten so passiert war. Auch da hatte sie seinen Vorschlag, eine richtige Beziehung zu führen, bereits abgelehnt. Beim Verlassen des Hotels an einem nebligen Morgen war er daher umso entschlossener gewesen, sie umzustimmen. Denn in Belize war ihm eines klar geworden: dass sie die Richtige für ihn war. Er würde nie eine andere als Aubrey Stewart haben wollen, und wenn sie ihren Dickkopf endlich mal ausschaltete, musste sie doch erkennen, dass er auch der Richtige für sie war.

»Ich habe gehört, du wärst Silvester schon wieder im Land gewesen«, meinte Landon, als sie den Verwaltungsflügel betraten und sich auf den Weg in sein Büro machten.

Verdammt. Er hatte nicht damit gerechnet, dass Landon über jede seiner Bewegungen im Bilde war. Dabei hätte ihm das doch klar sein müssen. Trotz ihrer angespannten Beziehung hatte sich Landon stets so verhalten, als hätte er die Verantwortung für Knox.

»Ich weiß, dass du auf der LWW-Silvesterparty in Port Hudson gewesen bist, Knox. Von dort ist es nicht gerade weit bis nach Hause. Mom und Dad werden nicht jünger und Paige sollte dich auch hin und wieder mal zu Gesicht bekommen.«

In Landons Büro schloss Knox die Tür hinter sich. »Ich hatte die ganze Zeit Kontakt zu Paige, und Mom und Dad wussten, dass ich viel zu tun hatte. Es schien ihnen nichts auszumachen.«

»Weil sie die Tatsache akzeptiert haben, dass du dich nicht länger dazu herablässt, ihre Partys zu besuchen.« Landon deutete auf einen der Stühle, die vor seinem Schreibtisch standen, und ließ sich auf den anderen sinken.

»Das hat nichts mit Herablassung zu tun. Ich kann es einfach nicht leiden, dass wir ständig mit unserem Besitz prahlen müssen oder jeden Feiertag so begehen, als wollten wir Rekorde brechen.« Bei den Weihnachtsfeiern seiner Eltern ging es nie wirklich um die Familie; sie dienten allein der Show und sollten anderen die glücklichen, reichen Bentleys vorgaukeln, bei denen es keine Probleme gab. Daher hatte er das Weihnachtsfest in Belize mit Menschen verbracht, die das Beisammensein mit ihren Liebsten zu schätzen wussten und ihn wie ein Familienmitglied behandelt hatten. Er hatte deutlich vor Augen geführt bekommen, was er sich in seinem Leben wünschte. Genau so sollte es für ihn auch sein, und wenn es nach ihm ginge, wäre Aubrey dabei an seiner Seite.

»Was liegt dir auf der Seele, Landon? Warum bist du Aubrey gegenüber so abweisend? Okay, es gab da eine Krise mit den Medien, aber das ist doch noch lange keine Katastrophe.«

Landon wandte den Blick ab, konnte jedoch nicht verhindern, dass Knox den Schmerz in seinen Augen bemerkte. Sein Brustkorb zog sich zusammen. »Was ist los, Bruder? Ist was mit Mom und Dad, von dem ich wissen müsste?«

Da hob Landon den Kopf, und als er Knox ansah, war der schmerzverzerrte Ausdruck verschwunden und durch die einstudierte Freundlichkeit ersetzt, die Knox viel zu gut kannte. Er würde alles dafür geben, dass Landon mal ein wenig lockerer wäre und seine Gefühle zeigen oder gar über sie sprechen würde. Himmel, er hätte nicht einmal etwas dagegen, wenn Landon ihn anbrüllen oder gar boxen würde, doch dieser dauernde Rückzug nervte ihn gewaltig.

»Nein. Es geht ihnen gut.«

Knox erhob sich und ging auf und ab. »Was liegt hier dann in der Luft? Wieso bist du noch angespannter als üblich? Denn wir wissen doch beide, dass du mit ein bisschen Stress durch die Medien locker klarkommst.«

»Ich mache mir Sorgen um Paige.« Landon stand ebenfalls auf und ging zum Fenster. »Es wäre nicht gut für sie, wenn sie abermals in diese Welt reingezogen wird. Du weißt doch, wie leicht sie sich beeinflussen lässt. Wir müssen gut auf sie aufpassen.«

»Es scheint ihr doch gut zu gehen – oder ist mir da etwas entgangen? Beim Frühstück hat sie das Essen weder auf dem Teller herumgeschoben noch runtergeschlungen. Mit den Leuten bei Project ME kommt sie gut zurecht. Sie arbeitet hier produktiv, hilft anderen, stellt Benefizveranstaltungen auf die Beine und scheint sehr viel Freude an ihrem Job hier im Hotel und an ihrer Kunst zu haben.« *Project Mindful Eating* war eine gemeinnützige Organisation, die Knox gegründet hatte, um von Essstörungen betroffene Einzelpersonen und Familien zu unterstützen und ihnen Zugang zu Behandlungen, Therapien und Weiterbildungen zu ermöglichen.

»Und offenbar steht sie auf Duncan Raz.« Landon schüttelte den Kopf. »So ein Mann, hinter dem unzählige Frauen her sind, könnte bei ihr einen Rückfall auslösen.«

»Dann geht es hierbei also darum, dass Paige sich in einen

Schauspieler verlieben könnte, der möglicherweise ein Weiberheld ist? Darüber brauchst du dir wirklich keine Sorgen zu machen. Ich werde einfach während der Dreharbeiten hier wohnen und mit allen Mitteln dafür sorgen, dass nichts passiert.«

»Normalerweise lässt du dich alle paar Monate mal blicken, und auf einmal bist du bereit, ständig hier zu sein? Aubrey muss dir ja wirklich viel bedeuten.«

»Das tut sie auch. Sie ist mir sehr wichtig, aber ich werde nicht zulassen, dass Paige darunter leiden muss. Eigentlich war ich der Ansicht, dass sich Paige gut schlägt, aber wenn du dir Sorgen machst, übernehme ich während der Dreharbeiten die volle Verantwortung.«

»Nein«, entschied Landon und verschränkte die Arme. »Das ist keine gute Idee.«

»Weil du nicht darauf vertraust, dass ich mich darum kümmere, oder weil du Paige für so schwach hältst, dass sie sich diesem Kerl auf jeden Fall an den Hals werfen wird?«

Landon bedachte ihn mit einem eisigen Blick.

Knox trat näher an seinen Bruder heran. »Ich bin derjenige, der ihr geholfen hat, die Sache in den Griff zu bekommen, und der Mom und Dad einen Therapeuten besorgt hat. Ich habe die Stiftung ins Leben gerufen, damit sie sich darauf konzentrieren, anderen helfen und das Gute an einem gesunden Lebensstil erkennen kann. Ich habe sie beinahe jeden Tag besucht, während sie in Behandlung war. Sie hat nach Verlassen der Klinik bei mir gewohnt, Landon. Ich habe sie nie im Stich gelassen. Außerdem ist Paige längst kein kleines Mädchen mehr, das uns braucht, damit wir jedes seiner Gefühle überwachen. Sie ist eine erwachsene Frau, und ja, sie ist vierundzwanzig und damit noch sehr jung, aber sie ist auch verdammt klug, was du ganz genau weißt. Sie erkennt die Anzeichen eines möglichen Rückfalls. Sie hat ihre beste Freundin an diese gottverdammte Krankheit verloren. Glaubst du wirklich, ich würde ihre emotionale Gesundheit aufs Spiel setzen? Worum geht es hierbei wirklich? Stehst du etwa auf Raz?«

»Ach, halt die Klappe.« Landon wollte sich abwenden, aber Knox hielt ihn am Arm fest und sah ihm tief in die Augen. Der Schmerz war wieder da und er traf Knox bis ins Mark. Landon hatte sich schon als Teenager geoutet und machte seitdem keinen Hehl aus seiner sexuellen Orientierung. Aber er hatte seine Beziehungen stets für sich behalten und alle im Ungewissen darüber gelassen, was er so trieb und mit wem er sich traf. Zur Collegezeit hatte er eine langjährige Beziehung gehabt, bei der Knox nicht einmal wusste, warum sie auseinandergegangen war. Damals hatte sein Bruder so gebrochen gewirkt wie in diesem Moment. Diesen Blick würde Knox nie vergessen.

»Rede mit mir. Lass mich wenigstens einmal in deinem Leben an dich ran, Landon. Ich kenne dich, und hierbei geht es nicht darum, dass du Paige nicht zutraust, mit Problemen fertigzuwerden.«

»Du kennst mich überhaupt nicht.« Landon entzog Knox seinen Arm und machte einige Schritte beiseite.

»Blödsinn. Und falls ich mich irre, dann klär mich halt auf. Aber benutz unsere Schwester nicht als Ausrede für deine Entscheidungen. Hat dir dieses Arschloch Ruiz oder einer seiner Leute ans Bein gepisst? Hat er dich belästigt? Oder jemand anderes? Hat er dich angemacht?« Seine Stimme wurde bei jeder Frage lauter, während seine Frustration ebenso anschwoll. Landon blähte die Nasenflügel auf, und da wusste Knox, dass er auf der richtigen Fährte war.

»Lass mich in Ruhe.« Landon durchquerte den Raum und wandte Knox den Rücken zu.

»Du beweist wieder einmal deine Redegewandtheit, Bruderherz. Haben die Medien dem Hotel irgendwie gedroht? Was in aller Welt geht hier vor sich?«

Landon knirschte mit den Zähnen. »Lass es gut sein, Knox.«

»Nein. Mir liegt viel an Aubrey, und ihr ist Charlotte sehr wichtig, womit die Sache für mich ebenfalls an Bedeutung gewinnt. Aus diesem Grund habe ich es auch verdient, zu erfahren, warum in aller Welt du dich derart querstellst. Ich frage dich noch mal: Hat dich irgendein Idiot angemacht und damit auf die Palme gebracht? Das kann ich mir nicht vorstellen. Dich müssen doch schon unzählige Typen angebaggert haben. Was ist passiert, Landon? Wolltest du was von ihm und hast einen Korb kassiert? Das mag dich ziemlich getroffen haben, aber …«

»Ich war in Carlos verliebt!«, fauchte Landon mit aufgeblähten Nasenflügeln und lief rot an. »Himmel, du gibst aber auch keine Ruhe, was? Wenn du dich erst mal in eine Sache verbissen hast, lässt du nicht mehr locker.«

Knox hatte es vor Verblüffung die Sprache verschlagen. Landon tigerte wie ein eingesperrtes Tier auf und ab und spannte unter seinem Anzug die Muskeln an. Währenddessen rang Knox nach Worten. »Landon …«

Sein Bruder starrte ihn nur wütend an.

»Es tut mir aufrichtig leid, Mann. Hat er es gewusst?«

Landons Miene änderte sich nicht.

»Aber er hat sich verlobt! Ist er bisexuell? Ich versuche ja nur, es zu verstehen, und nicht, dir auf die Nerven zu gehen. Aber ich kann mich beim besten Willen nicht daran erinnern, jemals etwas davon gelesen zu haben, dass Carlos Ruiz mal mit einem Mann zusammen war.«

»Er hat sich noch nicht geoutet. Ich war ein Idiot. Acht Monate vor diesem Medienalbtraum hat er hier Urlaub gemacht und da sind wir zusammengekommen. Auch nach seiner Abreise haben wir uns häufig gesehen, jedoch nie offiziell.« Er ließ sich auf der anderen Seite des Raums auf die Ledercouch sinken und vergrub das Gesicht in den Händen.

»Deine Ausflüge nach Los Angeles und Sacramento.« Auf einmal ergab alles einen Sinn. »Sein schmutziges kleines Geheimnis. Ich würde dem Mistkerl am liebsten den Hals umdrehen! Was hast du dir denn dabei gedacht? Du hast dich doch schon vor einer Ewigkeit geoutet.«

Landon legte den Kopf in den Nacken. »Ich habe überhaupt nicht nachgedacht.« Dann stützte er die Ellbogen auf die Knie und sah Knox an. »Ich war bis über beide Ohren in ihn verliebt und habe einfach ignoriert, dass er sich noch nicht geoutet hat. Das war dumm und leichtsinnig.« Er schnaufte. »Eigentlich eher deine Art.«

»Das tut mir so leid.« Knox setzte sich neben seinen Bruder und hatte großes Mitleid mit ihm. »Was ist denn genau passiert? Wie kam es zu der Verlobung?«

»Er hat herausgefunden, dass einige Reporter Fotos von uns geschossen hatten. Wir waren eigentlich unglaublich vorsichtig und haben uns in der Öffentlichkeit sehr zurückgehalten. Aber eines Abends haben wir im Garten etwas getrunken und ich konnte einfach nicht anders, ich nahm ihn in die Arme und er hat sich nicht dagegen gesträubt. Sie haben Fotos, auf denen wir uns küssen und umarmen.«

»Ach, verdammt.«

»Ich hatte in dem Moment einfach nicht daran gedacht; vielleicht hoffte ich aber auch, er würde sich besinnen und wir könnten endlich in aller Öffentlichkeit zusammen sein. Keine Ahnung. Jedenfalls habe ich mich seitdem unzählige Male gefragt, ob ich das mit Absicht gemacht habe. Aber ich schwöre dir, dass ich mich nur noch daran erinnere, wie schön es war, ihn einfach so zu küssen. Außerdem war es dunkel, und ich dachte, uns könnte sowieso niemand sehen.«

Knox legte Landon eine Hand auf die Schulter. »Ich verstehe dich sehr gut. Du musst mir nichts erklären. Wenn man verliebt ist, kann eine Menge passieren.«

Landon nickte. »Liebst du Aubrey?«

»Ach, wenn ich das wüsste. Ich weiß nur, dass mir mehr an ihr liegt, als ich es je bei einer Frau erlebt habe, und mit Aubrey ist vieles anders. Manchmal ist sie so stur, wie ich es eigentlich nur von mir selbst kenne. Ich bekomme einfach nicht genug von ihr und weiß auch nicht, ob sich das jemals ändern wird.«

»Das Gefühl kenne ich. Aber pass besser auf, denn mein Kommentar über eine Hochzeit kam bei ihr gar nicht gut an.«

»Sie hat schon mit dem Konzept einer Beziehung Probleme.«

Sie mussten beide lachen.

»Ich habe nie Fotos von dir und Carlos gesehen«, sagte Knox. »Hast du sie den Paparazzi abgekauft?«

»Oh nein«, antwortete er entschieden. »Das war er. Er hat ihnen Geld gegeben, damit sie stattdessen die Verlobungsfotos drucken. Das war alles nur eine Farce, um seinen guten Ruf in Hollywood zu retten. Er meinte, er würde keine romantischen Rollen mehr bekommen, wenn er sich outet.«

»Er hat dir erzählt, dass er ihnen Geld für die Fotos gegeben hat?«

Landon nickte.

»Der traut sich ja was.«

»Da habe ich die Sache beendet. Später haben die Reporter noch mal hier rumgeschnüffelt, aber ich hatte die Fotos von uns glücklicherweise nicht, sonst hätte ich sie ihnen vielleicht sogar gegeben, weil ich so verletzt und wütend war.« Er lachte leise auf. »Nein, das hätte ich nie getan.«

»Nie im Leben. Das ist einfach nicht dein Stil.« Knox lehnte sich zurück und freute sich darüber, dass Landon ihn an seinem Leben teilhaben ließ, auch wenn er bedauerte, dass er nicht für seinen Bruder da gewesen war, als sich das alles ereignet hatte. »Machst du dir wirklich Sorgen wegen Paige und Raz?«

Landon zuckte mit den Achseln.

»In Bezug auf Paige gebe ich dir mein Wort, aber ich vertraue auch darauf, dass sie stark genug ist. Wenn du mich fragst, ist sie gerade eh viel zu sehr mit sich und ihrem eigenen Glück beschäftigt, als sich für einen Kerl zu interessieren.«

»Möglicherweise hast du recht. Sie weiß nichts von alldem, ebenso wenig wie irgendjemand sonst. Und mir wäre es lieber, wenn das auch so bliebe.«

»Selbstverständlich. Wir tun einfach so, als würden dir die Paparazzi auf die Nerven gehen. Kommst du über all das hinweg?«

»Irgendwann schon ...«

»Ich bin vielleicht ein Sturkopf, aber ich hab dich lieb«, gab Knox aufrichtig zu. »Das weißt du doch, oder? Und auch wenn ich unterwegs bin, kannst du mich jederzeit anrufen. Hast du das verstanden?«

»Ja. Danke.«

»Dir ist schon klar, dass das, was zwischen dir und Carlos vorgefallen ist, nichts mit den von Aubrey geplanten Dreharbeiten hier im Hotel zu tun hat, oder?«

Landon nickte. »Aber ich möchte trotzdem nicht, dass hier

ein Film gedreht wird. Filmstars und Medien … Das ruft schlechte Erinnerungen hervor. Kann sie denn kein anderes Hotel nehmen?«

»Sie sucht schon sehr lange und hat mir auf dem Weg hierher gestanden, dass sie versuchen wird, sich keine zu großen Hoffnungen zu machen, dass Monroe House jedoch von Anfang an ihre erste Wahl gewesen ist. Denkst du nicht, dass du daraus eine viel zu persönliche Sache machst und besser an die positiven Auswirkungen für das Hotel denken solltest? Für mich hat es sich ganz danach angehört, als könntet ihr nach der Eröffnung des Skiresorts ein bisschen gute Publicity gebrauchen.«

»Machst nicht eher du eine viel zu persönliche Sache daraus?«

Knox stieß laut die Luft aus. Er war noch nicht bereit aufzugeben. Sein Bruder war klug und würde sich irgendwann schon besinnen und erkennen, dass es gut für das Hotel und für Aubrey wäre. Knox wusste, dass er immer auf Landon zählen konnte, auch wenn der ihn manchmal am liebsten auf den Mond schießen würde. Er konnte nur hoffen, dass sein Bruder seine Meinung ändern würde, wenn er erst begriff, wie viel Knox das alles bedeutete.

»Möglicherweise machen wir beide einen Fehler«, gab Knox zu. »Aber ich werde hier von Gefühlen getrieben, die ich nicht kontrollieren kann. Also lass uns beide eine Weile darüber nachdenken, bevor wir eine endgültige Entscheidung treffen, und in ein paar Wochen erneut darüber sprechen.«

Landon schüttelte den Kopf. »Kommst du zu Moms und Dads Dankbarkeitsball in zwei Wochen? Ich gehe davon aus, dass dir das Datum bekannt ist und du eine Einladung bekommen hast.«

»Auf gar keinen Fall, und ja, ich habe bereits geantwortet. Dann setzen wir uns in ein paar Wochen noch mal zusammen?«

»Du lässt einfach nicht locker, oder?«

Knox stand auf und grinste seinen Bruder an. »Und wie immer musst du damit leben.«

Als Landon aufspringen wollte, meinte Knox: »Entspann dich. Ich finde auch allein raus.«

»Wir können gern noch mal über die Sache reden, aber du weißt, wie meine Entscheidung ausfallen wird.«

»Das werden wir ja noch sehen.« Knox öffnete die Tür. »Ich bin dafür bekannt, meine Pläne auch umzusetzen.«

»Wenn du darin ebenso erfolgreich bist wie darin, deine Freundin zu einer Beziehung zu überreden, dann muss ich mir keine Sorgen machen.«

Als Knox hinausging, hatte er das leise Lachen seines Bruders im Ohr.

Paige führte Aubrey durch das Hotel, und bei jedem weiteren geräumigen Zimmer, das sie betraten, war Aubrey noch mehr davon überzeugt, den richtigen Drehort gefunden zu haben. Im Gasthof gab es Treppen mit verschnörkelten Eisengeländern statt Fahrstühlen, wunderschönen Stuck unter den Decken, und man hatte bei der Einrichtung selbst auf die kleinsten Details wie mit Monogramm versehene Seifenstücke, romantische Himmelbetten und antike Möbelstücke in den Suiten geachtet. Zudem verfügte das Hotel wie das Sterling House über mehrere elegante Terrassen.

Als sie über den Hartholzboden eines Ballsaals schritten,

sagte Paige: »Ich weiß, dass sich Buch und Film oft unterscheiden, aber erinnerst du dich an die Szene im Roman, in der die Heldin diese romantische Deckenburg unter den Sternen baut? Ihre *Traumlandschaft?* Kommt die auch im Film vor?«

Aubrey konnte sich sehr gut an diese Szene erinnern, die zu ihren liebsten gehörte. Charlotte hatte ihr erzählt, dass sie eine solche Traumlandschaft für Beau geschaffen hatte und dass dies ein entscheidender Wendepunkt ihrer Beziehung gewesen war.

»Ja«, bestätigte sie. »Char wäre sehr enttäuscht, wenn wir sie weglassen würden.«

»Das freut mich. Ich weiß auch schon die perfekte Baumgruppe dafür.«

Sie deutete durch die Terrassentüren über die weiten, gut gepflegten Gärten unter dem winterweißen Himmel. Vereinzelte Schneeflocken tanzten in der kalten Luft und bedeckten den zunehmend weißen Boden.

»Siehst du die Stelle, an der das Gelände hinter den Büschen abfällt? Direkt unterhalb des Hügels wird es wieder eben und dort befindet sich eine Lichtung mit einer großen Eiche und mehreren anderen Bäumen mit tief hängenden Ästen. Als wir Kinder waren, hat Knox eine Schaukel an die Eiche gehängt und dafür mächtig Ärger bekommen. Er schlich sich während einer Feier meiner Eltern hinaus, um sie anzubauen, und kam mit blutigen Händen zurück. Seine gute Kleidung war ganz schmutzig und eingerissen, weil er darin auf den Baum geklettert war. Er sah schlimm aus, strahlte aber, als hätte er etwas Großartiges vollbracht. Für mich hatte er das auch. Unsere Eltern renovierten damals gerade den Weinkeller, und er hatte einen Teil des sehr teuren Holzes stibitzt und zerschnitten – und sich dabei an der Hand verletzt. Überall war Blut. Doch er hatte die Schaukel fertiggebaut und saß danach draußen auf der Terrasse, während drinnen gefeiert wurde, bis ich zufällig vorbeikam. Später meinte er, er hätte eine gefühlte Ewigkeit dort gesessen, aber er wollte so, wie er aussah, auch nicht reingehen, weil es dann Ärger gegeben hätte und er mir doch die Schaukel sofort zeigen wollte. So bedeutete er mir, dass ich rauskommen sollte, und brachte mich dorthin.« Ihr Blick wurde sanfter und ein leises Lächeln umspielte ihre Lippen. »Ich habe mich damals wahnsinnig über diese Schaukel gefreut und liebe sie noch immer. Manchmal gehe ich dorthin, um meinen Gedanken nachzuhängen. Und es war so typisch für Knoxy, dass er meinetwegen riskiert hat, Ärger zu bekommen.«

»Knoxy?« Bei dem Kosewort ging Aubrey das Herz auf, und ihr wurde innerlich ganz warm bei der Vorstellung, dass er so etwas ganz Besonderes für Paige getan hatte.

»Oh Gott.« Paige schlug sich eine Hand vor den Mund. »Erzähl ihm bloß nicht, dass ich diesen Namen erwähnt habe. So darf ich ihn nur nennen, wenn niemand in der Nähe ist.«

Paige war geradezu enthusiastisch. Aubrey schätzte sie auf drei- oder vierundzwanzig, während sie bereits dreißig war. Sie erinnerte sich noch gut daran, wie wagemutig und redselig sie in diesem Alter gewesen war, als jeder neue Gedanke und jedes Erlebnis etwas Aufregendes mit sich brachten. Mutig und aufgeregt bei neuen Unterfangen war sie noch immer, allerdings hatte die knallharte Geschäftswelt sie abgehärtet. Im Laufe der Jahre hatte sie selbst gemerkt, wie sie sich veränderte, doch es war nie offensichtlicher gewesen als in diesem Moment, als Paiges Liebe zu diesem Anwesen und ihrer Familie zum Vorschein kam und die Geschichten nur so aus ihr heraussprudelten. Die Welt hatte Paige noch nicht mit Zynismus geschlagen, und Aubrey erkannte, dass Knox ebenso optimistisch und vertrauensselig war wie seine Schwester. Zwar

war er auf Abstand zum Familienunternehmen gegangen, doch es war nicht zu übersehen, wie viel ihm diese Menschen bedeuteten.

»Meine Lippen sind versiegelt«, versprach Aubrey. »Habt ihr beide euch immer so nahegestanden?«

»Die meiste Zeit schon. Wir waren auf denselben Schulen, aber da er älter ist als ich, hat sich unser Leben schon unterschieden. Doch er hatte immer Zeit für mich und vergewisserte sich, dass es mir gut ging und dass ich nicht in Schwierigkeiten steckte.«

»Da waren die ersten Verabredungen mit Jungs bestimmt ein großer Spaß.«

Paige fummelte an ihren langen Haaren herum und ihr Lächeln verblasste ein wenig. »Ich hatte keine Verabredungen, was allerdings nicht an Knox lag. Auch nicht an Landon, der da längst auf dem College war, sich aber stets auf dem Laufenden hielt. Ich habe meine Familie und mein Zuhause oft vermisst und sah die Aufmerksamkeit meiner Brüder nie als etwas Schlechtes an. Während sich meine Freundinnen im Teenageralter für Jungs interessierten, war ich eher ein Spätentwickler und vor allem froh über Freundinnen, die mich wie einen Teil ihrer Familie in ihr Leben integrierten.«

In ihrer Stimme schwang Traurigkeit mit, und als Aubrey gerade nachhaken wollte, reckte Paige das Kinn in die Luft und atmete laut aus. »Ehrlich gesagt hatte ich die ersten Verabredungen erst, als ich schon als Model gearbeitet habe, und selbst da war es nicht so romantisch, wie ich es mir immer ausgemalt hatte. Mein Leben war zu der Zeit ziemlich chaotisch, weil ich viel herumgereist bin und auf den Events meiner Eltern zu erscheinen hatte. Meine Mutter wollte mich natürlich verkuppeln und stellte mir ständig prominente, wohlhabende Männer vor, die mir jedoch alle viel zu steif waren. Außerdem gab es da noch die Model-Groupies – Männer, die glaubten, sie könnten mit uns ins Bett gehen, weil wir manchmal Dessous vorführten. Ich kann dir versichern, dass es in der Welt der Models garantiert keine Romantik gibt.«

Paige seufzte schwer. »Ich habe mich dieser Branche mit Haut und Haaren verschrieben und dachte, ich hätte alles erreicht. Aber zum Glück war da noch Knox. Du weißt ja, wie penetrant er sein kann. Er hat mich mehr als einmal gerettet. Und?« Sie beugte sich zu Aubrey herüber und berührte ihren Arm, als wollte sie ihr ein Geheimnis anvertrauen. »Was läuft da wirklich zwischen euch? Er hat noch nie eine Frau mit nach Hause gebracht, nicht mal eine Geschäftspartnerin.«

Paige war so offen und warmherzig, dass es Aubrey leichtfiel, sich ihr anzuvertrauen, und obwohl sie versuchte, die Vor- und Nachteile abzuwägen, sprudelte die Wahrheit dann doch einfach aus ihr heraus. »Wir stehen uns nahe und das auch schon seit Jahren. Er ist etwas ganz Besonderes.« Das war er wirklich, wie sie sich eingestehen musste. *Grundgütiger, jetzt werde ich glatt romantisch.* Rasch verdrängte sie diesen Gedanken. »Aber wir sind nicht zusammen, auch wenn er es gern hätte. Ich habe momentan mit dem neuen Fernsehsender und den anderen geschäftlichen Projekten einfach zu viel um die Ohren und möchte nicht in etwas verstrickt werden, das mich von den wirklich wichtigen Dingen ablenken könnte.«

»Das kann ich gut verstehen«, sagte Paige, als sie den Ballsaal verließen. »In eine Beziehung muss man eine Menge investieren, und so, wie ich Knox kenne, müsstest du dich bei ihm auf eine wilde und verrückte Zeit einstellen.«

Bei diesen Worten musste Aubrey daran denken, wie wild und verrückt Knox im Bett war, und merkte, dass sie unwillkürlich die Augen aufriss. Rasch versuchte sie, das Grinsen zu unterdrücken, das sich auf ihre Züge stahl.

»Was ist denn?«, erkundigte sich Paige unschuldig. »Ich kenne meinen Bruder, und er ist das personifizierte Drama und im wahrsten Sinne des Wortes gnadenlos.«

Aubrey dachte an die Geschenke, die er ihr geschickt hatte, und daran, dass sie tatsächlich im Monroe House stand – genau dort, wo er sie hatte haben wollen. »Das kannst du laut sagen.«

»Er geht jedes Projekt mit einer unglaublichen Leidenschaft an – was nicht heißen soll, dass du ein Projekt wärst, das wollte ich damit jetzt nicht sagen. Die Tatsache, dass er hier ist und um einen Gefallen bittet, beweist bereits, wie weit er für dich gehen würde, denn sonst bittet mein Bruder uns um gar nichts. Das hat er noch nie getan. Wenn es um Landon und mich geht, gibt er immer nur und nimmt nie.«

Aubrey schluckte schwer. Warum war ihr das nicht schon längst aufgefallen? Sie wusste, wie hart er gearbeitet hatte, um sich aus dem Familienunternehmen zu lösen. »Ich bin Knox sehr dankbar, dass er sich meinetwegen ein Bein ausreißt, aber glaub jetzt bitte nicht, dass ihr seiner Bitte zustimmen müsst, weil er euer Bruder ist.«

»Machst du Witze? Ich bin dafür, weil es bestimmt wahnsinnig aufregend wird. Und … *Duncan Raz!* Ich müsste doch komplett bescheuert sein, wenn ich diesen heißen Kerl nicht kennenlernen wollte. Allerdings muss er nicht mich überzeugen.«

Sie blickte den Flur entlang und lächelte. Als Aubrey in die Richtung schaute, entdeckte sie Knox, der sich mit einem Mann unterhielt.

»Darf ich dir noch etwas anvertrauen, bevor er dich wieder in Beschlag nimmt? Ich mag dich wirklich sehr, Aubrey, und du weißt, wie sehr ich Knox liebe. Daher hoffe ich, dass du es dir gut überlegst, ob du wirklich keine Beziehung mit ihm willst. Er ist ein herzensguter Mensch, und ja, er ist leidenschaftlich und tritt für seine Ansichten ein. Aber du hast es in deiner Karriere schon weit gebracht. Du bist offensichtlich sehr engagiert und möchtest LWW weiter aufbauen, was ich bewundere. Ich finde es bemerkenswert, was du alles erreicht hast. Aber sei bitte vorsichtig. Wahrscheinlich bist du mit deinem jetzigen Leben sehr zufrieden, aber wenn sich ein Mensch derart auf seine Karriere konzentriert, erkennt er manchmal nicht, dass er eigentlich unglücklich ist, obwohl er sich einbildet, glücklich zu sein. Was nicht heißen soll, dass das unbedingt auf dich zutrifft. Ich möchte damit nur sagen, dass es in deinem Leben möglicherweise noch Platz für etwas mehr Glück gibt.«

»Das hört sich beinahe so an, als würdest du aus Erfahrung sprechen«, stellte Aubrey leise fest.

»Kennen wir das nicht alle?«

Aubrey beobachtete Knox, der auf sie zukam und erst Paige und dann sie musterte. Sein freundliches Lächeln wurde verlangend, und sofort spürte Aubrey, wie ihr das Blut in die Wangen schoss.

Paige stupste sie an. »Manchmal ist Glück auch, wenn einen jemand so zum Erröten bringen kann.«

Fünf

»Du hättest mir ruhig erzählen können, dass deiner Familie das Hotel gehört«, sagte Aubrey kurz darauf zu Knox, als sie zusammen zu ihrer Suite gingen. »Das ist schon etwas mehr, als die Besitzer nur zu kennen.«

»Ach, das kommt doch aufs Gleiche raus«, erwiderte er leicht grimmig.

»Ist alles in Ordnung? Das sollte jetzt nicht undankbar klingen.«

»Es ist alles gut.« Seine Stimme war nun etwas sanfter. »Nur eine Familienangelegenheit.«

»Weil ich hier drehen möchte?«

Knox lächelte sie an. »Nein.«

»Dachtest du, ich würde nicht mitkommen, wenn ich gewusst hätte, dass dir das Hotel zum Teil gehört?«

»Wärst du denn dann jetzt hier?«, wollte er wissen, während sie ihre Zimmerkarte durchs Lesegerät zog.

»Das kann ich dir beim besten Willen nicht sagen. Ich möchte hier drehen, um Char eine Freude zu machen, aber ich weiß auch, wie viel du dafür getan hast, um dich vom Unternehmen deiner Familie zu distanzieren. Warum hast du trotzdem angeboten, dich für mich einzusetzen?«

Er folgte ihr in die Suite. »Weil Char dir sehr wichtig ist.«

»Trotzdem …« Sie warf die Schlüsselkarte auf die Kommode und versuchte zu ignorieren, wie sehr sie das berührte. Dann drehte sie sich um und kramte in ihrem Koffer nach Jeans und einem Pullover für die Rückfahrt. »Vielen Dank, Knox. Ich weiß es wirklich zu schätzen, dass du das für mich tust. Das ist sehr großzügig. Ich mag Landon und Paige. Sie sind sehr sympathisch, und ich hatte den Eindruck, dass sie dich gern öfter zu Gesicht bekommen würden. Stimmt es, dass du sie zuletzt vor deiner Abreise nach Belize besucht hast? Fehlen sie dir denn nicht?«

Er schlang ihr die Arme um die Taille. »Sch. Wir haben diese wundervolle Suite ganz für uns allein.« Mit einem Blick in Richtung Bett fügte er hinzu: »Wir könnten dieses Bett noch ein bisschen zerwühlen, bevor wir aufbrechen.«

Zärtlich drückte er einen Kuss auf ihren Hals und fuhr mit der Zunge über ihre Haut, woraufhin sie eine Gänsehaut bekam. Während er sie weiter leckte und liebkoste, rang Aubrey innerlich mit sich, ob sie einen Quickie vor der Heimfahrt zulassen wollte.

»Ich liebe deinen süßen Geschmack«, murmelte er, umfing ihre Pobacken und drückte sie an sich.

»Knox«, stieß sie verlangend aus und schloss die Augen, rief sich dabei jedoch ins Gedächtnis, dass sie vorsichtig sein musste. Es fiel ihr so leicht, sich in ihm zu verlieren, und jetzt war sie noch neugieriger auf den Teil seines Lebens, den sie nicht kannte. Im Allgemeinen gelang es ihr gut, ihre gemeinsame Zeit in eine bestimmte Schublade zu stecken, aber alles, was er getan hatte – seine Familie um einen Gefallen zu bitten, ihr eine eigene Suite zu buchen und das jetzt gerade: wie er sie mit seinem sündigen Mund verwöhnte –, ließ in ihr den Wunsch aufkeimen, diese Schublade zu verlassen und das Ganze etwas genauer auszuloten.

»Hm?« Abermals küsste und leckte er sie.

»Ich tausche keine sexuellen Gefallen gegen geschäftliche«, erklärte sie halbherzig.

Er rückte etwas von ihr ab, runzelte die Stirn und musterte sie ernst. »Denkst du das wirklich hierüber?«

»Nein«, antwortete sie ehrlich. »Ich versuche nur, einen klaren Kopf zu behalten. Du hast mir noch gar nicht erzählt, was du mit Landon besprochen hast.«

»Es wird etwas Zeit und Finesse erfordern, aber er denkt darüber nach.« In seine Augen stahl sich Fröhlichkeit. »Mach dir keine Sorgen, meine Schöne. Ich regle das schon. Ich kenne meinen Bruder.«

»Ja, seit deiner Geburt«, neckte sie ihn. »Allerdings machte es den Anschein, als würdet ihr euch nicht besonders gut verstehen.«

»Ganz im Gegenteil. Wir verstehen uns so gut, wie es zwei Brüder, die sich vom Leben etwas völlig anderes wünschen, eben können. Ich würde für ihn töten, und er würde seine Wachen rufen, damit sie für mich töten.«

Sie musste lachen. »Auf mich wirkte er ziemlich fit. Er könnte es bestimmt auch selbst mit einigen Leuten aufnehmen.«

»Das könnte er, aber so etwas würde er nie tun. Das ist nicht seine Art.«

»Ich mag ihn jedenfalls. Und nicht, dass es mich etwas anginge, aber es ist wichtig, Zeit mit der Familie zu verbringen. Selbst, wenn es Differenzen gibt.« Sie tätschelte seine Brust. »Ich sollte mich umziehen, damit wir aufbrechen können, bevor der Sturm loslegt. Vor der Super-Bowl-Party meiner Mom morgen muss ich nämlich noch einkaufen gehen.«

»Soll ich dich begleiten?«

»Wenn du mich beim Football-Gucken mit meiner Familie gesehen hast, überlegst du dir das mit der Beziehung vielleicht noch mal. Das ist kein schöner Anblick. Oh! Mir ist eben etwas eingefallen. Paige hat mir erzählt, dass du ihr mal eine Schaukel gebaut hast und dass das der perfekte Ort für eine der Szenen aus dem Film wäre. Ich würde sie mir gern noch anschauen, bevor wir losfahren, wenn die Zeit dafür reicht.«

»Aber sicher«, meinte er, während sie mit ihren Kleidungsstücken ins Bad ging. »Ich habe dich schon nackt gesehen. Du kannst dich ruhig hier umziehen.«

»Wenn ich mich vor dir ausziehe, sitze ich gleich auf dir statt auf einer Schaukel.«

Aubrey steckte die Hände in die Manteltaschen, als sie über den Rasen zu den Bäumen hinübergingen. Selbst mit Mütze und Handschuhen fror sie noch. Sie zog die Schultern gegen die Kälte hoch und Knox legte einen Arm um sie und drückte sie an sich.

»Danke«, sagte sie. »Ist dir nicht kalt?«

»Nein. In deiner Nähe ist mir immer nur heiß.«

Sie musste lachen. »Deine Schwester hat recht, du bist wirklich unermüdlich. Warum ich, Knox? Warum jetzt?«

Er zog sie noch näher zu sich. Ihr fiel auf, dass er das in letzter Zeit häufig tat. Aber die Ehrlichkeit und Offenheit in seinen Augen hatte sie zuvor noch nie gesehen, und auf einmal fühlte sie sich verletzlich, dabei ergab das nicht den geringsten Sinn. *Er* müsste sich doch verletzlich fühlen, wirkte jedoch durch und durch selbstsicher.

»Du bist eine brillante Geschäftsfrau, eine Göttin im Bett, und ich habe hinter deine Mauern geblickt, Aubrey. Ich konnte dein wahres Ich erkennen. Die vielen Male, an denen wir uns bis in die frühen Morgenstunden unterhalten haben und an die du dich nicht erinnern kannst, haben mir gezeigt, wie du wirklich bist. Daher kenne ich die Aubrey mit dem chaotischen Medienzimmer. Ich weiß zwar noch lange nicht alles, aber ich brenne darauf, es zu erfahren. Ich mag dich so, wie du bist, und wir sind uns in vielerlei Hinsicht ähnlich. Selbst die Tatsache, dass du es mir nicht leicht machst, gefällt mir.«

»Die Jagdlust wird dir schon noch vergehen«, warnte sie ihn.

»Wenn das passiert, wird es erst richtig gut. Denn eins hat mich das Leben als Kind reicher Eltern gelehrt: Für die besten Dinge im Leben muss man sich anstrengen.« Er gab ihr einen sanften Kuss. »Und das gilt ganz besonders für dich, Wattsy.«

Er legte einen Arm um sie und sie gingen weiter den Hügel hinunter und zum Wald. Sie hatte erwartet, dass er einen Witz machen oder sich über ihre Fragen amüsieren würde, doch seine Aufrichtigkeit bewirkte nur, dass sie sich noch mehr für ihn erwärmte.

»Warum jetzt?«, wiederholte sie ihre Frage. »Warum bist du nach all der Zeit auf einmal entschlossen, unbedingt mit mir auszugehen?«

»Ich könnte dich anlügen und behaupten, dass Menschen so etwas nun mal machen, wenn sie schon so lange miteinander ins Bett gehen. Aber es ist viel mehr als das. Ich habe in Belize Dinge gesehen, die mir die Augen geöffnet haben. Ich bin Menschen begegnet, die nichts besaßen und denen es gleichzeitig an nichts fehlte, weil sie einander hatten. Sie verlangten nicht nach mehr oder grämten sich wegen der Dinge, die es nicht gab, und mir ist zum ersten Mal klar geworden, dass ich mich nur so fühle, wenn ich bei dir bin.«

Aubrey blieb abrupt stehen, denn das Ausmaß seines Geständnisses traf sie bis ins Innerste. Sie brauchte Platz. Am liebsten wäre sie weggelaufen, doch er hielt sie weiterhin fest.

»Hast du jetzt Angst?«, fragte er.

»Ein bisschen schon«, gab sie zu. Ihre gemeinsame Zeit war immer so einfach gewesen. Er war ihre Zuflucht vor dem ganzen Druck, der auf ihr lastete, aber es ließ sich nicht leugnen, dass er ihr im Verlauf der letzten beiden Jahre immer wichtiger geworden war. *Sehr viel wichtiger.*

»Gut. Das bedeutet, dass wir uns verstehen, ob es dir nun gefällt oder nicht. Ich wusste es eigentlich schon Silvester, als wir förmlich übereinander hergefallen sind und alles um uns herum vergessen haben. Erinnerst du dich an das Knistern in der Luft, als du mich beim Reinkommen bemerkt hast? Ich weiß es noch ganz genau. Wir haben es nur mit Mühe und Not aufs Hotelzimmer geschafft – und dann konnten wir bis zum nächsten Tag nicht mehr voneinander lassen. Das werde ich nie vergessen, Wattsy.«

Ihr Herz raste schon, wenn sie nur daran dachte, wie sie einander die Kleider vom Leib gerissen und sich auf den anderen gestürzt hatten, als könnten sie gar nicht genug bekommen. Und sie hatten auch nicht genug bekommen. Nach Verlassen des Hotels achtundvierzig Stunden später hatte sie Presley und Libby eine Nachricht geschickt und sie gebeten, sich sofort mit ihr zu treffen. Doch als ihre Freundinnen in ihrem Haus eintrafen, konnte sie ihnen nicht einmal sagen, was sie empfand, weil es viel zu groß, viel zu furchterregend war. In den darauffolgenden Tagen hatte sie Knox' Nachrichten ignoriert, bis sie sich einreden konnte, dass diese Verbindung rein gar nichts bedeutete. Und dann hatten sie sich auf dem Event letzten Samstag wiedergesehen und ihr Verlangen nach ihm war noch größer gewesen. Sie hatte dagegen angekämpft, doch kaum war er auf sie zugekommen, hatte sich ihre Entschlossenheit in Luft aufgelöst. Als er ihr dann all die schmutzigen Sachen ins Ohr geflüstert hatte, die er mit ihr anstellen wollte, war es um sie geschehen gewesen und sie hatte sich eingeredet, es wäre ja *nur eine Nacht.*

»Knox! Mein Junge!«

Der laute Ruf ließ Aubrey zusammenschrecken. Ein kräftiger Mann in einem schwarzen Parka und mit Wollmütze kam zwischen den Bäumen hervor und breitete die Arme aus. Er hatte einen weißen Vollbart und seine Wangen und die Spitze seiner Knollennase waren von der Kälte gerötet. Lachend kniff er hinter seiner Brille mit Drahtgestell die Augen zusammen und ließ sich von Knox umarmen.

»Paige hat schon gesagt, dass du vorbeischauen würdest«, sagte er. »Du siehst gut aus. Glücklich.«

»Danke, Leon. Du aber auch.« Knox legte Aubrey eine Hand in den Rücken. »Leon Rice, das ist meine sehr gute Freundin Aubrey Stewart. Leon ist hier schon seit einer Ewigkeit der Hausmeister und kennt all meine Geheimnisse.«

»Freut mich, Sie kennenzulernen.« Aubrey reichte ihm die Hand.

Leon nahm ihre Hand in seine Hände. »Die Freude ist ganz meinerseits, meine Liebe. Und glauben Sie ihm kein Wort. Knox könnte nicht mal ein Geheimnis für sich bewahren, wenn sein Leben davon abhinge.«

»Jetzt hör aber auf«, protestierte Knox. »Was machst du hier draußen im Wald?«

»Ich wollte die Schaukel sichern, bevor der Sturm zuschlägt.

Nicht, dass sie noch beschädigt wird und Paige sie nicht benutzen kann, wenn das Wetter es wieder zulässt.«

»Dafür ist sie dir bestimmt sehr dankbar. Ich wollte Aubrey gerade die große Eiche und die Schaukel zeigen.«

»Oh ja, der Baum ist wirklich besonders«, bestätigte Leon. »Und mit der Schaukel ist die Stelle erst recht einzigartig. Es ist immer noch Paiges Lieblingsort, wenn sie nachdenken muss. Bleibst du noch ein Weilchen? Joyce würde dich bestimmt gern sehen. Sie hat auch Goobers und Wonder Bread besorgt.« Er beugte sich verschwörerisch vor. »Erzähl das bloß nicht deiner Mutter, nicht, dass meine Frau noch Schwierigkeiten bekommt.«

Knox musste lachen. »Ich werde mich hüten. Wir schauen noch bei ihr vorbei, bevor wir wieder fahren.« Er wandte sich zu Aubrey um. »Joyce ist gewissermaßen unsere zweite Mutter. Sie kocht für unsere Familie.«

Leon schüttelte den Kopf. »Sie kocht nicht nur, sie verteilt auch freiherzig Umarmungen, und sie vermisst dich schrecklich, wenn du fort bist. Ich habe noch keine Frau gesehen, die derart gern Goobers einkaufen geht.«

»Goobers?« Aubrey musterte Knox fragend. »Ich dachte, deine Lieblingssüßigkeit wären Reese's Peanut Butter Cups?«

»Sie müssen eine sehr enge Freundin sein.« Leon lächelte sie herzlich an. »Offenbar kennen Sie seine gar nicht mal so geheimen Geheimnisse.« Als er Knox wieder ansah, wurde er ernst. »Hast du Landon gesehen?«

»Ja, wir haben uns unterhalten.«

»Welchen Eindruck hat er auf dich gemacht? Ich mache mir Sorgen um ihn«, gab Leon zu. »Er wirkt in letzter Zeit ziemlich bedrückt und angespannt.«

Knox wurde ernst. »Er hat eine Menge um die Ohren, aber

das wird schon wieder.«

»Na gut. Du kennst ihn besser als ich. Jetzt muss ich aber zurück zum Haus und noch ein paar Dinge erledigen, bevor der Wind auffrischt.« Er hob eine Handfläche zum Himmel. »Es schneit schon stärker.« Dann tätschelte er Knox den Rücken. »Du hast mir gefehlt, mein Junge.« Lächelnd zwinkerte er Aubrey zu. »Hat mich sehr gefreut. Genießt den Nachmittag, und fahrt ja vorsichtig, versprochen?«

Aubrey mochte den fröhlichen Mann, dem offensichtlich viel an Knox und seinen Geschwistern lag.

»Keine Sorge, das werden wir.« Knox nahm Aubreys Hand.

»Was für ein netter Mann!«, murmelte sie. »Aber Goobers?«

»Du hast völlig recht, ich nasche am liebsten Reese's. Aber Smucker's Goober-Erdnussbutter und Traubengelee, eine schöne, dicke Schicht auf Wonder Bread? Abgesehen von dir ist das meine größte Leidenschaft.«

»Oh ja, das ist wirklich lecker. Aber wieso darf deine Mom nichts davon erfahren?«

Er gab ein kehliges Geräusch von sich, das wie eine Mischung aus einem Lachen und einem Schnauben klang. »Weil die Bentleys zu fein für Konservierungsmittel und stinknormale Snacks sind.«

»Sind deine Eltern so streng?«

»Du meinst wohl eher ›kultiviert‹. Die meisten von uns tun, was man uns beigebracht hat, und sind in die Fußstapfen unserer Eltern getreten.« Er führte sie zu einer wunderschönen Eiche. Eine Schaukel hing von einem dicken Ast herunter und war mit einem Seil am Stamm festgebunden.

»Entschuldige, du hast natürlich recht. Kultiviert. Ich schätze, dieser Kelch ist an uns beiden vorbeigegangen.« Sie musste an ihre Snackorgie denken und sah sich die riesige Eiche und die Bäume in der Umgebung an. Dabei konnte sie Paige nur zustimmen; im Frühling oder Sommer, wenn hier alles grünte und blühte, wäre das der perfekte Ort für die Traumlandschaft-Szene. Sie strich mit den Fingern über den hölzernen Sitz und die Seile, mit denen die Schaukel am gewaltigen Baum befestigt war, und stellte sich Knox als Jungen vor. Wie er auf den Baum kletterte, das Seil um den Leib geschlungen, und zu dem Ast vorrutschte, an dem er die Schaukel für seine Schwester befestigte. »Wie alt warst du, als du das für Paige gebaut hast?«

»Keine Ahnung. Zehn oder so.«

»Warum hast du sie ausgerechnet während der Feier deiner Eltern gebaut? Wolltest du ihnen eins auswischen?« Sie wusste, dass er schon immer rebellisch gewesen war, und war neugierig, wie er seine Eltern in Rage gebracht hatte.

»Wir lebten im Internat, und wenn wir keine Schule hatten, reisten wir meist mit unseren Eltern um die Welt, weil mein Vater seinen Geschäften nachging, oder mussten leise rumsitzen, während er Gäste zum Abendessen oder auf Partys bewirtete. Du weißt ja, dass alter Geldadel vor allem darauf bedacht ist, den Schein zu wahren, jene von gleicher Stellung zu unterstützen und natürlich mehr Geld zu scheffeln.« Er fuhr sich mit einer Hand durchs Haar, auf dem bereits mehrere Schneeflocken liegen geblieben waren. »Paige wünschte sich nichts weiter, als sich zu verkleiden und Verstecken zu spielen, zu schaukeln und ein ganz normales Mädchen zu sein. Aber bei all den Reisen, Veranstaltungen und den karitativen Verpflichtungen unserer Eltern blieb keine Zeit für Normalität.« Er zuckte mit den Achseln. »Sie hat jahrelang versucht, in jeder nur denkbaren Hinsicht perfekt zu sein, und das hätte sie beinahe umgebracht.«

Aubrey wurde das Herz schwer. »Wie denn das?«

»Sie musste nie arbeiten und muss es auch heute nicht. Aber sie wollte sich beweisen und etwas tun, was ihr Spaß machte. Aus diesem Grund fing sie mit dem Modeln an, wobei sie eine Essstörung entwickelte. Sie war schon immer dünn, aber als Model stand sie ständig unter Druck und hatte immerzu Drogen und Alkohol in Reichweite. Das war eine zerstörerische Umgebung.«

»Du hast gesagt, sie wollte etwas tun, das ihr Spaß machte. Glaubst du denn, sie hat wirklich gern als Model gearbeitet, oder wollte sie ihren Kindheitstraum ausleben und sich nach Lust und Laune verkleiden können? In jedem Fall ist es schrecklich, sich derart unsichtbar zu fühlen. Sie ist so ein lieber Mensch, und ich mag mir gar nicht ausmalen, was sie durchmachen musste.«

»Es war viel mehr als nur das Verkleiden. Du hast richtig erkannt, dass sie das Gefühl hatte, unsichtbar zu sein. Sie sehnte sich nach Aufmerksamkeit, wollte Teil einer Gruppe sein, die sie um ihretwillen und nicht als Teil von all dem hier sah. Aber dabei hat sie auch ihre beste Freundin Adele verloren, die sie schon von klein auf kannte. Adeles Familie gehört die Bagnor-Modelagentur.«

»Oh Gott. Adele Bagnor war ihre beste Freundin? Ich habe davon gelesen, dass sie auf dem Laufsteg einen Herzinfarkt hatte.«

Er nickte. »Paige und sie standen sich sehr nahe. Ich befürchtete schon, wir würden sie ebenfalls verlieren. Ich hatte schon früher versucht, Paige da rauszuholen und ihr zu helfen, aber sie wollte Addy nicht zurücklassen. Nachdem Addy zusammengebrochen war, rief Paige mich an. Ich flog sofort zu ihr und war fest entschlossen, sie mit nach New York zu nehmen, notfalls mit Gewalt, doch das war gar nicht nötig. Sie war völlig aufgelöst und endlich bereit, sich helfen zu lassen.« Seine Miene wurde traurig. »Sie erzählte mir, dass Addy ihr beigebracht hatte, wie man abführt und hungert. Ich hatte nicht die geringste Ahnung, dass sie so etwas macht, aber auf einmal ergab vieles einen Sinn.«

»Das ist ja furchtbar.« Aubrey schlang die Arme um sich und musste daran denken, dass Presley genau das Gegenteil getan und alles in sich hineingestopft hatte, bevor sie bereit gewesen war, sich helfen zu lassen.

»Paige mag zerbrechlich wirken, aber sie ist stark und entschlossen. Sie war nur sehr verloren. Sobald sie sich in den Kopf gesetzt hatte, dass sie gesund werden und ihre Probleme in den Griff bekommen wollte, haben wir sie in eine Klinik gebracht. Nach ihrer Entlassung ist sie zu mir gezogen. Und heute geht es ihr wirklich gut. Sie arbeitet ehrenamtlich in einer Klinik und hilft anderen Menschen mit Essstörung.«

»Wow. Ich hatte ja keine Ahnung, dass sie so viel durchgemacht hat. Heute wirkte sie sehr glücklich.«

»Das ist sie auch. Sie ist am Leben, und sie weiß ganz genau, dass es möglicherweise anders gekommen wäre, wenn sie sich keine Hilfe gesucht hätte. Außerdem kann sie mich und Landon rund um die Uhr anrufen, hat richtige Freunde, die sie hier gefunden hat, und investiert viel Zeit in ihren Online-Buchclub. Sie reist viel herum und trifft sich mit Leuten, die sie dort kennengelernt hat. Diese Normalität hat ihr gefehlt. Und sie ist einfach großartig als Partyplanerin, doch du müsstest erst mal ihre Kunstwerke sehen. Das ist ihre wahre Gabe. Ihre Liebe zur Malerei hat sie während der Therapie entdeckt und heute geht sie richtig darin auf.«

»Und was ist mit euren Eltern? Wo kamen sie in der

Therapie vor? Auf mich macht es den Eindruck, als wären sie der Grund für viele ihrer Probleme.«

»Sie haben sich für Paige eingesetzt und waren während ihrer Rekonvaleszenz für sie da. Außerdem sind sie mit ihr zu Therapiestunden gegangen und stehen seitdem an ihrer Seite. Es war ein schwerer Schlag für sie, als sie davon erfahren haben. Da habe ich sie zum ersten Mal wirklich als Eltern wahrgenommen. Seitdem sind sie auch etwas zugänglicher geworden.«

»Das ist immerhin ein Silberstreif am Horizont in einer ansonsten schrecklichen Geschichte.« Je mehr Knox ihr anvertraute, desto näher schienen sie einander zu kommen, und Aubrey war überrascht, wie gut ihr das gefiel. »Ich bin sehr froh, dass es Paige heute gut geht.«

»Eine Essstörung verschwindet nie ganz, Aubrey. Sie wird ein ständiger Bestandteil ihres Lebens sein, den sie im Auge behalten muss, ähnlich wie bei einer Alkohol- oder Drogensucht. Aber wir sprechen sehr oft miteinander, und inzwischen wissen Landon und ich, auf welche Zeichen wir achten müssen. Wir haben uns beide schlaugemacht. Ich wünschte nur, wir hätten es schon sehr viel früher getan.«

»Mein Vater sagt immer, man soll sich nicht über seine Fehler aufregen, sondern vielmehr dafür sorgen, dass man denselben kein zweites Mal macht.« Um die Stimmung etwas aufzuheitern, fügte sie hinzu: »Nach allem, was ich gehört habe, muss ich wohl davon ausgehen, dass du dich nie mit Landon im Gras gewälzt hast oder wie ein Irrer durch den Garten gerannt bist.«

»Mit Landon?« Er grinste breit. »Mein Bruder wollte schon als Kind lieber verhandeln, statt herumzubalgen. Ich war wild genug für uns beide und konnte oft die Kinder von Freunden unserer Eltern überreden, irgendwelche Dummheiten zu machen.«

»Ein kleiner Unruhestifter.« Sie trat näher an ihn heran, blickte zu ihm auf und sah ihn nun mit anderen Augen. Er war nicht nur ein großspuriger Kerl, der auf guten Sex stand und viel Humor besaß, sondern auch ein liebevoller und aufmerksamer Bruder und Freund. »Das überrascht mich nicht, macht mich jedoch ein bisschen traurig. Es hört sich nämlich ganz danach an, als hätten deine Geschwister und du eine Menge verpasst.«

Abermals zuckte er mit den Achseln. »Ich habe nicht besonders viel verpasst, das kann ich dir versichern. Schließlich wusste ich schon immer, wie man sich amüsiert, und bekam erst hinterher Ärger mit meinen Eltern.«

»So langsam habe ich eine Ahnung, warum du zu ihnen auf Distanz gegangen bist.«

In seinen Augen blitzte etwas auf, bei dem es sich um Reue handeln konnte. »Versteh mich nicht falsch, Aubrey, ich liebe meine Familie. Ich gehöre nur nicht in diese Welt.«

»Aber du gehst weiterhin auf Veranstaltungen und gehörst dieser Welt schon allein aufgrund deines Wohlstands an.«

Er schüttelte den Kopf. »Nein, ich könnte kein Unternehmen zusammen mit meinem Vater leiten oder auf eine Feier gehen und mich wie der Günstling fühlen, mit dem er bloß angeben will. All das interessiert mich nicht und das weißt du auch.«

»Ja, das tue ich«, bestätigte sie. »Aber ich wusste nicht, dass du hier im Hotel aufgewachsen bist.«

»Ich bin in den Internaten aufgewachsen, so wie ich es dir erzählt habe.« Er legte ihr eine Hand in den Rücken und geleitete sie über die Lichtung zu einem Pfad, der zwischen den Bäumen verschwand. »Ich kam zu bestimmten Anlässen her und kannte die Angestellten, die sich immer sehr gefreut haben, mich zu sehen, sodass ich lieber bei ihnen statt bei meinen Eltern war. Früher bin ich Leon auf Schritt und Tritt hinterhergelaufen und ihm schrecklich auf die Nerven gegangen.«

»Das scheint ihm nicht viel ausgemacht zu haben, denn er hat dich offensichtlich sehr gern.«

»Ich ihn auch.« Der Weg endete an einem Haus, das von großen Rasenflächen und Gärten umgeben war. »Aber hier haben wir geschlafen. Das war unser Elternhaus.«

Hier haben wir geschlafen. Es war schon traurig, dass er das über sein Elternhaus sagte, allerdings war sie froh, dass sie nun den Grund dafür kannte. Unwillkürlich starrte sie das gewaltige steinerne Gebäude an, das ihr lächerlich großes Haus deutlich in den Schatten stellte. Es gab derart viele Flügel, dass sie den Eindruck hatte, alle Einwohner von Port Hudson, ihrer Heimatstadt, müssten darin Platz finden. Sie entdeckte einen Swimmingpool, Tennisplätze und mehrere andere Gebäude auf dem Gelände.

»Hast du noch andere Geschwister, von denen ich wissen sollte?«

»Nein. Es gibt nur uns drei. Das ist alles Schein. Allein darum geht es bei den Monroes und den Bentleys. Jedenfalls was die Generation meiner Eltern betrifft. Paige und Landon sind da anders.«

»Aber sie wohnen hier und arbeiten mit euren Eltern zusammen?«

»Ja, aber Landon und Vincent führen das Hotel. Es tut mir sehr leid, wenn Vincent am Telefon abweisend gewesen ist. Vermutlich hat er nur Landons Anordnung befolgt, der strikt gegen Events ist, die die Aufmerksamkeit der Medien erregen könnten. Landon arbeitet mit unserem Vater bei anderen Projekten zusammen, aber er legt es stets darauf an, zu gefallen. In der Hinsicht sind wir grundverschieden.«

»Das ist mir nicht entgangen, allerdings habt ihr auch einiges gemein. Aber jetzt mal im Ernst, Knox. Ihr hattet einen eigenen Tennisplatz? Und ich dachte, ich hätte es mit einem Trampolin und einem Baumhaus schon weit gebracht.«

»Ich hätte lieber ein Trampolin und ein Baumhaus gehabt. Vermutlich sollte ich den Innenpool, die Sauna, das fünfhundert Quadratmeter große Poolhaus, die Gästehäuser, die Achtfachgarage oder die Haushälterinnen besser nicht erwähnen. Selbstverständlich gibt es hier auch einen Weinkeller.«

»Okay, ja, das solltest du besser für dich behalten. Ich bin ein bisschen eingeschüchtert und habe fast das Gefühl, ich hätte meinen Chanel-Hosenanzug und die Christian Louboutins besser anbehalten sollen.«

Er nahm ihre Hand, während sie über den Rasen gingen. »Du siehst in allem scharf aus, aber so bist du mir viel lieber. Hm, das stimmt nicht ganz. Eigentlich bist du mir nackt am liebsten, aber dann würdest du dir den hübschen Hintern abfrieren.«

»Du denkst auch immer nur an Sex.«

»Wir könnten uns in eins der Gästehäuser schleichen …«

»Schämst du dich denn gar nicht? Stimmt es, dass du das Holz für die Schaukel aus dem Weinkeller stibitzt hast?«

»Ja. In diesem Weinkeller wäre ich außerdem beinahe entjungfert worden.« Er schmunzelte. »Aber Leon ging dazwischen und erteilte mir erst einmal eine Lektion, wie man eine Frau zu behandeln habe.«

»Ach herrje. Das war bestimmt peinlich.«

»Quatsch. Ich war gerade mal fünfzehn und er hatte recht. Das Mädchen war siebzehn und Hotelgast. Wir hatten uns gerade erst kennengelernt, aber sie lief sehr freizügig herum, und ich hatte im Grunde genommen die ganze Zeit einen Ständer.«

Sie sah ihm in die Augen und musste die Schneeflocken von ihren Wimpern blinzeln. »Du warst also schon damals hinter älteren Frauen her.«

Er grinste sie nur frech an. *Typisch Knox.*

Schneeflocken wirbelten um sie herum und ließen eine fast schon magische Aura entstehen. Aubrey war völlig durcheinander von den vielen Gefühlen und Gedanken, die sie durchfluteten, und von allem, was er ihr erzählt hatte, aber am deutlichsten war der Wunsch, ihm so nah wie möglich zu sein. Sie wollte etwas nur für Knox tun, ihm etwas geben, das noch keinem anderen Menschen eingefallen war. Seine Kindheit konnte sie nicht mehr ändern, aber vielleicht konnte sie wenigstens einen seiner Jugendträume in Erfüllung gehen lassen.

Daher schmiegte sie sich an ihn und fragte: »Wie wäre es, wenn du mir jetzt den Weinkeller zeigst?«

Sechs

Knox führte Aubrey die Steinstufen aus dem Garten hinunter und in den Weinkeller unter seinem Elternhaus. Der vertraute durchdringende Geruch des kalten Steins rief Erinnerungen daran hervor, wie er seinem Vater nach unten gefolgt war, wenn dieser eine Flasche Wein holen wollte, und welche Lektionen ihm bei jeder Expedition erteilt worden waren. Sein Vater und er hatten dabei einige seltene herzliche Momente erlebt, doch sein Vater hatte ihre gemeinsame Zeit vor allem dafür genutzt, Knox auf sein Leben als Bentley vorzubereiten. Vorträge über den temperaturgesteuerten Weinkeller mit Dualzone und die manipulationsgeschützten, biometrischen Sicherheitssysteme hatten einen festen Bestandteil seiner Ausbildung dargestellt. Doch die Lektionen, die sein Vater ihm am häufigsten erteilte, drehten sich um Investmentstrategien und Verhandlungstaktiken. Seitdem er sich erinnern konnte, hatte sein Vater ihn auf die Finanzbranche vorbereitet, und er hatte seine Sache gut gemacht, denn in Bezug auf Investments war Knox ein wahres Wunderkind. Schon während der Highschool hatte er erste Investitionen getätigt und bei seinem Abschluss vom MIT war er längst selbst erarbeiteter Millionär gewesen.

»Ich habe schon einige beeindruckende Weinkeller gesehen,

aber der hier übertrifft alles.« Aubrey strich mit einer Hand über die Rückenlehne eines der beiden Ledersofas.

Die Wände und der Boden waren gemauert, die Decke mit einem Mosaik aus italienischen Fliesen verziert. Die deckenhohen, in die Mauern integrierten Weinregale enthielten mehr teure Flaschen, als eine Familie jemals trinken konnte, und größere gekühlte Bereiche waren durch Glasscheiben geschützt. Der Keller verfügte über mehrere Verkostungsräume und Werkstätten, von der Decke hingen Kristalllüster, und aus der Lounge, in der sie sich gerade aufhielten, führte eine Treppe ins Freie und eine zweite ins Haus.

Aubrey schlenderte zum Sofa und zog sich die Handschuhe aus. »Hier hattest du also vor, deine Jungfräulichkeit zu verlieren?«

Sie ließ die Handschuhe auf den Boden fallen und den Mantel von den Schultern rutschen, der gleich daneben liegen blieb. Als Nächstes nahm sie die Mütze ab und warf sie hinter sich, während sie die Distanz zu Knox überbrückte und einfach unfassbar heiß aussah. Knox zog den Reißverschluss seiner Jacke herunter, streifte die Handschuhe ab und konnte schon jetzt vor Verlangen kaum an sich halten. Sie hatte so eine Art, ihn innerhalb von Sekunden zu erregen, mit einem Blick, einer Berührung, einem leidenschaftlichen Kuss …

»Wie wäre das abgelaufen?«, wollte sie wissen, schob die Hände unter seine Jacke und über seine Schultern, um sie ihm auszuziehen.

»Mit fünfzehn wäre das vermutlich ein sehr kurzes Vergnügen gewesen.«

Lachend nahm sie ihm die Mütze ab. Er liebte ihr Lachen und genoss es, wie leicht sie sich entspannte und ihn an sich heranließ, sobald sie allein waren.

»Damit hast du heute keine Probleme mehr«, stellte sie mit rauer Stimme fest. »Nicht wahr?«

Aubrey drückte gegen seine Brust und er ließ sich auf die Couch sinken und nahm dabei ihre Hand.

Sie setzte sich rittlings auf seinen Schoß und knöpfte ihm das Hemd auf. »Wirklich sehr schade, dass dir dieser Teenagertraum versagt worden ist.«

Er fand es so heiß, dass sie ihm seinen Traum nachträglich erfüllen wollte. Gleich legte er ihr die Hände an die Wangen und eroberte ihren Mund mit einem leidenschaftlichen Kuss, in den er all seine unausgesprochenen Gefühle legte. Als er versuchte, sie auf den Rücken zu drehen, widersetzte sie sich und beharrte darauf, die Oberhand zu behalten. Da fiel ihm das Nachgeben nicht schwer. Er küsste sie weiter, überließ ihr jedoch die Kontrolle. Sie vertiefte den Kuss, verschlang ihn mit derselben Inbrunst und rieb sich dabei an ihm. In einer Atempause stieß sie keuchend aus: »Ich küsse dich so gern«, nur um sich abermals wild und gierig auf ihn zu stürzen.

Er wusste, wie sehr sie das Küssen liebte und sich jedes Mal, wenn sie zusammen waren, darin verlor. Aus diesem Grund küsste er sie oft stundenlang, manchmal auch noch nach dem Liebesspiel. Sie stöhnte und wimmerte, ballte die Hände in seinem Haar und brachte ihn beinahe um den Verstand. Als sie die Lippen von seinen löste und über seine Brust und sein Kinn und seinen Hals wandern ließ, fuhr er ihr mit den Fingern ins Haar. Dabei knöpfte sie sein Hemd ganz auf und zerrte es beiseite. Lust und Verlangen funkelten in ihren Augen, während sie sich küssend einen Weg weiter nach unten bahnte. Sie fuhr mit der Zunge über seinen muskulösen Bauch, stand auf, kniete sich vor ihn und zerrte an den Knöpfen seiner Jeans. Er half ihr rasch dabei und schob sich die Hose auf die Knöchel herunter.

»Keine Unterwäsche«, murmelte sie erfreut. »So ist es mir am liebsten.«

Sie hatte keine Ahnung, wie viel sie ihm mit ihren Worten über sich verriet, doch Knox entging nichts davon. Er hatte schon immer alles, was Aubrey ihm anvertraute, in sich aufgesogen. Schon fuhr sie mit der Zunge einmal über seine Länge und verharrte an der Spitze. Er legte den Kopf in den Nacken und schloss die Augen, als sie eine Hand um seine Erektion legte und den Mund darauf herabsenkte. Sie saugte fest und hart an ihm und wusste genau, wie sie ihn verrückt machen konnte.

»Großer Gott«, stieß er zwischen zusammengebissenen Zähnen hervor.

Er bewegte das Becken im Einklang mit ihren Liebkosungen, und als er kurz vor dem Höhepunkt war, ließ sie ihn genüsslich wieder aus dem Mund gleiten. »Komm noch nicht. Ich möchte dich ganz, um deine Fantasie Realität werden zu lassen.«

Sie senkte den Kopf, nahm einen Hoden in den Mund und streichelte seine Länge weiter mit der Hand. Notgedrungen presste er die Augen zu und kämpfte gegen den sich aufbauenden Orgasmus an.

»Grundgütiger, Babe. Dann warte nicht zu lange, denn du bist viel zu gut in dem, was du da machst.«

Sie blickte zu ihm auf, und in ihren Augen funkelte es schelmisch und lüstern. Dann drückte sie ihm einen federleichten Kuss auf die Innenseite eines Oberschenkels, um im nächsten Moment fest hineinzubeißen.

»Oh Gott!« Sein Becken zuckte nach oben, und sie nahm seine Länge wieder in den Mund, da sie ganz genau wusste, wie er es am liebsten hatte. »Baby, Baby, Baby«, stieß er keuchend aus, umfasste seine Länge an der Wurzel und versuchte verzweifelt, nicht zu kommen. Doch ihr Mund fühlte sich einfach himmlisch an und ihre Hände und ihre Zähne bewirkten magische Dinge.

Oh, verdammt!

Er legte ihr die Hände an den Mund, zog sie nach oben, küsste sie wild und leidenschaftlich und zwang sie dabei, aufzustehen. Im nächsten Augenblick hatte er ihr auch schon den Pullover und den BH vom Leib gerissen und zog ihr die Jeans und das Höschen aus.

»Stiefel!«, rief sie ihm atemlos in Erinnerung.

Er entledigte sich seines Hemdes und seiner Stiefel und stieg aus der Jeans, während sie sich ebenfalls auszog. Nun trugen sie nur noch ihre Socken, doch damit wollte er sich gar nicht erst abgeben. Schon nahm er sie in die Arme, hob sie hoch und senkte sie auf seinen Schaft herab. Sie keuchten beide laut auf, als sie sich vereinigten. Aubrey bohrte die Fingernägel in seine Schultern, als sie sich aneinander rieben und er sich fest in sie stieß. Aber das reichte nicht. Er musste ihr noch näher sein und warf sie energisch auf die Couch, was ihr ein süßes, heißes Kichern entlockte. Himmel, wie er das liebte! Er drang noch härter und schneller in sie ein, und sie kam ihm bei jedem Stoß entgegen, winkelte das Becken an und gab sündige Geräusche von sich, als würde sie nach mehr flehen. Als sie dem Höhepunkt näher kam, umklammerte sie seine Pobacken, und da wusste er, was er tun musste, verlangsamte das Tempo und achtete darauf, diese geheime Stelle in ihrem Inneren zu berühren, die ihren ganzen Körper in Verzückung versetzte.

»Ja, ja, ja!«, schrie sie auf und zuckte wild unter ihm und da kam auch er mit voller Gewalt und rief vor Lust ihren Namen.

Danach klammerten sie sich noch immer bebend aneinander, während die letzten Zuckungen sie durchtosten. Trotz der Kälte waren sie nassgeschwitzt. Aubrey legte den Kopf in den Nacken und schlug flatternd die Lider auf. In diesem Augenblick war sie so offen und verletzlich, dass ihm bei diesem Anblick kurz das Herz aussetzte.

Sie lagen noch eine ganze Weile so da, während sich ihre Atmung beruhigte, und dann blieben sie noch länger ineinander verschlungen auf der Couch liegen, als wären sie ohne den anderen nicht vollkommen.

»Das war viel besser als Teenagersex«, stellte er fest und gab ihr einen Kuss auf die lächelnden Lippen. »Habe ich dir je davon erzählt, dass ich als Teenager vom Sex im Auto meiner Eltern geträumt habe?«

Sie lachte auf.

»Was ist? Ich dachte, wir können gleich sämtliche meiner alten Fantasien in die Tat umsetzen.«

»Wie wäre es denn, wenn wir uns auch mal um meine kümmern?«

»Das hört sich gut an. Immer raus damit, Baby. Ich werde dafür sorgen, dass jedes schmutzige Detail Realität wird.«

Sie kaute auf der Unterlippe herum, konnte das strahlende Lächeln jedoch nicht zurückhalten. Er drückte ihr einen Kuss auf die Lippen und sie legte ihm eine Hand auf die Wange und sah ihm tief in die Augen. Ihre Miene wurde ernst. »Es tut mir so leid, dass du keine sehr schöne Kindheit hattest.«

»So schlimm war das nicht, Babe. Dein Dad hat schon recht: Was vergangen ist, ist vergangen.« Er küsste sie noch einmal. »Was ist jetzt mit deinen Fantasien?«

Ihr Gesicht hellte sich nicht auf. »Im Augenblick drehen sich meine Fantasien vor allem darum, dass deine reichen Eltern selbst im Weinkeller eine Toilette eingebaut haben.«

Er drückte die Stirn an ihre Schulter und atmete ihren Duft tief ein. »Warum kämpfst du gegen das an, was zwischen uns ist, oder machst Witze darüber?«

»Ich liege nackt neben dir und du bist noch in mir. Da kannst du ja wohl kaum behaupten, ich würde dagegen ankämpfen«, erwiderte sie leise.

Er sah ihr tief in die Augen. Ihr Blick wirkte jetzt sanfter, vertrauensselig und aufgeschlossen. Es gab so vieles, was er ihr sagen wollte – *Lass mich ganz an dich heran. Hab keine Angst vor dem, was zwischen uns ist –*, doch stattdessen sagte er: »Ich liebe deinen Körper, aber eigentlich will ich dein Herz.«

Sie kniff leicht die Augen zusammen, als würde sie nachdenken. Ein leichtes Lächeln umspielte ihre Lippen. »Du bist mir der liebste Drängler, Knoxy.«

»*Knoxy?* Ich drehe Paige den Hals um …« Er stand auf, zog sie hoch und nahm sie in die Arme. »Ich bin dein liebstes Spielzeug und dein liebster Drängler. Willst du mir damit sagen, dass es noch andere gibt? Denn für mich gab es seit einem Jahr keine außer dir.«

Sie riss die Augen auf.

»Das ist die Wahrheit, Aubrey. Wieso fällt es dir so schwer, das zu glauben?« Als sie nicht antwortete und ihn einfach nur mit großen Augen ansah, knurrte er: »Verdammt noch mal. Du triffst dich mit anderen und hast nicht vor, damit aufzuhören.« Er deutete einen Flur entlang und griff nach seinem Hemd. »Das Bad ist da vorn.«

Sie sammelte ihre Klamotten zusammen, presste sie sich an die Brust und eilte den Gang entlang.

Sobald sie fertig war, wusch sich Knox ebenfalls und schalt sich dabei die ganze Zeit, weil er sich eingebildet hatte, sie würde sich nicht mit anderen Männern treffen. Immerhin war er monatelang weg gewesen. Eine Frau wie Aubrey musste doch ständig von Männern umschwärmt werden. Wieso sollte sie nicht auf das eine oder andere Angebot eingehen? Er blickte erbost in den Spiegel. »Du dämlicher Idiot. Das ist Karma, die Vergeltung für den ganzen Mist, den du früher gemacht hast.«

Er riss die Tür auf und sah Aubrey vor sich, die auf dem Boden saß, die Beine an die Brust gezogen und die Arme darum gelegt. Sie hob das Kinn an und sah ihn mit Sorge in den bernsteinfarbenen Augen an, während ihr goldenes Haar ihr wunderschönes Gesicht einrahmte.

Knox ging vor ihr auf ein Knie. »Was ist?«

»Du«, sagte sie ausdruckslos.

»Wow. Okay. Ich hab's verstanden, Aubrey. Du musst kein schlechtes Gewissen bekommen, nur weil du ein Privatleben hast.«

»Das hab ich nicht.«

Er stand auf, und sie streckte die Arme aus, hielt sich am Saum seiner Jeans fest und zog sich hoch.

»Lass uns von hier verschwinden, bevor der Schneefall zu stark wird«, schlug er vor. Er brauchte jetzt dringend Abstand zu ihr, um die traurige Realität zu verarbeiten, die er nicht hatte wahrnehmen wollen.

Sie schüttelte den Kopf. »Ich meinte, dass ich kein solches Privatleben habe. Ich war schon sehr lange mit keinem anderen zusammen. Aber ich wollte nicht, dass du es weißt, weil ich damit nur Öl ins Feuer gegossen und dein Bestreben nach einer Beziehung verstärkt hätte.«

Es dauerte einige Sekunden, bis ihre Worte zu ihm durchgedrungen waren. »Grundgütiger, Aubrey. Du bist mir vielleicht eine.« Er drückte sie mit dem Rücken an die Wand.

»Damit wirst du mich ganz bestimmt nicht überzeugen«,

neckte sie ihn, aber er konnte ihr deutlich ansehen, dass sie noch lange nicht bereit war, ihre Gefühle für ihn zu akzeptieren.

»Hast du überhaupt eine Ahnung, wie quälend diese Vorstellung für mich war?«

»Hast du eine Ahnung, wie es mich quält, dass ich so viel für dich empfinde?«, fauchte sie zurück. »Für einen Kerl, der das personifizierte Drama ist? Ich habe so hart gearbeitet, und dann sind da auf einmal diese schrecklichen Gefühle, die ich dir gegenüber auch noch eingestehen soll. Doch ich kann es mir nicht erlauben, meine Karriere zu vernachlässigen, erst recht nicht jetzt, wo ich diesen neuen Fernsehsender ans Laufen bringen muss.«

Die Zuneigung, die sich in ihren Augen widerspiegelte, strafte ihre Worte Lügen. »Seit wann hast du denn vor irgendetwas Angst? Erst recht vor ein bisschen Drama?« Er presste sich an sie. »Weißt du, was ich denke? Ich finde, du solltest dafür bestraft werden, dass du mich derart auf die falsche Fährte gelockt hast.«

In ihren Augen funkelte es, und bevor er ihr die Lippen mit einem Kuss versiegeln konnte, stieß sie hervor: »Wir werden nie vor dem Sturm hier wegkommen, wenn ich dich noch mal in meine Nähe lasse.« Schon hatte sie sich seinen Armen entwunden und war auf dem Weg zur Treppe.

Knox schnappte sich ihre Jacken und nahm zwei Stufen auf einmal. Er schlang Aubrey einen Arm um die Taille, bevor sie oben angekommen war. Sie kreischte auf und knallte gegen seine Brust. Sein herzhaftes Lachen bewirkte, dass sie ihre gespielt finstere Miene nicht aufrechterhalten konnte und ebenfalls lachen musste.

»Mir entkommst du nicht, Aubrey Stewart.«

Sie rangen spielerisch miteinander und erstarrten, als auf einmal Stimmen an ihr Ohr drangen. Erst jetzt merkte Aubrey, dass sie nicht die Treppe hinaufgelaufen war, durch die sie den Keller betreten hatten. »Wer ist das?«

Er schaute zur Tür, durch die eine leise Männerstimme zu hören war. »Hört sich an wie Leon und mein Vater.«

»Dein Vater?«, flüsterte sie entsetzt. »Wir hatten Sex in seinem Weinkeller, während er sich über uns im Haus aufhielt?« Sie boxte ihn gegen die Brust.

»Hey! Ich wusste nicht, dass er hier ist«, erwiderte er leise. »Ich dachte, meine Eltern wären unterwegs, weil Leon sie mit keinem Wort erwähnt hat.«

»Lass uns den anderen Weg nehmen. Das ist ja peinlich.«

Sie wollte die Treppe schon wieder hinuntergehen, als die Tür geöffnet wurde. Rasch nahm Knox ihre Hand.

Leon blickte vom obersten Treppenabsatz auf sie herab. Er musste eben erst von draußen hereingekommen sein, da sich Schnee auf seinem Mantel und seiner Mütze abzeichnete. Neben ihm stand ein aristokratisch aussehender Mann in einem teuren Anzug mit Krawatte mit dichtem, ergrauendem dunklem Haar, einer schwarzrandigen Brille und breiten Schultern, die ebenso verkrampft aussahen wie seine Kieferpartie. Seine Augen wirkten schneidend, wo in Knox' eher Schalk funkelte – allerdings wirkte Knox' Gesicht in diesem Augenblick alles andere als amüsiert. Dennoch erkannte Aubrey in den weisen Augen seines Vaters eine Ähnlichkeit zu seinem Sohn, und als er die Lippen leicht zu einem Lächeln verzog, wurde dieser Eindruck noch weiter verstärkt.

Leon zwinkerte ihnen verschwörerisch zu. »Ich habe deinem Vater eben erzählt, dass du Aubrey das Haus zeigen wolltest.«

Offenbar wollte er Knox diesmal den Spaß gönnen …

Knox zog Aubrey neben sich auf die Treppe. »Das war sehr nett von dir, Leon. Hi, Dad. Aubrey, das ist mein Vater Griffin Bentley. Dad, das ist Aubrey Stewart. Aubrey und ich hatten vorhin eine Besprechung mit Landon und Paige, und ich dachte, ich führe sie bei dieser Gelegenheit gleich mal herum.«

Innerlich ergänzte sie: *Und vögele ihr in deinem Weinkeller die Seele aus dem Leib.* Rasch verdrängte sie diesen Gedanken – und die Scham, die sich ihrer bemächtigen wollte – und reichte seinem Vater die Hand, während sich Leon leise zurückzog. »Es ist mir eine große Freude, Sie kennenzulernen, Mr. Bentley. Sie haben ein wunderschönes Anwesen.«

»Danke«, sagte er und sie verließen die Treppe und schlossen die Kellertür hinter sich.

Griffins Augen wurden wärmer, als er den Blick auf Knox richtete. Die beiden Männer umarmten sich unbeholfen. Bis zu diesem Moment hätte Aubrey nie gedacht, dass Knox in irgendeiner Situation nicht Herr der Lage sein könnte.

»Du siehst gut aus, Junge. Paige hat erwähnt, dass du mit ihr und Landon über ein Projekt sprechen wolltest«, meinte Griffin. »Ist alles gut gelaufen?«

»Ja«, antwortete Knox. »Ich wusste nicht, dass du hier bist, sonst hätte ich die Haustür genommen.«

»Na, jetzt weißt du es«, erklärte Griffin entspannt. »Bleibst du noch eine Weile? Wir haben uns viel zu lange nicht gesehen.«

»Habe ich da eben Knox' Stimme gehört?« Eine Frauenstimme kam durch den Flur, kurz bevor eine große, schlanke Brünette durch einen Bogengang trat. Sie warf überrascht die Hände in die Luft. »Die Stimme meines Sohns würde ich doch überall erkennen!« Schon kam sie auf sie zugeeilt, wobei ihre hohen Absätze über den Marmorboden klapperten, während sie Knox bedeutete, er solle näher kommen. Sie umarmte ihn herzlich und küsste die Luft über seinen Wangen, um danach seine Arme festzuhalten und ihm glücklich ins Gesicht zu sehen. »Du siehst gut aus, Schatz. Ich habe dich vermisst.«

»Ich habe dich auch vermisst, Mom.« Knox griff nach Aubreys Hand. »Mom, das ist …«

»Aubrey Stewart«, fiel ihm seine Mutter mit herzlicher Stimme ins Wort. »Ach, Schatz, Aubrey musst du mir doch nicht vorstellen. Sie ist eines der besten Vorbilder, die eine Frau heutzutage haben könnte. Die Ladys im Club und ich reden ständig über das, was Sie und Ihre Partnerinnen mit den Ladies Who Write erreicht haben.« Sie nahm Aubreys Hand und hielt sie fest. »Es ist mir eine große Ehre, Sie kennenzulernen. Ich bin Elizabeth, und ich hoffe, Sie ziehen in Betracht, heute mit uns zu Abend zu essen.«

»Vielen Dank für die Einladung.« Sie war sich ziemlich sicher, dass seine Eltern ihr Bedürfnis, eine Super-Bowl-Party zu besuchen, nicht nachvollziehen konnten, daher fügte sie hinzu: »Wir müssen leider heute noch nach Port Hudson zurückfahren, da ich für morgen noch viel zu erledigen habe.«

Elizabeth runzelte die Stirn. »Du liebe Güte. Haben Sie den Wetterbericht nicht gesehen? Wir haben schon fünfzehn Zentimeter Neuschnee und bis zum Abend sollen weitere fünfzehn dazukommen. Angeblich hört es bis morgen Abend gar nicht mehr auf zu schneien. Die Bergstraßen werden sehr gefährlich sein, und es sieht bedauerlicherweise so aus, als könnten Sie vorerst nicht hier weg. Aber wir werden das Beste daraus machen, ein schönes Abendessen zu uns nehmen und uns besser kennenlernen. Ich bitte Joyce, uns etwas Leckeres zu kochen, und lade Paige und Landon ein.«

Aubreys Entsetzen musste offensichtlich gewesen sein, da ihr Knox beschützend eine Hand in den Rücken legte. »Aber gern, Mom. Das wäre wirklich schön. Ich möchte Aubrey noch schnell Joyce vorstellen, und dann gehen wir zurück ins Hotel, damit Aubrey ihre Arbeit erledigen kann. Hättet ihr etwas dagegen, wenn wir das Schneemobil nehmen?«

»Es wurde nicht mehr benutzt, seit du letzten Winter damit herumgefahren bist«, erklärte sein Vater. »Aber Leon hat es gewartet. Du weißt ja, wo es steht.«

Knox nickte.

»Danke für die Gastfreundschaft.« Aubrey versuchte, sich nicht anmerken zu lassen, wie sehr sie es bedauerte, die Party ihrer Eltern zu verpassen. »Ich freue mich schon darauf, Sie beim Abendessen wiederzusehen.« Im Weggehen flüsterte sie Knox zu: »Ein Abendessen mit deinen Eltern? Habe ich einer Beziehung bereits zugestimmt, ohne es zu wissen?«

Schmunzelnd führte er sie durch ein elegant eingerichtetes Zimmer, das einen wunderschönen Blick auf das Winter-wunderland vor der Tür bot.

»Grundgütiger«, rief Aubrey aus. »Sieh dir nur den vielen Schnee an. Wie lange waren wir im Keller?«

»Lange genug, um unseren Spaß miteinander zu haben.« Er blieb neben ihr stehen. »Es tut mir sehr leid, dass du die Super-Bowl-Party deiner Eltern verpasst. Wir könnten noch immer versuchen, mit dem Wagen hier wegzukommen, wenn du möchtest.«

Ihr gefiel der Gedanke zwar überhaupt nicht, die Party zu verpassen, aber da es draußen stark schneite und Knox ihre

Hände hielt, konnte sie sich Schlimmeres vorstellen, als mit ihm in einem unglaublich romantischen Hotel festzusitzen. Mit seinen Eltern später zu Abend zu essen, machte sie zwar ein bisschen nervös, aber sie hatte in Knox' Augen seine Liebe zu ihnen gesehen, als er sie umarmt hatte, auch wenn die Beziehung zwischen ihm und seinem Vater etwas angespannt zu sein schien. Knox hatte so viel für sie getan, daher wollte sie jetzt auch für ihn da sein.

Vielleicht brauche ich aber auch keinen anderen Grund, als dass ich es für uns tue. Sie sah ihm in die Augen. *Für die Beziehung, die er sich so sehr wünscht und die alles, was ich mir für meine Karriere wünsche, in Mitleidenschaft ziehen könnte.*

Auch wenn ich so langsam glaube, dass ich mir diese Beziehung ebenfalls wünsche.

»Ich möchte lieber nicht bei einem Autounfall ums Leben kommen, aber danke für das Angebot. Das geht schon in Ordnung. Ich sage meiner Mom und meinen Brüdern Bescheid, dass ich es nicht schaffen werde.« Sie griff in ihre Gesäßtasche, stellte dann jedoch fest, dass sie ihr Handy in der Suite liegen gelassen hatte.

»Wir könnten eine eigene Super-Bowl-Party veranstalten, nur für uns zwei.«

»Das ist eine großartige Idee, Knox!«

»Wirklich?«

»Ja, wirklich.« Sie war begeistert. »Aber ich muss dich warnen: Ich bin nun einmal, wie ich bin, und ich sagte ja bereits, dass es kein schöner Anblick ist, mir beim Football-Gucken zuzusehen. Ich weiß alles, was man über dieses Spiel nur wissen kann, und gehe richtig mit.«

»Willst du mich etwa noch mehr um den Finger wickeln? Denn das hört sich ganz danach an, als wärst du die perfekte

Frau.« Er küsste sie zärtlich und verharrte kurz so. »Hm. Keine freche Erwiderung? Anscheinend habe ich die Mauer, die du um dich herum aufgebaut hast, langsam durchdrungen. Lass uns lieber schnell gehen, bevor du das noch merkst und deine Meinung änderst.«

»Guter Plan«, spottete sie. »Was war das für eine komische Umarmung zwischen dir und deinem Vater?«

»Mein Vater weiß, wie man in der Geschäftswelt brilliert, aber als Vater ist er nicht ansatzweise so herausragend. Er meint es gut, konnte seine Gefühle jedoch nie problemlos zeigen. Allerdings hat sich das in letzter Zeit gebessert. Die Sache mit Paige hat ihn verändert. Aber jetzt komm. Ich möchte dir Joyce vorstellen.«

»Können wir vielleicht auch einen Happen essen? Nach unserem Abstecher in den Weinkeller habe ich Hunger. Ein bisschen Fingerfood käme mir jetzt gerade recht.«

Mit einem gierigen Lachen küsste er sie noch einmal. »Wir sind uns in vielerlei Hinsicht sehr ähnlich.«

»Ich dachte dabei eher an ein Sandwich und Pommes, du Sexmonster, statt an ein schickes Restaurant oder etwas Sexuelles.«

»Du hast schmutzige Gedanken, Babe. Ich wollte damit nur sagen, dass ich ebenfalls am Verhungern bin.«

»Ah ja …«

Er legte ihr die Finger an die Hüften und blieb mit ihr am Eingang einer riesigen Küche stehen, in der es zwei Kücheninseln und jede Menge Arbeitsplatten gab. Eine stämmige Frau stand mit dem Rücken zu ihnen da, summte leise vor sich hin und schnippelte Gemüse. Sie trug ein pflaumenfarbenes Kleid, hatte sich eine pinkfarbene Schürze umgebunden und wackelte mit dem drallen Hintern im Takt der Musik, die nur sie hören konnte. Ihr weißes Haar war kurz und die Frisur erinnerte Aubrey an die ihrer Großmutter.

»Das ist Joyce, Leons Frau«, raunte Knox ihr ins Ohr. Er betrat die Küche und pfiff dieselbe Melodie, die auch Joyce summte.

Sofort wirbelte Joyce herum und lächelte so breit, dass ihre dunklen Augen zu leuchten begannen. »Knoxy«, sagte sie herzlich, legte das Messer aus der Hand und wischte sich die Hände an der Schürze ab, bevor sie sich in seine Arme warf. »Du hast mir gefehlt, Schätzchen.«

»Du hast mir auch gefehlt.« Er hielt sie etwas länger fest, als er es bei seinen Eltern getan hatte. »Du siehst so wunderschön aus wie immer.«

»Pff.« Sie warf Aubrey einen Blick zu. »Seinen Charme hat er offenbar nicht verloren.«

Er nahm Aubreys Hand. »Joyce, das ist meine ganz besondere Freundin Aubrey Stewart. Aubrey, das ist Joyce. Ohne sie wäre ich vermutlich zu einem richtigen Arschloch herangewachsen.«

Bei seinem Kompliment wurde Joyces Lächeln noch breiter, doch dann schüttelte sie den Kopf. »Ach, Unsinn. Das könntest du gar nicht.« Sie nahm auch Aubrey in die Arme. »Freut mich sehr. Leon hat mir erzählt, dass ihr vorbeischauen würdet. Ich habe mir große Sorgen gemacht, als du so lange in Belize geblieben bist, Knox, aber du siehst glücklich aus. Geht es dir gut?«

Knox stibitze sich ein Stück Gurke, steckte es sich in den Mund und antwortete mit einem Seitenblick zu Aubrey: »Besser denn je.«

Es machte Aubrey glücklich, die mütterliche Fürsorge zu sehen, mit der Joyce Knox bedachte. Doch da war auch ein seltsames Flattern in ihrer Brust, das ihr zu verstehen gab, dass sich in ihrem Inneren etwas Gewaltiges verändert hatte. Sie hatte solche Angst gehabt, ihm zu gestehen, dass sie seit langer Zeit mit keinem anderen Mann zusammen gewesen war, und befürchtet, sie würde sich danach zu verletzlich fühlen und auf Abstand zu ihm gehen wollen. Stattdessen empfand sie all das nicht, sondern fühlte sich ihm näher als jemals zuvor.

»Das höre ich doch gern«, sagte Joyce. »Wenn du das nächste Mal vorhast, für mehrere Monate zu verschwinden, kommst du mich vorher gefälligst besuchen.«

Knox salutierte. »Jawohl, Ma'am.«

Joyce war neben Graham und Morgyn der einzige Mensch, dem er den wahren Grund anvertraut hatte, aus dem er so lange in Belize geblieben war, allerdings hatte er es ihr nur am Telefon erzählt. Mit Landon sprach er nie über Beziehungen, und Paige hätte sofort angeboten, zu ihm zu kommen, damit er nicht so allein wäre. Doch sie hatte in ihrem Leben schon genug durchmachen müssen. Solange Knox denken konnte, hatte Joyce stets ein offenes Ohr für ihn gehabt, wenn er einen Rat brauchte. Sie urteilte nicht und hatte ihm auch keine Vorwürfe gemacht, weil er sich vom Familienunternehmen abwenden wollte. Stattdessen unterstützte sie seinen Wunsch nach einem weniger elitären Lebensstil und gab ihm stets gute Ratschläge. Er würde nie vergessen, was sie ihm bei diesem Telefonat gesagt hatte. *Einige Menschen suchen an den völlig falschen Orten nach Liebe. Du bist keiner davon, Knox. Du hast nie einen anderen Menschen gebraucht, um dich ganz zu fühlen. Wenn du derart viel für dieses Mädchen empfindest, dass du weglaufen musst, um dir über deine Gefühle klar zu werden, dann wird sich auch durch die Zeit im Dschungel nichts daran ändern.*

Und damit hatte sie recht behalten.

Knox griff nach einem Stück Mohrrübe und reichte es Aubrey. »Möchtest du?«

»Gern. Danke.«

Als sie das Stück nahm, sahen sie einander an, und er bemerkte etwas in ihren Augen, das früher nicht da gewesen war. *Kapitulation?*

»Wo sind denn meine Manieren?« Joyce klang beinahe entrüstet. »Knox kommt nach Hause und schon kann ich nicht mehr klar denken. Kann ich Ihnen etwas bringen, Aubrey? Vielleicht eine Tasse Tee oder eine heiße Schokolade?«

»Joyces heiße Schokolade ist zum Reinlegen«, warf Knox ein.

»Das hört sich doch gut an. Ich nehme gern eine.«

»Ich habe gerade Knox' Lieblingswintersnack vorbereitet.« Joyce ging durch die Küche und nahm einen Teller voller kleiner Sandwiches von einer Arbeitsplatte. »Weißbrot mit Smucker's Goober-Erdnussbutter und Traubengelee, so, wie du es gern magst.«

Ihm wurde ganz warm ums Herz. »Du bist die Beste. Danke.« Er nahm ein Sandwich und hielt es Aubrey hin. »Besseres Fingerfood gibt es nicht.«

»Vielleicht sollte ich einfach in diese Küche ziehen.«

Sie plauderten beim Essen und aus der geplanten kurzen Vorstellung wurde ein angenehmer einstündiger Besuch bei Joyce.

Später, als sich Joyce den Vorbereitungen für das Abendessen widmete, drückte Knox einen Kuss auf Aubreys

Schulter und reichte ihr sein Handy. »Wolltest du nicht deine Eltern anrufen?«

»Oh ja. Dass du daran denkst …«

»Du bist mir eben wichtiger als alles andere.«

Sie riss ihm das Handy aus der Hand. »Klugscheißer. Ich beeile mich auch.«

Kaum hatte sie die Küche zum Telefonieren verlassen, trat Joyce neben Knox. »Sag mal«, begann sie leise, »das ist sie doch, oder? Die, die du vergessen wolltest?«

»Ja, das ist sie.«

»Ich mag sie. Sie wirkt auf mich klug, aber vorsichtig, und sie bringt dich zum Lächeln. Das ist alles, was ich mir je erhofft habe: dass du, Paige und Landon so eine Liebe findet, wie sie Leon und mich verbindet.«

»Greif den Dingen besser nicht voraus.«

»Ich kann es dir deutlich ansehen, Knoxy.« Sie legte eine Hand auf seine und drückte sie leicht. »Sie hat sich längst in dein Herz geschlichen.«

Sieben

Knox fuhr das Schneemobil zur Seitentür, wo Aubrey vor Kälte zitternd wartete. Rasch stieg er ab und nahm ihre Hand. »Steig auf, Tiger.«

»Ob du es glaubst oder nicht, ich habe noch nie auf so einem Ding gesessen, also fahr lieber vorsichtig, damit ich nicht runterfalle.«

»Ich werde von filmreifen Stunts absehen.« Er setzte sich vor sie und schlang sich ihre Arme um die Taille. Sie hockte zitternd hinter ihm, und er fragte sich, ob das an der Kälte lag oder ob sie wegen der Fahrt derart nervös war. Nachdem er seinen Mantel über ihre Arme gezogen hatte, schob er sich ihre Hände zwischen die Beine.

»Hey!«, protestierte sie, nahm die Hände jedoch nicht weg.

»Da ist es warm, meine Schöne. Halt dich gut fest.«

Er ließ den Motor an, und Schnee wurde um sie herum aufgewirbelt, als sie sich auf den Rückweg zum Hotel machten. Er spürte, wie sich Aubrey an ihn schmiegte, um das Gesicht abzuschirmen. Seine Tigerin hatte wohl mehr von einem Kätzchen in sich, als sie zugeben wollte. Nach Verlassen des Waldes hielt er an.

»Warum bleiben wir stehen?«, rief sie ihm zu.

Er stieg vom Schneemobil ab. »Jetzt bist du dran.«

Sie riss die Augen auf. »Was? Ich habe nicht die geringste Ahnung, wie man dieses Ding fährt, wie du ganz genau weißt.«

»Stimmt.« Er tätschelte den vorderen Sitz. Es schneite weiterhin stark und sie waren beide von Kopf bis Fuß weiß, aber er wusste, dass das Adrenalin sie schon aufwärmen würde, sobald sie den Dreh raushatte. »Komm schon, Babe. Dieser Punkt fehlt dir noch in deinem Lebenslauf.«

Sie rutschte zaghaft nach vorn. »Damit kann ich in der Medienbranche bestimmt auftrumpfen.«

»Im Leben geht es vor allem darum, Spaß zu haben, und ich werde mich köstlich dabei amüsieren, dich während der Fahrt zu befummeln.«

Sie verdrehte die Augen.

»Nein, ganz im Ernst. Das macht großen Spaß, und eine Frau, die ein Firmenimperium leitet, wird doch wohl mit einem Schneemobil zurechtkommen.«

Er erklärte ihr, wie alles funktionierte. »Am besten fährst du erst einmal in diesem ebenen Bereich herum, bevor du dich am Hügel versuchst, okay? Am Hügel musst du dich wie gesagt hinknien und vorbeugen. Je tiefer der Schnee, desto mehr Tempo ist vonnöten. Weißt du noch, wie man Gas gibt?«

»Ich drehe am Hebel. Das kriege ich schon hin. Komm, steig auf. Es ist deine Aufgabe, dafür zu sorgen, dass ich es schön warm habe.«

»Da ist sie wieder, diese Selbstsicherheit, die ich so an dir bewundere. Wenn du den Hügel in Angriff nimmst, bleib erst ganz oben stehen. Ohne den richtigen Schwung werden wir da nicht raufkommen.«

Sie nickte und zog sich die Mütze tiefer ins Gesicht. »Das Schneemobil kann aber nicht umkippen, oder?«

»Nur, wenn du dich sehr anstrengst.« Er schlang die Arme um sie und neckte sie, indem er ihr eine Hand auf die Brust und die andere in den Schritt legte.

Sie warf ihm über die Schulter einen erbosten Blick zu, woraufhin er sie breit angrinste und die Hände brav auf ihr Becken legte. Dann drückte er ihr einen Kuss auf die Wange. »Bring mich nach Hause, Wattsy.«

Sie fuhr zuerst langsam auf dem ebenen Boden herum, wie er erwartet hatte, begriff jedoch schnell, wie das Schneemobil zu bedienen war, und zwanzig Minuten später sausten sie bereits den Hügel hinauf. Als sie oben angekommen waren, fuhr sie noch ein Stück geradeaus, machte dann kehrt und brüllte: »Kann ich das noch mal machen?«

Er konnte nicht widerstehen und antwortete: »Mit mir kannst du machen, was immer du willst.«

Fast zwei Stunden später parkten sie das Schneemobil vor dem Hotel.

»Habt ihr noch ein zweites Schneemobil? Gibt es Wege, auf denen wir herumfahren können? Tut mir leid, dass ich ein paarmal stecken geblieben bin.« Aubrey war ganz aufgeregt. Sie hatte bei einer Fahrt den Hügel hinauf den Schwung verloren und war bei einer weiteren in einer Schneewehe stecken geblieben, hatte sich ansonsten jedoch hervorragend geschlagen. »Danke, dass du mir das beigebracht hast. Es ist eigentlich unfassbar, dass ich mein ganzes Leben im Staat New York verbracht und das noch nie getan habe!«

Strahlend plapperte sie darüber, wie es sich angefühlt hatte, das Schneemobil zu steuern, und wie sie dieses Gefühl genossen hatte. Knox nahm sie in die Arme und küsste sie. Ihre Nase und ihre Wangen waren eiskalt. Er vertiefte den Kuss und sie klammerte sich fest an seine Jacke. Das war eine andere Aubrey als die, mit der er am Vorabend im Hotel angekommen war. Er wollte noch mehr für sie tun, um diese sorglose Seite von ihr häufiger zu sehen zu bekommen – eine Seite, die sie ihm bisher nur im Schlafzimmer gezeigt hatte.

Als sie sich voneinander lösten, waren sie beide ein wenig atemlos. »Bist du bereit, dich aufwärmen zu lassen?«, erkundigte er sich.

»Eben ist mir schon ziemlich warm geworden«, gab sie zu.

Abermals presste er die Lippen auf ihre und genoss jede Sekunde, die sie sich ihm hingab. Während sie sich auf den Weg zu ihren Suiten machten, verschickte er einige Nachrichten, um diverse Dinge vorzubereiten.

»Ich muss dringend meine E-Mails abrufen«, sagte Aubrey. »Und aus diesen nassen Sachen raus.«

»Wie wäre es, wenn wir die Arbeit noch etwas länger aufschieben? Ich habe noch eine Überraschung für dich.«

Sie durchquerten die Lobby und betraten das Spa durch den Hintereingang. Knox führte sie durch einen breiten Gang, in dem ihnen Anne, eine der Masseurinnen, begegnete.

»Hi, Knox, Aubrey«, begrüßte Anne sie, woraufhin Aubrey die Frau erstaunt musterte. »Es ist alles vorbereitet, Raum sechs. Und das Gewünschte müsste auch jeden Moment hier sein.«

Im Weitergehen flüsterte Aubrey: »Das Gewünschte?«

Er drückte die Tür auf, und wie verlangt brannte ein Feuer im Kamin, das Licht war gedimmt und im Hintergrund lief leise Musik. Eine Flasche Wein und zwei Gläser standen auf einem Tisch und der Massagebereich war ebenfalls vorbereitet.

»Knox! Lassen wir uns massieren?«

»Du wirst massiert.« Er schloss die Tür und schenkte ihr etwas Wein ein. »Zieh alles aus und mach es dir unter der Decke gemütlich. Der Tisch müsste inzwischen warm sein. Ich bin gleich wieder da.«

»Augenblick mal. Warum bekommst du keine Massage?«

»Weil ich woanders gebraucht werde.« Schon hatte er den Raum verlassen und ließ Aubrey Zeit, diese Überraschung zu verdauen. Wenige Minuten später kam Paige mit den Paketen herein, die sie auf seinen Wunsch in der Hotelboutique besorgt hatte.

»Hey, großer Bruder.« Sie reichte ihm zwei Geschenktaschen. »Du weißt wirklich, wie man eine Frau umgarnt.«

»Übertreibe ich damit?« Zum ersten Mal seit einer Ewigkeit war er sich unsicher. »Ich weiß, dass sich die meisten Frauen gern verwöhnen lassen, aber Aubrey ist in der Hinsicht anders. Sie liebt ihre Unabhängigkeit.«

»Das tue ich auch, aber wenn ich einen Freund hätte, der sich für mich so viel Mühe geben würde …« Sie lächelte ihn verschwörerisch an. »Dann könnte ich ihm garantiert nicht länger widerstehen.«

Er stieß die Luft aus. »Hoffentlich hast du recht.«

»Du bist wirklich sehr verliebt in sie, nicht wahr?«

Er nickte.

»Ich wüsste nicht, dass ich dich jemals nervös erlebt hätte. Nicht einmal, wenn du wirklich Ärger bekommen hast. Aber es steht dir.«

»Ich komme mir ganz lächerlich vor.«

»Nein, das macht dich nur normal, und genau danach hast du doch schon immer gestrebt, jedenfalls wenn es nicht ums Geschäft ging.« Sie drückte ihm alles in die Hand.

»Du bist ein Geschenk des Himmels, Schwesterchen. Ich bin dir was schuldig.«

»Wohl kaum.« Sie umarmte ihn. »Und jetzt rein da mit dir, nicht dass sie noch denkt, du hättest sie vergessen.«

Aubreys Herz raste, als sie auf dem warmen Massagetisch unter der Decke lag. Wahrscheinlich war diese Nervosität albern, aber Tatsache war nun mal, dass es ihr leichtfiel, sich von einem Mann berühren zu lassen, wenn sie ihn darum gebeten hatte, während Massagen ihr stets unangenehm gewesen waren, sodass sie davor zurückgeschreckt war. Doch nachdem sich Knox solche Mühe gemacht hatte, wollte sie nicht undankbar erscheinen.

Als sie die Tür hörte, hob sie den Kopf und stellte überrascht fest, dass Knox wieder hereingekommen war. Er sollte sie keinesfalls so nervös sehen. »Du bist wieder da?«

Er drehte sich mit zwei Geschenktaschen in der Hand zu ihr um und stellte sie auf die Couch neben dem Kamin. Während er sich die Jacke und Mütze auszog, wirkte er selbst ein bisschen nervös. »Hallo, Miss Stewart. Ich bin Knox Bentley und werde Sie heute massieren.«

Es dauerte einige Sekunden, bis seine Worte zu ihr durchgedrungen waren und sie Erleichterung überkam. Im nächsten Augenblick machten sich ihre Nerven allerdings erneut bemerkbar. »Du willst mich massieren?«

»Ja, und komm bloß nicht auf dumme Gedanken«, erklärte er gespielt prüde. »In diesem Etablissement gibt es kein Happy End.«

Seine witzige Bemerkung bewirkte, dass sie sich etwas entspannte. »Soll das eine Herausforderung sein, Mr. Bentley?«

Mit breitem Grinsen krempelte er sich die Ärmel hoch. Ihre kecken Worte schienen auch seine Nervosität beseitigt zu haben.

»Muss ich mir wegen des Inhalts der Geschenktaschen Sorgen machen? Bitte sag, dass sich darin kein Sexspielzeug befindet. Ich habe zwar nicht generell etwas dagegen, aber es wäre mir doch peinlich, so etwas im Hotel deiner Familie zu benutzen.«

»Verdammt. Dann können wir es wohl erst ausprobieren, wenn wir wieder bei dir sind.«

Als ihr die Kinnlade herunterfiel, grinste er noch breiter.

»Da du nicht damit gerechnet hast, mit einem charmanten und gut aussehenden Mann im Hotel festzusitzen und von seinen Eltern zum Abendessen eingeladen zu werden, habe ich Paige gebeten, dir in der Boutique etwas Schönes zum Anziehen zu besorgen.«

»Also richtige Kleidungsstücke und keine Dessous?«

»Du hast die Wahl zwischen diversen Stücken wie Jeans, einem Kleid, einem Rock, einer Bluse, einem Pullover …«

»Das ist so süß von dir, Knox, und so lieb von Paige, dass sie sich die Mühe gemacht hat.«

»Da siehst du mal, wie es wäre, wenn wir richtig zusammen wären, Babe. Ich hatte ein richtiges Bedürfnis, dir den Strauß und die Geschenke ins Büro zu schicken, als hätte man es mir ins Ohr geflüstert. Doch wie sich herausgestellt hat, kam das aus meinem Inneren, denn es ist schon wieder geschehen. Ich tue eben gern etwas für dich, daher wird es wohl Zeit, dass wir uns beide daran gewöhnen.«

Er trat ans Kopfende des Tisches, gab etwas Massageöl auf

seine Hände und verrieb es. »Liegen Sie auch bequem?«, wollte er mit britischem Akzent wissen und strich mit den öligen, warmen Händen über ihre Schultern.

»Ja.« *Und jetzt bin ich auch wieder nervös. Vielen Dank auch.* Sie war es nicht gewohnt, dass man sich so um sie kümmerte.

Er ließ die Hände bis dicht über ihren Hintern herunterwandern. Sie hielt den Atem an und rechnete schon damit, dass er nicht anhalten würde, doch im nächsten Moment wanderten seine Hände ihre Wirbelsäule entlang und über ihre Schultern und Arme. Er massierte gemächlich ihre Arme, ihre Schultern und ihren Nacken. Es fühlte sich so gut an, auf diese Weise von ihm berührt zu werden, dass sie die Augen schloss und seine Zuwendungen genoss, während er ihre angespannten Muskeln geduldig lockerte.

»So ist es richtig«, lobte er sie, als könnte er ihre Gedanken ebenso gut durchschauen wie ihre Körpersprache. »Du hast eine stressige Woche und einen turbulenten Tag hinter dir. Jetzt ist es Zeit zu entspannen.« Er trat neben den Tisch und massierte sie mit beiden Händen, um die Verspannungen zu vertreiben.

»Du bist sehr gut darin und hast bestimmt viel Übung.«

»Ganz im Gegenteil. Das ist mein erster Tag«, erwiderte er mit seinem verführerischen Akzent. »Vielleicht bekomme ich ja ein gutes Trinkgeld.«

Sie lag fasziniert da und ließ sich von dem Mann, der ihr Herz sonst stets schneller schlagen ließ, in einen Zustand der Entspannung versetzen. Die sanfte Musik, der Duft des Öls und seine kräftigen Hände riefen eine regelrechte Euphorie in ihr hervor.

»Danke, Knox«, sagte sie leise. »Das fühlt sich wundervoll an und ist wirklich sehr lieb von dir.«

»Die Massage ist vermutlich nicht so perfekt, wie du es

gewohnt bist, aber da du gezwungen bist, hier zu bleiben und mit meinen Eltern zu Abend zu essen, war es das Mindeste, was ich tun konnte, um das wiedergutzumachen.«

»Du musst überhaupt nichts wiedergutmachen. Ich freue mich auf das Essen mit deiner Familie und ich werde nicht oft massiert. Mir gefällt es nämlich gar nicht, von Fremden angefasst zu werden.«

Er verharrte kurz, bevor er weitermachte. »Damit hätte ich jetzt nicht gerechnet. Ich dachte, du würdest dich gern verwöhnen lassen.«

»Ich komme aus einer Footballfamilie. Ein Verwöhn-programm stand da nie zur Debatte, und als Erwachsene kam es mir komisch vor, mir so etwas zu gönnen. Es war schon eine große Sache, als Presley und Libby mich nach dem College gezwungen haben, mit ihnen zur Maniküre und Pediküre zu gehen. Aber Massagen sind mir meist viel zu intim.«

Er ging auf die andere Seite und knetete weiter. Seine Hände waren so warm und kräftig, dass sie sich immer mehr fallen ließ. »Was ist denn so amüsant?«, erkundigte sie sich, als sie sein leises Lachen hörte.

»Sind dir Massagen zu intim, oder magst du sie nur nicht, weil du dir dabei verletzlich vorkommst?«

Ihr Bauchgefühl riet ihr sofort, vehement abzustreiten, dass sie sich jemals so fühlte, aber tief im Inneren wusste sie, dass er genau ins Schwarze getroffen hatte. Denn genau so fühlte sie sich, wenn sie nackt auf der Liege lag und jemandem gestattete, sie zu berühren. War sie nicht aus diesem Grund erleichtert gewesen, als ihr klar geworden war, dass Knox sie massieren würde? Weil sie wusste, dass sie bei ihm sicher war?

Sie brachte den Mut auf und war vollkommen ehrlich zu ihm. »Vielleicht etwas von beidem.«

»Mir geht es ähnlich«, gab er zu, ohne innezuhalten. »Man liegt entblößt da und lässt zu, dass ein Fremder einen berühren kann, wie er will.« Nun massierte er ihren Steiß mit beiden Händen. »Liegst du auch bequem?«

»Ja, und wie. Und wenn du glaubst, du könntest jetzt aufhören, hast du dich gewaltig geschnitten ... Ich schmelze gerade förmlich dahin.«

Er lachte leise, und sie lag schweigend da und genoss seine Berührungen, während er ihre Arme in schlaffe Nudeln verwandelte und sich danach auf ihre Beine konzentrierte. Seine Handflächen lagen auf der Rückseite ihrer Unterschenkel und er drückte fest mit den kräftigen Fingern zu und ließ sie von den Knöcheln langsam nach oben wandern.

»Du kennst die Geheimnisse meiner Kindheit«, begann er zaghaft. »Ich möchte mehr über deine erfahren. Wie war es für dich, nur mit Brüdern aufzuwachsen?«

»Wie meine Kindheit in einem Verbindungshaus war? Lustig und laut, und im Garten fand ständig irgendein Sportevent statt. Meine Brüder spielten alle möglichen Sportarten, daher liefen auch ständig irgendwelche verschwitzten Jungs im Haus herum. Sie kamen nach dem Training und nach den Spielen vorbei und sahen sich Sportsendungen im Fernsehen an. Es war fast, als würde ich nicht mit zwei, sondern mit mehr als dreißig Brüdern aufwachsen.«

»Es überrascht mich, dass du trotz deiner Brüder nie auf einem Schneemobil gefahren bist.«

»Gruppensportarten sind teuer und wir hatten nie viel Geld. Es gibt einen guten Grund dafür, dass wir auf das College gegangen sind, an dem unser Vater gearbeitet hat – er musste nichts dafür bezahlen. Meine Brüder hatten Mountainbikes und haben mich auf den Quads ihrer Freunde mitgenommen, aber ich bin in einer völlig anderen Welt aufgewachsen als du.«

»Ich hätte alles dafür gegeben, ebenfalls so aufwachsen zu können. Wurdest du denn nicht von allen nach Strich und Faden verwöhnt?«

»Soll das ein Witz sein? In meiner Familie wurde niemand verwöhnt. Wir mussten uns alle in der Schule anstrengen, im Haushalt mithelfen und tun, was unsere Eltern von uns verlangt haben. Das wurde von jedem Familienmitglied erwartet.« Sie wusste nicht genau, wie sie ihre seltsame, manchmal anstrengende, aber insgesamt wunderbare Kindheit beschreiben sollte. »Du hast mir erzählt, dass du erzogen wurdest, in die Fußstapfen deines Vaters zu treten. Ich hatte kein solches Vorbild, sondern wuchs als Teil der Stewart-Sportfamilie auf. Was nicht heißen soll, dass das etwas Schlechtes gewesen wäre. Ich war ein Wildfang und konnte mit ihnen mithalten, war bei Football, Baseball, Basketball dabei und was immer sie sonst noch mit mir spielen wollten. Doch ich hatte auch eigene Hobbys und war richtig medienbesessen. Schon seit der fünften Klasse studierte ich Filme und wollte alles über die Geschichte des Fernsehens und der Filmbranche sowie über sämtliche Vorgänge wissen. Ich war derart begeistert davon, dass mir meine Eltern eine Kamera kauften, und dann trieb ich alle in den Wahnsinn, weil ich ständig Filme drehte und unser Leben dokumentierte. Das hat mir großen Spaß gemacht, aber ich wollte mehr – ich wollte die Person sein, bei der alle Fäden zusammenlaufen.«

»So langsam wird mir einiges über dich klar.«

»Dass ich beispielsweise auf Filme aus den Achtzigern stehe?«

Er hockte sich neben sie und sah ihr direkt in die Augen.

»Dass du eine Selfmade-Frau bist, die ihre Träume in die Tat umgesetzt hat und nicht bereit ist, sich an die Seite drängen oder ignorieren zu lassen. Das ist äußerst beeindruckend.«

»Na ja, ich war nicht immer so beeindruckend. Während meiner Collegezeit hatte ich die Nase voll davon, immer nur eine der Stewarts zu sein. Ich wollte etwas Eigenes, und obwohl ich auf die Boyer University in Port Hudson gegangen bin, studierten dort auch genug Leute aus anderen Gegenden. Daher sah ich es als Chance, mich davon zu lösen. Ich erzählte allen, ich würde zu der Stewart-Familie gehören, der die Limo-Marke gehört, statt zu meiner Footballfamilie. Das ist im Nachhinein schon ziemlich erbärmlich.«

»Ach, jetzt verstehe ich, warum du so von Stewart's Orange 'n Cream fasziniert bist. Aber das ist überhaupt nicht erbärmlich, sondern eher vergleichbar damit, dass ich ans MIT gegangen bin und nicht wie alle aus der Familie nach Harvard, und dass ich kein produktiver Teil des Familienunternehmens sein wollte.«

»Ich habe die Stewarts-Limo schon immer gern getrunken und empfand es irgendwie als befreiend, dass alle dachten, ich würde aus einer anderen Familie kommen. Da musste ich mir keine Gedanken mehr machen, ob die Leute, die meine Freunde sein wollten, im Grunde genommen nur meine Brüder oder meinen Vater näher kennenlernen wollten. Ich tat so, als käme ich aus einer normalen Familie, die beim Essen nicht ständig einen Sportsender im Radio laufen ließ oder den Fernseher anstarrte, als wäre er ein Idol und müsste vergöttert werden.«

»Wie war das für dich?« Inzwischen massierte er ihre Hüften.

»Zuerst fand ich es großartig, aber dann ging ich zu einem Footballspiel und schrie: ›Gut gemacht, Dad!‹, und da war ich natürlich aufgeflogen.«

Knox beugte sich vor und drückte ihr einen Kuss aufs Becken. »Ein Footballmädchen ist eben nicht zu bremsen. Du hast mir mal erzählt, deine Freundinnen und du hätten betrunken die Idee für LWW Enterprises gehabt. Darüber würde ich gern mehr erfahren. Ich habe dich nie betrunken erlebt und kann es mir kaum vorstellen.«

»Es war aber so. Am Abend des Tages, an dem mir meine vorgetäuschte Identität um die Ohren geflogen war, wurde mir klar, dass ich Tatsachen schaffen musste, wenn ich wirklich auf eigenen Beinen stehen wollte. Keine Spielchen mehr. Presley, Libby und ich betranken uns und kamen auf die Idee, als wir über unsere jeweiligen Stärken und Ziele sprachen. Am nächsten Morgen waren wir noch immer sehr angetan davon und beschlossen, unseren Traum um jeden Preis Wirklichkeit werden zu lassen. Wir verbrachten die Jahre auf dem College damit, zu netzwerken, Strategien zu entwickeln und an unseren Plänen zu feilen, während wir Praktika machten und in unserem entsprechenden Fachgebiet alles lernten, was es zu lernen gab. Wir schufteten wie die Wilden, während unsere Kommilitonen feierten, und das hat sich ausgezahlt. Nach dem Abschluss kam Presley zu etwas Geld, was uns dabei half, einen Anfangskredit aufzunehmen. Allerdings gefiel es mir nicht, einer Bank Geld zu schulden oder Presleys Erbe zu verprassen. Das gab mir nicht das Gefühl, auf eigenen Beinen zu stehen, doch was blieb mir anderes übrig? Allein hätte ich einen derart hohen Kredit niemals bekommen.«

»Für mich hört es sich nach einem guten Investment an.«

»Das war es auch, allerdings gibt es dazu auch noch eine Geschichte.« Er hörte mit dem Massieren auf und lauschte ihr gebannt. »Meine Familie hat meine Pläne stets unterstützt und war immer sehr stolz auf mich, aber die Kredite haben meinen Eltern große Sorgen bereitet. Ständig haben sie danach gefragt und mir in den Ohren gelegen. Mir kam es so vor, als könnte ich ihnen förmlich beim Altern zusehen. Sie konnten einfach nicht begreifen, dass sich jemand auf gut Glück derart viel Geld borgt. Ich bekam Schuldgefühle, weil sie meinetwegen so besorgt waren, und konnte mich immer weniger auf den Aufbau des Unternehmens konzentrieren.«

»Das kann ich nachvollziehen.«

»Aber ich hatte Glück, denn Charlotte war meine Rettung. Sie hatte mehr Geld geerbt, als sie in drei Lebensspannen ausgeben konnte, und plante nicht, ein Unternehmen zu besitzen oder Angestellte zu haben. Das ist einfach nicht ihr Ding. Doch sie hat an mich geglaubt, und, noch viel wichtiger, sie hatte Vertrauen in uns drei: mich, Presley und Libby. Ich kann es nicht fassen, dass ich dir das erzähle. Das wissen noch nicht mal meine Eltern. Jedenfalls hat Charlotte mein Darlehen bei der Bank abbezahlt und sich einverstanden erklärt, dass ich ihr alles nach und nach zurückzahle. Selbstverständlich habe ich wie bei einer Bank auch Zinsen gezahlt. Die Medienabteilung lief gut, und wir machten ordentlich Profit, aber meine Eltern glaubten, das Unternehmen hätte einen Senkrechtstart hingelegt und ich hätte meine Schulden sehr viel früher abbezahlen können als die anderen. Das entsprach natürlich nicht der Wahrheit, aber dadurch, dass sich meine Eltern keine Sorgen mehr machen mussten, konnte ich mich ganz auf die Arbeit konzentrieren. Ich wusste, dass ich die Schulden zurückzahlen konnte, und wollte nur nicht, dass sich meine Eltern in der Zwischenzeit unnötig den Kopf zerbrachen.«

»Wow. Das ist aber ein verdammt großes Geheimnis, Aubrey.«

»Macht mich das zu einem schlechten Menschen? Das habe ich mich schon oft gefragt.«

»Nein, Babe. Es macht dich zu einer sehr guten Tochter. Einer besseren, als ich meinen Eltern ein Sohn war. Ich habe meinen Eltern alles vor die Füße geworfen, als hätten sie es verdient, dabei machten sie doch alles nur so, wie sie es kannten, und wiederholten, was ihnen beigebracht worden war.«

Sie nahm seine Hand und er sah ihr in die Augen. »Ebenso wie du. Meiner Meinung nach sind wir uns sehr ähnlich. Du bist in einigen Dingen vielleicht offener als ich, aber wir schrecken beide vor nichts zurück, wenn wir etwas für richtig halten.«

»Ganz genau. Übrigens möchte ich darauf hinweisen, dass das Essen heute Abend ein Date ist.«

Sie verdrehte grinsend die Augen.

»Und jetzt dreh dich um, du heißes Ding, damit ich deine Vorderseite massieren kann.«

»Ich hab dich durchschaut, Bentley«, erklärte sie und legte sich auf den Rücken. »Du willst, dass ich ganz entspannt und nicht mehr wachsam bin, um mich dann um den Verstand zu bringen. Guter Plan.«

Er legte ihr die Decke so über den Körper, dass sie von den Brüsten bis zu den Oberschenkeln reichte, und bediente sich erneut seines gespielten, herrlichen Akzents. »Ich sagte doch bereits, dass es auf meinem Tisch kein Happy End geben wird. Du hattest heute schon einmal deinen Spaß mit mir. In einer Beziehung geht es auch darum, dass man den anderen in jeder Hinsicht akzeptiert. Später werde ich dein Verlangen nach Stimulation respektieren.«

Sie lachte auf, bevor sie es verhindern konnte.

»Entschuldige! Aber im Ernst? Mein Verlangen nach Stimulation?«

»Es hörte sich irgendwie romantischer an, als wenn ich sage, dass ich dich heiß machen werde, bis du mich anflehst, dir die Kleider vom Leib zu reißen. Und wenn ich das getan habe, werde ich dich auf jede nur denkbare sündige Weise nehmen. Danach denken wir uns zusammen noch weitere Stellungen aus, von denen eine heißer ist als die andere, und ich verspreche dir, dass ich nicht aufhören werde, bis du durch und durch zufrieden bist, meine Süße.«

»Ich kann dir versichern, dass die schönen Worte und der Akzent gar nicht nötig sind«, sagte sie leise. »Das war besser. Sehr viel besser.«

»Ach ja? Es klang nicht sehr romantisch.« Er legte ihr eine Hand so auf den Oberschenkel, dass sie nur wenige Zentimeter von der Stelle entfernt war, an der Aubrey sie unbedingt spüren wollte. »Dann hätte ich dir einfach sagen sollen, dass ich nur die Decke anheben und deine Brüste mit der Zunge verwöhnen muss, bis du feucht und erregt bist, damit wir ein Happy End bekommen? Oder dass ich das Gesicht zwischen deine Beine drücken und dich so oft kommen lassen möchte, bis du keinen klaren Gedanken mehr fassen kannst?« Seine Finger kamen ihrer Scham sehr nahe und ihr ganzer Körper zog sich vor Vorfreude zusammen. »Dass ich mich ausziehen und deinen heißen, eingeölten Körper an mich pressen möchte, während ich in dich eindringe ...«

Sie setzte sich auf, hielt sich die Decke vor die Brust und stieß keuchend aus: »Kommen wir noch rechtzeitig zum Essen?«

»Es ist mehr als genug Zeit. Möchtest du noch einen Schluck Wein?«

»Unbedingt!« Sie streckte eine Hand aus. »Gib mir die Flasche.«

Acht

Das Abendessen im Haus der Bentleys unterschied sich drastisch von denen mit Aubreys Familie, was nicht nur daran lag, dass das Vier-Gänge-Menü die wundervollsten Speisen beinhaltete, die sie je gegessen hatte. Im Zimmer war es unangenehm leise, obwohl die Unterhaltung angenehm dahinplätscherte und um eher formelle Themen wie die nächsten Reisepläne der Eltern, Events, die Paige für das Hotel organisierte, die letzten Geschäftsabschlüsse ihres Vaters und Landons Investments kreiste. Interessanterweise trug Knox nicht viel dazu bei und hatte locker eine Hand auf Aubreys Oberschenkel liegen, während er den Gesprächen lauschte. Hin und wieder raunte er Aubrey etwas ins Ohr, um ihr eine Sache genauer zu erklären. Als die Unterhaltung zwischen seinem Vater und Landon etwas hitziger wurde, drückte Knox die Finger in ihr Fleisch und sah zwischen den beiden Männern hin und her. Aubrey begriff, dass er so die Dynamik innerhalb seiner Familie im Auge behielt, und sie fragte sich, wie oft er wohl dazwischenging – und wen er dann beschützte. Anfangs hatte sie geglaubt, dass er stets auf Landons Seite stehen würde, doch Landons Blicke verrieten ihr, dass dies nicht immer der Fall war.

»Aubrey«, ergriff seine Mutter das Wort, »wie wäre es, wenn Sie uns von dem Projekt erzählen, das Sie hergeführt hat?«

Aubrey berichtete von dem neuen Fernsehsender, dessen Start sie begleitete, von Charlottes Film und dass sie gern im Hotel drehen würde.

»Oh, wie schön«, meinte Elizabeth. »Und zu einer so günstigen Zeit, wo das Skiresort viele unserer potenziellen Gäste weglockt.«

»Ich könnte mir vorstellen, dass Aubrey heute Abend gern über etwas anderes sprechen würde«, warf Landon ein und wechselte effizient das Thema.

Der Rest des Abends verging mit langen Schweigeperioden, die nur von gelegentlichen Kommentaren über das Wetter, das Essen und andere unpersönliche Themen gebrochen und von Besteckgeklapper untermalt wurden.

Als wieder einmal alle schwiegen und das Dessert serviert wurde, nahm Aubrey den ersten Bissen der dekadenten Mousse aus Himbeeren und weißer Schokolade, die Joyce gemacht hatte. Sie schmeckte himmlisch. Aubrey schloss die Augen und genoss die köstliche Nachspeise, die in ihrem Mund dahinschmolz. »Hmmm. Hmmm.« Sie hatte in ihrem ganzen Leben noch nichts Vergleichbares gekostet.

Genüsslich leckte sie sich die Lippen, und als sie die Augen wieder aufschlug, waren alle Blicke auf sie gerichtet. Elizabeth schmunzelte amüsiert und Paige unterdrückte ein Kichern, während Landon und sein Vater eher peinlich berührt wirkten. Rasch warf Aubrey Knox einen Seitenblick zu, der ihr Bein drückte und aussah, als wollte er sich auf der Stelle auf sie stürzen.

Ach herrje.

Griffin räusperte sich, und auf einmal konzentrierten sich

alle auf ihre Teller und schoben sich die Bissen in den Mund. Aubrey war die Sache so peinlich, dass sie am liebsten im Boden versunken wäre.

»Das war vielleicht ein Stöhnen«, sagte Knox leise, in dessen Augen die Erregung langsam in Belustigung umschwang. Er beugte sich näher zu ihr herüber und flüsterte: »Wären wir jetzt in einem Restaurant, würde ich die Rechnung verlangen und dich schnellstmöglich ins nächste Bett schaffen, um all das mit dir anzustellen, was ich dir vorhin versprochen habe.« Er steckte sich einen Löffel voll Mousse in den Mund, als hätte er ihre Lage eben nicht noch deutlich verschlimmert. Jetzt schämte sie sich nicht nur, sondern war obendrein noch erregt.

»Aubrey hat recht. Joyce hat sich dieses Mal selbst übertroffen«, erklärte Elizabeth. »Das ist eine ihrer Spezialitäten.«

»Es schmeckt köstlich«, stimmte Paige ihr zu.

»Der Höhepunkt einer fabelhaften Mahlzeit und eigentlich sogar des Abends«, meinte Landon, was ihm einen erbosten Blick von Knox einbrachte.

»Da bin ich ganz deiner Meinung«, sagte Griffin so ernst, dass sich Paige ein Lachen verkneifen musste.

Aubrey spürte, wie ihr das Blut in die Wangen schoss, und entschied, die Sache hinter sich zu bringen und zu ihrem Fauxpas zu stehen. »Das war ein *Hum,* kein Stöhnen«, erklärte sie laut, woraufhin Griffin sie ernst ansah. Beiläufig bekam sie Landons und Paiges erschrockene Mienen mit, und Knox bohrte die Finger in ihren Oberschenkel, aber sie hatte nicht vor, sich noch länger dafür zu schämen. »Ich war schon immer eine Genießerin beim Essen. Ich kann einfach nicht anders. Wenn mir etwas schmeckt, bekommt es jeder um mich herum mit. Meine Brüder haben mich deswegen früher immer Hummer genannt.«

Paige, Knox und Landon fingen hysterisch an zu lachen, während ihre Eltern Aubrey konsterniert musterten.

»Bitte entschuldige«, stieß Knox lachend hervor und zog sie an sich. »Tut mir wirklich leid, Babe, aber … *Hummer?*«

»Was ist daran so lustig? Ich finde diesen Spitznamen bezaubernd«, stellte seine Mutter fest, während ihre Kinder versuchten, sich zusammenzureißen. »Was für eine liebevolle Bezeichnung. Hummer. Ich könnte mir gut vorstellen, wie Landon so etwas zu Paige sagt.«

Nun brach auch Aubrey in Gelächter aus. Sie wandte den Kopf ab und bemühte sich um eine ernste Miene, aber Knox' Mutter legte gerade erst los.

»Das ist doch wirklich niedlich. Stellt euch vor, wenn euer Vater das zu mir sagen würde. Nicht wahr, Schatz? Du würdest mich doch Hummer nennen, oder nicht? Ich kann es schon fast hören. *Sollen wir zu Mittag essen, Hummer? Wie wäre es mit einem Sprung in den Pool, Hummer?*«

»Ja«, stimmte er ihr mit todernster Miene zu, während alle anderen weiterhin herzhaft lachten. »Erinnerst du dich noch an unsere Anfangszeit, als ich dich als meinen Kolibri bezeichnet habe?«

»Oh ja. Wenn ich mich recht erinnere, hast du sogar manchmal Hummer zu mir gesagt«, erwiderte Elizabeth.

Aubrey lachte so heftig, dass ihr kein Ton aus der Kehle drang. Knox drückte die Nase an ihren Hals und bekam sich gar nicht mehr ein.

»Aufhören! Hört auf!«, verlangte Paige schnaubend. »Mom!« Sie beugte sich vor, hielt sich eine Hand vor den Mund und flüsterte ihrer Mutter etwas ins Ohr, die daraufhin die Augen aufriss.

»Grundgütiger«, murmelte Elizabeth. »So haben ihre Brüder

das bestimmt nicht gemeint.«

»Nein!«, warf Aubrey ein, die genau wusste, was Paige gesagt hatte.

»Was entgeht mir hier?«, verlangte Griffin zu erfahren.

Knox und Landon sahen einander an, und ihr Blick besagte eindeutig, dass keiner der beiden es ihm erklären wollte.

»Ach, jetzt habt euch nicht so.« Elizabeth stand auf, ging zu ihrem Mann und raunte ihm etwas ins Ohr.

Seine Miene blieb weiterhin gereizt.

Elizabeth richtete sich auf und ging anmutig auf ihren Platz zurück, während das Gelächter erstarb, sich ihre Kinder das Grinsen jedoch nicht verkneifen konnten.

Griffin hob den Löffel und blickte sein Dessert an. Schweigen senkte sich über den Raum herab, und Aubrey schoss durch den Kopf, dass man sie wohl nie wieder zum Essen einladen würde. Sie wollte schon den Mund aufmachen und sich entschuldigen, als sich Griffin etwas Mousse auf den Löffel schaufelte und verkündete: »Das Leben war sehr viel einfacher, als ihr Kinder noch jünger wart und ständig ohne nachzudenken losplappern musstet.«

Knox und seine Geschwister warfen Griffin besorgte Blicke zu, der den Löffel gelassen in den Mund steckte. Einige angespannte Sekunden verstrichen, bevor er die Mundwinkel hochzog. »Wie damals, als Landon nach der fünften Klasse zu den Sommerferien nach Hause kam und verkündete, dass er jetzt Erektionen habe.«

Abermals bogen sich alle vor Lachen.

»Oder als ich sagte, dass ich einen Bikini brauche, um bei den Jungs besser anzukommen?«, rief Paige aus, was ihr empörte Blicke von Landon und Knox einbrachte.

Griffin deutete mit dem Löffel auf Knox. »Und bilde dir

nicht ein, dass du für so etwas zu cool gewesen wärst. Ich erinnere mich noch genau an einen Sommer, als du etwa in dem Alter warst, in dem Landon herausfand, wie ihr wisst schon was funktioniert, und Gummistiefel haben wolltest. Als ich dich fragte, was du damit anstellen willst, hast du erklärt, du wolltest verhindern, dass die Mädchen schwanger werden.«

»Großer Gott!« Aubrey krümmte sich vor Lachen. »Du warst mir ja einer.«

»Eltern machen so einiges mit«, erklärte Griffin ernst und das Gelächter verstummte. »Es ist anstrengend und amüsant, und man wünscht sich nichts weiter, als dass seine Kinder glücklicher und erfolgreicher werden als man selbst.«

Knox mahlte mit dem Kiefer, während sein Vater ihn bei diesen Worten direkt ansah und fortfuhr: »Und dann erkennt man eines Tages, dass man es geschafft hat, dass nur der Weg, den sie eingeschlagen haben, nicht der ist, den du dir vorgestellt hast.« Griffins Blick wanderte zu Landon. »Oder dass sie eine unerwartete Wahl getroffen haben.« Dann schaute er Paige an. »Oder dass sie stärker sind, als man selbst je sein könnte.« Er nahm die Hand seiner Frau und blickte ihr tief in die Augen. »Und man begreift, dass man sein Bestes getan hat.«

»Und dann wird einem klar, dass das Beste nicht immer gut genug gewesen ist.« Elizabeth sah ihre Kinder voller Liebe an. »Aber mit Gottes Gnade erkennt ihr, dass ihr mit mehr Zeit und mehr Chancen gesegnet wart, um das Richtige zu tun, daher macht ihr immer weiter und gebt niemals auf.«

Aubrey stiegen die Tränen in die Augen, als Knox sie umarmte und ihr einen Kuss auf die Schläfe drückte. »Danke«, sagte er leise.

Neun

Am Sonntagmorgen lag Knox neben Aubrey auf dem Rücken und genoss die letzten Nachwirkungen ihres Liebesspiels. Aubrey hatte die Augen geschlossen und war schweißgebadet. Ihre Brüste hoben und senkten sich bei jedem Atemzug. Er strich ihr eine feuchte Haarsträhne aus der Stirn. »Hey, meine Schöne. Bist du schon wieder auf die Erde zurückgekehrt?«

Sie drehte sich lächelnd zu ihm um und kuschelte sich an ihn, während ihr die Augen bereits wieder zufielen. »Sch. Ich bin noch gar nicht wieder da.«

Er legte einen Arm um sie und strich mit den Fingerspitzen über ihren Rücken. »Nach der letzten Nacht und dem heutigen Morgen müssen wir bestimmt eine Woche lang nicht ins Fitnessstudio.«

»Ich bin mir nicht sicher, ob ich mich jemals wieder bewegen kann. Schneit es noch?«

Am Vorabend war der Boden bereits mit einer mehr als dreißig Zentimeter dicken Schneeschicht bedeckt gewesen und bei ihrer Rückkehr aus dem Haus seiner Eltern hatte es noch immer stark geschneit. Die Hotelangestellten hatten einen Weg vom Haus zum Hotel freigepflügt, und Aubrey hatte ihn überrascht, indem sie trotz der Kälte zu Fuß gehen wollte. Zum ersten Mal in seinem Leben hatte er so etwas wie Romantik gespürt. Sie waren Hand in Hand gegangen, hatten über die Unterschiede zwischen ihren Familien geplaudert und beide darauf gehofft, dass Landon die Zustimmung für die Dreharbeiten im Hotel geben würde. Doch schon bald waren die Gedanken an die Arbeit und die Familie vergessen gewesen, als sie sich zärtlich küssten – nur um dann laut loszulachen, nachdem von dem Ast, unter dem sie standen, eine Ladung Schnee auf sie herabgerieselt war. Da hatte Aubrey ihn gleich noch ein weiteres Mal überrascht, indem sie eine Schneeballschlacht anfing, und kurz darauf wälzten sie sich wie Teenager im tiefen weißen Pulverschnee.

Tatsächlich staunte er sogar ständig über sie, wie beispielsweise beim Abendessen, als sie ihren Spitznamen preisgegeben hatte. Nur Aubrey war es zu verdanken, dass sein Vater eine Seite von sich gezeigt hatte, die Knox noch gar nicht kannte.

Er sah aus dem Fenster. »Ja. Es schneit leider immer noch, Babe.«

Sie drehte sich stöhnend auf den Rücken und schlug die Augen auf. »Okay. Dann müssen wir noch eine Menge Vorbereitungen für den Super Bowl treffen. Wir können nicht einkaufen gehen, daher hoffe ich, dass es hier alles gibt, was wir benötigen. Hätte deine Familie etwas dagegen, wenn ich eine Ecke der Hotelküche für mich beanspruche?«

»Du willst dich in die Küche stellen?« Er stützte sich auf einen Ellbogen. »Clyde, der Küchenchef, kann uns etwas Leckeres für den Super Bowl zubereiten, wenn du das möchtest.«

Sie runzelte die Stirn. »Der Küchenchef? Auf gar keinen Fall. Das Essen für den Super Bowl wird nicht von einem

Küchenchef zubereitet. Okay, ich habe gelogen, oder vielmehr geflunkert, als ich behauptet habe, ich wäre nicht nach dem Vorbild meiner Eltern erzogen worden. Allerdings ist das unbewusst passiert. Ich wurde so erzogen, dass ich die Vorbereitungen meiner Mom für den Super Bowl übernommen habe. Vor dem Spiel gehört die Küche uns.«

»Augenblick mal. Du kannst kochen?« Er bedeckte ihre Wange mit Küssen. »Welche Geheimnisse verbirgst du noch vor mir?«

»Ich kann hervorragend kochen, aber komm bloß nicht auf dumme Gedanken. Es war mein völliger Ernst, dass ich nicht die Art von Freundin bin, die Kinder bekommt und dir den Haushalt führt. Vielleicht hat Paige ja Lust, sich mir anzuschließen. Zu zweit macht das Kochen viel mehr Spaß. Wir könnten auch deine Mom fragen, ob sie mitmachen möchte.«

»Das kannst du vermutlich vergessen. Ich habe noch nie gesehen, dass meine Mutter in der Küche etwas anderes getan hätte, als Anweisungen zu geben.«

»Wirklich? Das ist zwar sehr schade, bei Joyces Kochkünsten allerdings auch nicht gerade überraschend.«

Knox und Aubrey waren am Vorabend noch in die Küche gegangen, um sich von Joyce zu verabschieden, und hatten Joyce und ihren Mann beim Küssen ertappt. Knox war ungemein gerührt gewesen und hatte sich daran erinnert, sie schon oft dabei gesehen zu haben, wie sie einander im Vorbeigehen kurz umarmten oder die Hand des anderen berührten und sich dabei anlächelten. Während er von seinen Eltern gelernt hatte, wie man ein Geschäftsmann war, hatten ihm Joyce und Leon gezeigt, was Liebe bedeutete.

»Habe ich dir eigentlich erzählt, was deine Mom gestern Abend zu mir gesagt hat, bevor wir nach Hause gegangen sind?«

Na ja, seine Liebste redete nach dem Sex ziemlich viel … »Dass sie es bedauert, dass du die Party deiner Familie heute verpasst?«

»Ja, das auch«, bestätigte Aubrey. »Aber als du Paige beim Aufsitzen auf Landons Schneemobil geholfen hast, meinte sie, sie wäre sich bei unserer ersten Begegnung vor der Kellertür nicht sicher gewesen, ob wir beide zusammen sind. Doch dann glaubte sie, ein neues, ganz besonderes Glitzern in deinen Augen zu sehen. *Mütterliche Intuition* sei das, sagte sie und dass du schon immer recht schwierig gewesen wärst, sie dich jedoch nie glücklicher gesehen hätte. Und dann hat sie mir dafür gedankt, dass ich für Gelächter am Essenstisch gesorgt habe.«

»Das hat sie alles gesagt?« Es überraschte ihn nicht, dass seine Mutter das in seinen Augen bemerkt hatte. Eigentlich müsste es jeder sehen, fand er, denn seine Gefühle für Aubrey waren derart intensiv, dass er sie schlichtweg nicht unterdrücken konnte. Aber es verblüffte ihn, dass sie Aubrey dafür gedankt hatte, wieder für Lachen gesorgt zu haben.

»Ja! Ich mag deine Eltern übrigens sehr. Dein Dad wirkt ein bisschen steif und konservativ, und es hört sich ganz danach an, als wäre er während deiner Kindheit sehr streng zu dir gewesen. Aber ich habe über das nachgedacht, was er beim Essen gesagt hat, und es macht auf mich den Eindruck, als würden er und deine Mom wirklich versuchen, euch bessere Eltern zu sein. Aufmerksamer zu werden. Und diese Steifheit vielleicht auch etwas abzulegen.«

»Das tun sie auch. Wir versuchen alle, uns zu verändern. Ich gebe mir Mühe, mehr Taktgefühl an den Tag zu legen, wenn ich über meine Gefühle spreche, und Paige öffnet sich mehr und macht nicht mehr alles mit sich alleine aus.«

»Und Landon?«

»Keine Ahnung«, gab er aufrichtig zu. »Er wirkt in letzter Zeit oft abgelenkt. Ich hatte vor, ihn heute Morgen aufzusuchen, um mich zu vergewissern, dass es ihm gut geht, und erneut mit ihm über das Projekt zu sprechen.«

»Ist dir aufgefallen, dass er gestern Abend unzählige Nachrichten bekommen hat? Jedenfalls sah es ganz danach aus. Er hat ständig auf sein Handy geschaut und immer das Gesicht verzogen.«

»Das ist einer der Gründe, aus denen ich mit ihm reden will. Es kann sehr stressig sein, mit meinem Vater zusammenzuarbeiten, und ich will ihn fragen, ob ich etwas für ihn tun kann.«

»Wenn mein Projekt ihn noch mehr stresst, kann ich auch weiter nach einem anderen Hotel suchen.«

»Warte noch damit. Ich glaube nicht, dass es dein Projekt ist, mit dem er ein Problem hat.« *Sondern sein gebrochenes Herz.* »Wenn mich meine Ahnung nicht trügt, wird er letzten Endes zustimmen.«

»Okay, aber ich möchte auf gar keinen Fall für Ärger innerhalb eurer Familie sorgen, erst recht nicht jetzt, wo ihr gerade bemüht seid, mehr aufeinander einzugehen.«

Er legte sich auf sie und sie schenkte ihm ein Lächeln. »Für eine Frau, die strikt gegen Beziehungen ist, scheinst du mir ziemlich gut über das Geben und Nehmen zwischen den Partnern Bescheid zu wissen.«

»Das ist nur mein gesunder Menschenverstand. Komm bloß nicht auf dumme Ideen.«

»Du kommst gut mit meiner Familie aus, bist eine Tigerin im Bett und kannst hervorragend kochen. Wie sollte ich da nicht auf Ideen kommen, Babe?« Er gab ihr einen zärtlichen Kuss und fuhr mit der Zunge über ihre Unterlippe. »Bedeutet das etwa, dass du deine Meinung geändert hast?«

Sie machte den Mund auf, um ihm zu antworten, klappte ihn dann jedoch wieder zu und runzelte die Stirn, als müsste sie die wichtigste Entscheidung ihres Lebens treffen. Wusste sie, dass sie die wichtigste Entscheidung *seines* Lebens traf?

»Gib es zu«, verlangte er. »Es gefällt dir, mit mir und meinem verrückten Leben eingeschneit zu sein.«

Sie versuchte, sich das Grinsen zu verkneifen, und sah dabei nur noch schöner aus. »Es ist besser als Zahnschmerzen.«

Er kitzelte sie und sie kreischte auf und krümmte sich.

»Besser als Zahnschmerzen?« Er drückte ihre Hände auf die Matratze und bedeckte ihren Hals mit Küssen, woraufhin sie nur noch lauter kicherte und sich unter ihm wand. »Gib es zu, Wattsy. Du möchtest meine feste Freundin sein.«

Ihre Augen funkelten keck, als sie erwiderte: »Ich möchte noch lange so mit dir im Bett liegen.«

»Sag es. Sag, dass du alles willst.« Er ließ die Zunge um ihre Brustwarze kreisen und sie hob das Becken an und drückte es gegen seine Erektion.

»Überzeuge mich«, forderte sie frech. Sofort knabberte er an der steifen Knospe und sie stieß ein Zischen aus und drückte den Rücken durch. »Mach das noch mal«, flehte sie.

Als er es tat, stöhnte sie auf und rutschte weiter unter ihn.

»Alles?«, flüsterte er und bewegte seine Härte an ihrer feuchten Scham entlang.

Sie kniff die Augen zusammen. »Gibt es denn einen anderen Weg, es zu tun?«

»Du machst mich fertig, Baby …«

Ganz langsam drang er in sie ein und genoss es, mit anzusehen, wie sich die Hitze ihrer Wangen nach und nach auch in ihrem Blick abzeichnete. Sie krümmte die Finger in seinen Händen und hob das Becken an, um ihn noch tiefer in sich aufzunehmen. Als er halb in ihr war, hielt er inne.

»Hör nicht auf. Bitte hör nicht auf, Knox.«

Sie klang so gefühlvoll und er lehnte seine Stirn an ihre. »Warum quälst du mich so? Liegt es daran, dass du so hart um deine Unabhängigkeit kämpfen musstest? Damit du als die Person gesehen wirst, die du bist, und nicht nur als Teil deiner beeindruckenden Familie?«

Nach längerem Schweigen stieß sie ein »Ja« hervor, als würde sie ihm damit ein Geheimnis anvertrauen, was vermutlich auch der Fall war.

»Ich sehe dich, Aubrey. Ich habe dich immer so wahrgenommen, wie du bist. Wäre ich dir in einem Zug begegnet, ohne zu wissen, wer du bist, hätte ich dich vom ersten Augenblick unserer Unterhaltung als unerschütterliche, kreative und sensible Frau eingestuft, auch wenn du zumindest hinsichtlich der letzten Eigenschaft vermutlich anderer Meinung bist. Ich würde nie etwas an dir ändern oder dir im Weg stehen wollen, Babe.«

Aubrey lockerte die Finger und er ließ sie los. Sie schlang die Arme um seinen Hals. »Ich weiß, dass du das nicht tun würdest. Und ich will alles, Knox. Ich glaube sogar, ich will es schon seit langer Zeit, aber nachdem ich in allen Aspekten meines Lebens so lange überlegen sein musste, weiß ich nicht, wie ich dir meine weiche Seite zeigen kann, ohne insgesamt meinen Biss zu verlieren.«

Bei ihrem Geständnis ging ihm das Herz auf, und zum ersten Mal seit Monaten hatte er das Gefühl, wieder frei atmen zu können. »Natürlich weißt du das. Wenn wir zu zweit waren, hast du diese Seite schon so oft zum Vorschein gebracht, ohne dein Durchsetzungsvermögen in anderen Bereichen zu verlieren.

Außerdem mag ich deine Überlegenheit ebenso sehr wie deine süßen, sanften Kurven. Du hältst mich auf Trab, Wattsy, und ich dich. Wir passen perfekt zusammen.«

Als er die Lippen auf ihre presste und sich ihre Körper vereinten, spürte er, wie sich die Welt um sie herum veränderte. Er hatte sich so lange danach gesehnt, und jetzt, wo ihm ihr Herz endlich gehörte, würde er es nie wieder hergeben.

Später an diesem Morgen bestellten sie sich etwas beim Zimmerservice und genossen ein Festmahl aus Crêpes, Speck, Obst und jeder Menge Kaffee und Küssen. Als Knox in seine Suite zurückkehrte, damit sie beide ein bisschen arbeiten konnten, war Aubrey jedoch gar nicht nach Arbeit zumute. Sie war viel zu abgelenkt von ihrem neu entdeckten Glück, was sie gleichzeitig verwirrte und erfreute. Aber sie wusste, dass sie ihre E-Mails durchgehen musste; sie konnte sie nicht einfach bis zum nächsten Tag ignorieren. Außerdem hatte sie am Vortag Unterlagen von der Rechtsabteilung bekommen, zu denen ein Angebot für die Filmrechte an einem Drehbuch des ehemaligen Schauspielers und jetzigen Drehbuchautors Zane Walker gehörte, das sie an seinen Agenten weitergeleitet hatte. Sie scrollte durch ihre E-Mails, was mehr Zeit in Anspruch nahm als gedacht, und hoffte auf eine Antwort von seinem Agenten, auch wenn sie selbst wusste, wie unwahrscheinlich das war. Zu den Verhandlungen gehörte auch, dass man bis zum letzten Moment wartete, um dann ein Gegenangebot zu machen. Zwei Stunden später spürte sie noch immer dieses Flattern in der Brust.

Sie musste über diese Gefühle sprechen, bevor sie noch platzte. Daher schnappte sie sich ihr Handy und rief Charlotte an.

»Hey, du Schneehäschen«, grüßte Charlotte sie.

»Ich hab's getan!«, sprudelte es aus Aubrey heraus.

Charlotte keuchte auf. »Wir dürfen im Hotel drehen?«

»Nein! Vielleicht! Ich hoffe es. Daran arbeiten wir noch, aber Knox geht davon aus, dass wir die Zusage erhalten. Aber das habe ich gar nicht gemeint. Ich bin jetzt offiziell mit Knox zusammen!«

»Wow! Da hat sein großer Zauberstab ja tatsächlich Magie bewirkt. Dir ist schon klar, dass ich dir dieses ›Wir gehen nur miteinander ins Bett, wenn wir uns zufällig über den Weg laufen‹ eh nie abgekauft habe, oder?«

»Wie meinst du das? Genau so war es doch.«

»Das weiß ich, aber ich kenne dich doch. Ich kann mich nicht daran erinnern, dass du in letzter Zeit von einem anderen Mann als ihm gesprochen hättest, und vor ihm hast du so gut wie keinen öfter als ein- oder zweimal getroffen.«

Aubrey seufzte. »Ich weiß. Du hast ja recht.«

»Außerdem hat mir Becca erzählt, dass sie und Taylor dafür gesorgt haben, dass ihr beide bei denselben Veranstaltungen erscheint.«

»Was?«, entfuhr es ihr. »Seit wann?«

»Tja. Ich schätze, ihnen ist die Veränderung an euch nach eurer ersten Begegnung ebenfalls aufgefallen und sie haben darüber gesprochen und beschlossen, mit ihren geschickten Fingern ein bisschen nachzuhelfen. Erinnerst du dich an eure zweite Begegnung etwa fünf oder sechs Wochen später? Das war anscheinend Taylors Idee, nachdem sie von Becca erfahren hatte, dass du schlecht gelaunt warst und dringend einen Mann im Bett brauchen würdest.«

»Diesmal bringe ich Becca wirklich um!«

»Ach, bitte! Weil sie dich ebenso gut kennt wie ich?«, erwiderte Charlotte. »Danach habt ihr beide euch von allein getroffen, und Becca und Taylor haben euch nicht dazu gezwungen, weiterhin miteinander ins Bett zu gehen. Sie haben nur dafür gesorgt, dass ihr euch öfter über den Weg lauft, und ich bin sehr froh darüber. So glücklich habe ich dich noch nie erlebt – also so glücklich, wie du warst, bevor ich dir das erzählt habe.«

»Ich komme mir vor wie bei der *Bachelorette* oder so.«

»Ein heißer Typ, ein wunderschönes Hotel. Na, das ist doch eine super Idee! Hey! Wieso machst du keine Realityshow, in der du Leute miteinander verkuppelst?«

»Auf gar keinen Fall!«

»Es macht wirklich Spaß, dich zu ärgern«, sagte Charlotte amüsiert. »Rate mal, wer noch versucht hat, euch beide zusammenzubringen?«

»Grundgütiger. Es gab noch mehr Beteiligte?« Aubrey legte sich eine Hand an die Schläfe. »Will ich das überhaupt wissen?«

»Okay, dann verrate ich es dir nicht.«

»Charlotte!«

»Okay, okay.« Sie lachte auf. »Libby sagte, sie hätte versucht, dich und Knox auf ein Blind Date zu schicken, noch bevor ihr das erste Mal miteinander geschlafen hattet, weil eure Erfahrungen und Persönlichkeiten sehr ähnlich sind.«

»Wir sind uns überhaupt nicht ähnlich!«

»Außerhalb des Büros schon. Jedenfalls hast du Lib gesagt, dass du nicht auf Blind Dates gehst. Daran erinnere ich mich noch genau, weil ich in der Stadt war, um mit Presley über meinen Verlagsvertrag zu sprechen, und wir alle im Quarters etwas trinken waren. Wenn man es sich recht überlegt, sollte Libby eigentlich den ganzen Ruhm dafür einheimsen, dass sie das *Knoxley*-Phänomen überhaupt erst ins Leben gerufen hat.«

»Nenn uns ja nicht so! Und wieso hast du es für eine gute Idee gehalten, mir das alles zu verschweigen?«

»Ich habe das ganze Ausmaß auch erst erfahren, als Knox kurz vor Halloween beschloss, in Belize zu bleiben. Zu meiner Verteidigung kann ich allerdings vorbringen, dass ich mit dir darüber reden wollte, du während seiner Abwesenheit jedoch nicht gerade die beste Laune hattest. Wir haben uns alle Sorgen um dich gemacht, denn jedes Mal, wenn Knox' Name fiel, wurdest du richtig zickig.«

Aubrey setzte sich aufs Bett und ließ sich nach hinten fallen. »Es ist wirklich passiert, nicht wahr? Ich bin zu einem Girlie mutiert, und das wirkt sich in allem aus, was ich tue. Meine Familie wird mich nicht wiedererkennen.«

»Hörst du dich überhaupt selbst reden? Du warst schon immer ein Girlie. Allerdings bist du ein toughes Girlie, das Football und Konfrontationen mag, während ich eher der Rüschentyp bin und mein Leben wie ein Märchen gestalten möchte.«

»Da hast du recht.« Lächelnd erinnerte sich Aubrey daran, wie Charlotte immer in Kleidchen herumgelaufen war und von ihrem Märchenprinzen geträumt hatte.

»Das ist etwas Gutes, Aubrey. Es bedeutet, dass Libby eine gute Kupplerin ist, was ihre eigene Person bedauerlicherweise nicht mit einschließt. Wir müssen einen Mann für sie finden. Und ob es dir nun gefällt oder nicht, es lässt sich nicht leugnen, dass Becca und Taylor erkannt haben, wie gut Knox und du zusammenpasst. Selbst wenn es erst mal nur um deine sexuelle Befriedigung ging, damit du im Büro niemanden umbringst, solltest du dir das mal durch den Kopf gehen lassen. Zum ersten Mal seit einer Ewigkeit freust du dich wegen etwas anderem als einem Geschäftsabschluss.«

»Ja, ich bin glücklich, aber ich werde trotzdem ein Wörtchen mit Becca reden. Sie darf ihre Nase nicht länger in meine Privatangelegenheiten stecken.«

»Wie du meinst. Aber ich kenne dich. Du wirst ihr den Kopf waschen, sie verspricht Besserung und macht dann trotzdem, was sie will. Als ob du sie jemals feuern würdest. Wenn du das Rückgrat der Medienabteilung bist, dann ist sie das Gelenkband, das dafür sorgt, dass du immer funktionierst.«

»Stimmt, aber Rache ist süß – und die werde ich ganz besonders auskosten.«

Sie unterhielten sich noch einige Minuten lang, und nach dem Auflegen stellte Aubrey fest, dass sie noch immer lächelte. Als Nächstes schickte sie Becca eine Nachricht. *Hey, du Kupplerin! Pass ab sofort lieber auf. Alles Liebe, Knoxley.*

Im nächsten Augenblick vibrierte auch schon ihr Handy und sie las Beccas Antwort. *Knoxley ist jetzt offiziell?! Ich muss sofort Tay Bescheid sagen! Juhu! Und es tut mir überhaupt nicht leid!*

Es klopfte an der Tür zwischen ihren Suiten, und als Aubrey aufstand, kam Knox auch schon herein. Er sah in seinem schwarzen T-Shirt zur Jeans umwerfend aus. Zwar hatte er sich nicht rasiert und sein Haar war leicht zerzaust, aber aus irgendeinem Grund gefiel ihr das sogar noch besser.

»Bist du bald mit der Arbeit fertig?«

»Ich habe alles erledigt.« Sie steckte das Handy in die Tasche. »Wusstest du, dass Taylor und Becca dafür gesorgt haben, dass wir dieselben Veranstaltungen besuchen, damit wir miteinander im Bett landen?«

»Nein, aber ich bin froh darüber, dass sie es getan haben.«

»Es stört dich nicht?«

Er legte die Arme um sie und küsste sie zärtlich. »Warum sollte mich das stören? Ich habe die meisten Veranstaltungen nur besucht, weil ich darauf hoffte, dich dort zu sehen. Glaubst du, ich ziehe mir gern einen Anzug an? Zugegeben, ich sehe darin aus wie James Bond, aber …«

Sie musste lachen.

»Ich kann auch etwas spenden, ohne dort aufzutauchen, was ich auch oft getan habe, bevor mich mein Freund zu einem Event mitgeschleift hat und mir dort eine gewisse wunderschöne Blondine über den Weg gelaufen ist. Macht es dir etwas aus, dass unsere loyalen Assistentinnen so etwas getan haben?«

Die Wahrheit kam ihr problemlos über die Lippen. »Nein, auch wenn es mir anders lieber wäre.«

»Du bist eben ein Kontrollfreak.«

»Das kann ich nicht abstreiten.«

»Sieh den Tatsachen ins Auge, Stewart. Wir gehören zusammen.« Wieder küsste er sie. »Lass uns nach unten gehen, damit ich dir das Küchenpersonal vorstellen kann, und danach muss ich noch mit Landon sprechen, bevor wir uns das Spiel ansehen.«

»Ich würde gern zuerst mit Paige reden«, sagte Aubrey, als sie auf dem Weg zur Tür waren. »Falls sie nicht zu beschäftigt ist, würde ich mich über ihre Gesellschaft in der Küche wirklich freuen. Oh, warte. Hat sie Lebensmittelunverträglichkeiten, von denen ich wissen sollte? Oder ist es eine blöde Idee, sie überhaupt zu fragen?«

»Nein. Ich finde die Idee super, und es gefällt mir, dass du daran überhaupt denkst.«

Sie entdeckten Paige in ihrem Büro, wo sie am Computer arbeitete.

»Hey, ihr zwei. Gut, dass ihr hier seid. Habt ihr schon mal was von Emma Chase gelesen?« Sie bedeutete ihnen, näher zu kommen.

Knox warf einen Blick auf den Bildschirm und stöhnte gequält auf. »Warum sollte ich Bücher mit dem Titel *Getting Schooled* oder *Royally Screwed* lesen?«

»Nicht du«, entgegnete Paige. »Entschuldige. Eigentlich meinte ich Aubrey. Mein Online-Buchclub beschäftigt sich mit neuen Autorinnen. Diesen Monat soll ich jemanden auswählen und ich würde wirklich gern einen Liebesroman lesen.«

»Ich kenne ihre Bücher nicht«, gab Aubrey zu, »aber meine Geschäftspartnerin Presley liebt sie.«

»Super! Danke!« Paige rief ihr E-Mail-Programm auf.

Knox verschränkte die Arme. »Ich bin mir nicht sicher, was ich davon halten soll, dass du Bücher mit solchen Titeln liest. Kannst du dir nicht eins aussuchen mit einem Titel wie ›So verhalte ich mich als brave Schwester‹?«

»Ha, ha.« Paige schüttelte den Kopf.

»Deine Schwester ist eine wunderschöne Frau«, stellte Aubrey fest. »Sie wird noch jede Menge heißer Kerle kennenlernen und dich damit ganz schön aus der Fassung bringen, also gewöhn dich besser schon mal daran.«

Knox steckte eine Hand in die Hosentasche. »Wieso habe ich auf einmal das Gefühl, in der Unterzahl zu sein?«

»Weil es so ist. Paige, ich wollte in der Küche ein paar Gerichte für den Super Bowl vorbereiten, während Knox mit Landon beschäftigt ist. Hast du vielleicht Lust, mir zu helfen?«

Paige rümpfte die Nase. »Hat Knox es dir denn nicht erzählt? Ich kriege Cornflakes und angebrannten Toast hin, aber als ich mal einen Kuchen backen wollte, hätte ich beinahe die ganze Küche abgefackelt.«

»Kein Problem. Ich bringe es dir schon bei«, schlug Aubrey vor. »Das wird witzig.«

»Sie behauptet, hervorragend kochen zu können«, warf Knox ein.

»Okay. Gern. Ich muss noch einige Anrufe wegen des Dankbarkeitsballs erledigen, komme danach aber gern zu dir in die Küche. Und jetzt bring ihn bitte schnell raus, bevor er noch meine *Wicked Boys After Dark*-Ausgaben entdeckt.«

»Wir haben keine Zeit zu verlieren. Die Vorbereitungen für den Super Bowl dauern eine Weile.« Knox machte ein finsteres Gesicht, als Aubrey ihn auf den Flur zog. Dort erkundigte sie sich: »Um was für einen Ball geht es?«

»Das ist nur ein Werbezirkus, den meine Eltern jedes Jahr zu Ehren ihrer Kollegen und Klienten veranstalten.«

»Das ist aber nett von ihnen.«

Er knurrte nur etwas Unverständliches, und sie machten sich auf den Weg zum Restaurant, das sie durchquerten, um in die Küche zu gelangen. Die Angestellten waren an den großen stählernen Arbeitsplatten und riesigen Herden beschäftigt und ließen sich von dem Dampf, der aus den Töpfen und Pfannen aufstieg, nicht beeinträchtigen. Ihr leises Geplauder erstarb, als Knox und Aubrey näher traten.

»Wer hat denn das Gesindel hier reingelassen?« Die freundliche Stimme gehörte einem stämmigen Mann mit geröteten Wangen, der vom anderen Ende des Raums auf sie zukam.

»Paige hat die Hintertür des Hotels offen gelassen und wir haben uns reingeschlichen«, witzelte Knox und umarmte den Mann. »Schön, dich zu sehen. Hier riecht es wie immer köstlich.« Er legte Aubrey eine Hand in den Rücken. »Küchenchef Clyde, das ist meine Freundin Aubrey Stewart.«

Der Begriff *Freundin* hallte wie ein Donnerschlag durch Aubreys Kopf, wurde jedoch im nächsten Augenblick von einer Woge des Glücks weggespült.

»Mein Junge hat eine Freundin?« Clyde nahm Aubreys Hand in seine fleischigen Pranken und lächelte sie herzlich an. »Sie sind viel zu schön, um sich mit einem Mann abzugeben, der Goober-Sandwiches meinen köstlichen Gerichten vorzieht.«

»Hey, jetzt ist aber gut«, protestierte Knox. »Zieh nicht über meine Snacks her. Aubrey steht auf Cheetos, Orange-Cream-Limo und Fingerfood.«

»Eine Frau ganz nach deinem Geschmack.« Clyde zog die Augenbrauen hoch. »Wo habt ihr zwei euch kennengelernt? Bei den Anonymen Junkfood-Fanatikern?« Er lachte herzlich und schlug Knox auf den Rücken.

Auch die anderen Angestellten kicherten, arbeiteten jedoch eifrig weiter.

»Aubrey hat immer mit ihrer Familie für den Super Bowl gekocht, und da wir das Spiel hier im Hotel gucken werden, dachte ich, du würdest ihr vielleicht eine Ecke der Küche überlassen«, erklärte Knox.

»Eine Ecke? Niemand kocht in der Ecke.« Clyde drehte sich zu den anderen um. »Chester, Adrian, bereitet bitte einen Arbeitsplatz für unseren Gast vor.«

»Vielen Dank«, sagte Aubrey. »Ich brauche auch nicht viel Platz.«

»Dann kochen Sie nicht richtig.« Clyde zwinkerte ihr zu. »Sollen wir den Goober-Freund seines Weges schicken und uns ans Werk machen?«

Knox grinste nur und gab Aubrey einen Kuss auf die

Wange. Clyde entfernte sich diskret. »Kommst du zurecht?«

Sie betrachtete die riesigen Kühl- und Gefrierschränke und all die Gerätschaften, die sie sich nur wünschen konnte, und platzte beinahe vor Freude. »Ja. Ich muss dir nur noch eine Frage stellen: Was ist abgesehen von Goober-Sandwiches dein Leibgericht?«

Er bedachte sie mit einem lodernden Blick. »Weißt du das denn immer noch nicht? Das bist du, Wattsy.«

»Ich rede hier vom Essen«, erwiderte sie und ignorierte die Tatsache, dass ihr Herz bei seinen Worten schneller schlug.

»Was auch immer du zubereitest, ich werde es lieben. Also überrasch mich einfach.«

Zehn

Knox saß Landon in dessen Büro gegenüber und wartete darauf, dass sein Bruder das Telefonat beendete. Auf Knox hatte Landon schon immer unberührbar gewirkt, so beeindruckend manierlich, selbstsicher und unerschütterlich. Aber am Vorabend hatte er ihn genauer beobachtet, und der leicht nervöse, reizbare Mann, mit dem er zu Abend gegessen hatte, war so anders als sonst. Als Landons Handy die ersten Male vibrierte, hatte er nur das Gesicht verzogen, was Aubrey nicht entgangen war. Knox hatte gesehen, wie sein Bruder sein Handy stumm schaltete, um dann im Laufe des Abends doch immer wieder einen Blick darauf zu werfen, als wollte er die Nachrichten eigentlich gar nicht lesen, könnte es aber dennoch nicht lassen. Jetzt, wo Landon seinem Gesprächspartner versicherte, dass er die Dokumente Mitte kommender Woche in seinem Besitz haben würde, wirkte er wieder wie der souveräne Geschäftsmann, als der er sich stets präsentierte.

Endlich beendete Landon das Gespräch und wandte sich Knox zu. »Entschuldige. Wir verhandeln über einen Verkauf in Übersee.«

»Kein Problem.« Knox legte einen Fußknöchel auf das andere Knie, während Landon Papiere auf seinem Schreibtisch sortierte. »Aubrey kocht etwas für den Super Bowl, da hatte ich gedacht, ich leiste dir eine Weile Gesellschaft, wenn du nicht zu beschäftigt bist.«

»Ich bin nie zu beschäftigt, um Zeit mit dir zu verbringen. Aubrey war gestern beim Essen wirklich witzig. Sie erinnert mich an dich und ist auch ein bisschen rebellisch.«

»Du wolltest vermutlich *direkt* sagen statt rebellisch. Sie würde andere eher mit der Nase auf ihre Qualitäten stoßen, als ihr Licht unter den Scheffel zu stellen. Hast du Dad jemals so ausgelassen erlebt? Ist das überhaupt das richtige Wort? Oder vielmehr emotional?« Er machte es sich auf seinem Stuhl bequem. »Was hatte das zu bedeuten?«

»Da bin ich überfragt, aber es war meiner Meinung nach der dringend notwendige Durchbruch. Er bemüht sich endlich, offener zu sein.«

»Ja, ich weiß, und ich freue mich sehr darüber. Aber beim Bruckner-Deal schien er dir hart zugesetzt zu haben.«

Landon zuckte mit den Achseln. »Nicht mehr als sonst. Du kennst ihn doch. Wenn es ums Geschäft geht, will er sicherstellen, dass jedes noch so kleine Detail stimmt.«

Knox stellte den Fuß auf den Boden und beugte sich vor. »Darf ich dich etwas fragen?«

»Nur zu.«

»Warum bist du hier und arbeitest im Hotel, anstatt in einem der Bentley-Büros in der Stadt zu sitzen? Hier bist du doch am Arsch der Welt und hast so gut wie keine Chance, ein paar nette Typen kennenzulernen, die Single sind.«

Landon stand auf und kam um den Schreibtisch herum. Erst jetzt fiel Knox auf, wie sehr Landon in Bezug auf Haltung und Erscheinungsbild ihrem Vater ähnelte. Er bewegte sich zielsicher und voller Würde. Sein Bruder besaß wahrlich Klasse.

»Du wollest immer weg und etwas Eigenes auf die Beine stellen«, sagte Landon, nachdem er auf der Schreibtischkante Platz genommen hatte, »aber mir ging es nie so. Ich habe hier Freunde und halte mich gern in der Nähe der Menschen auf, die ich schon seit so vielen Jahren kenne. Außerdem muss jemand vor Ort sein, falls Mom oder Dad uns brauchen.«

Knox war sich nicht sicher, ob er seinem Bruder diese Erklärung abkaufte, und diese Unsicherheit machte ihm sehr zu schaffen, weil sie die Distanz zwischen ihnen noch zu vergrößern schien. Er konnte nur hoffen, sie durch einige Gemeinsamkeiten zu überbrücken. »Bist du denn nicht manchmal einsam und sehnst dich nach Gesellschaft?«

Landons Lippen zuckten. »Ich habe einige Freunde, die in der Nähe wohnen, Knox. Es ist also nicht so, als könnte ich keinen Sex haben, wenn mir danach ist.«

»Entschuldige. Hätte ich mir denken können.« Er beäugte das Handy seines Bruders, das umgedreht auf dem Tisch lag. »Mir ist nicht entgangen, dass du gestern während des Essens ständig Nachrichten bekommen hast. Ist alles in Ordnung?«

Landon wandte den Blick ab. »Ja.«

Das ist doch gelogen.

»Ist gestern bei der Arbeit was passiert?«, hakte Knox nach.

»Nein.«

»Hast du dich mit jemandem gestritten? Vielleicht einer Affäre?«

»Nein.« Landon starrte ihn entrüstet an.

Damit blieb nicht mehr viel übrig. Knox wusste, dass er seinem Bruder mit der nächsten Frage auf die Nerven gehen würde, doch es gefiel ihm gar nicht, Landon so nervös zu erleben und nichts unternehmen zu können. »Carlos?«

»Was interessiert es dich, Knox? Die Sache ist vorbei. Zu

Ende. Lass es gut sein.«

»Es interessiert mich, weil du mein Bruder bist und ich nicht glaube, dass du ehrlich zu dir selbst bist. Du bist nicht über ihn hinweg. Ich habe dich noch nie so angespannt gesehen wie gestern Abend, wann immer dein Handy vibriert hat.« Er hob kapitulierend die Hände und fügte hinzu: »Du darfst ruhig sauer auf mich sein, aber du bedeutest mir nun mal etwas. Ich möchte, dass du glücklich bist. Und dass dieser Kerl dir wehgetan hat, ruft bei mir den Wunsch hervor, entweder alles in Ordnung zu bringen oder ihn zu Brei zu schlagen.«

»Einige Dinge lassen sich nun mal nicht in Ordnung bringen, und er ist es nicht wert, dass du seinetwegen im Gefängnis landest.« Landon machte ein paar Schritte.

»Du aber schon.« Knox stand auf. »Wenn er dir ständig Nachrichten schickt, dann rede doch einfach mit ihm. Klärt die Sache. Wenn du ihn nicht zurückhaben willst, dann mach endgültig Schluss. Damit die Anrufe aufhören. Und wenn du wieder mit ihm zusammen sein möchtest, dann such den Mistkerl auf und sag ihm, was Sache ist. Alles oder nichts, das ist doch deine Devise.«

»Nein, Knox, das ist deine Devise.« Landon schnaufte. »Beinahe hättest du mich gehabt. Ich war drauf und dran zu glauben, du wolltest mir tatsächlich helfen. Aber dann fiel mir wieder ein, dass deine Freundin hier im Hotel einen Film drehen will. Du weißt, was ich darüber denke, und daran wirst du auch nichts ändern, indem du mich drängst, Carlos zu vergessen.«

»Verdammt noch mal, Landon. Warum ist es so schwer zu glauben, dass mir etwas an dir liegt? Ja, Aubrey möchte im Hotel drehen, aber das ist nicht der Grund, aus dem ich jetzt in deinem Büro sitze. Du kannst mir nicht erzählen, es würde dir gut gehen, und erwarten, dass ich dir das abkaufe. Ich bin nicht Dad. Ich sehe dich und nicht nur das, was du für ein Unternehmen zu leisten imstande bist. Ich weiß, dass du verletzt bist, und kann das nachvollziehen. Es muss schrecklich sein, so behandelt zu werden wie du von Carlos. Aber wenn er dir nach all der Zeit noch immer Nachrichten schreibt, dann ist er auch nicht über dich hinweg. Du musst die Sache ein für alle Mal aus der Welt schaffen.«

»Nicht jeder Mensch ist wie du, Knox. Wir drängen uns nicht alle in das Leben anderer.«

»Ich dränge mich niemandem auf, ich gehe nur Risiken ein.«

»Du bist wie ein Bulldozer und wärst sogar fast von der Highschool geflogen, weil du dich so oft geprügelt hast.«

Ja, um die Arschlöcher davon abzuhalten, weiter auf dir rumzuhacken, weil du schwul bist. Knox mahlte mit dem Kiefer. Sein Bruder musste nicht wissen, dass er das damals nur zu seinem Schutz getan hatte, und er würde das jetzt auch ganz bestimmt nicht zur Sprache bringen. Ebenso wenig, wie er erfahren musste, dass Knox nach Landons Coming-out viele Abende mit ihrem Vater zusammengesessen hatte, um ihm begreiflich zu machen, wie komplex die angeborene Sexualität sein konnte, was in dieser Generation nicht so leicht zu verstehen war.

»Keine Antwort«, fauchte Landon. »Wieso überrascht mich das nicht? Das ist mal wieder typisch für dich, dass du bereit bist, für eine Leidenschaft – sei es bei der Arbeit oder im Privaten – alles zu riskieren, und zwar ohne Rücksicht auf die Auswirkungen für andere.«

»Da hast du vollkommen recht. In bestimmten Belangen bin ich genau so, denn wenn ich eins über mich weiß, dann, dass ich meinen Gefühlen gegenüber treu bleiben muss. Ich möchte ein authentisches Leben führen, und ja, das bedeutet auch, dass ich anderen manchmal auf den Schlips trete. Darum bin ich auch bereit, mich mit dir anzulegen, damit Aubrey im Hotel drehen darf, und darum macht es mich auch so verrückt, dass du nicht bereit bist, dir bei Carlos dieselbe Mühe zu geben. Denn du kannst mir glauben, dass es das Beste ist, herauszufinden, was du willst, und dann alles daranzusetzen, es zu bekommen. Ich habe in Belize monatelang versucht, über meine Gefühle zu Aubrey hinwegzukommen, mir einzureden, dass ich sie mir nur einbilde, oder mir weiszumachen, dass ich – der große Knox Bentley – sie nicht brauche.« Er senkte die Stimme. »Aber es wollte mir einfach nicht gelingen. Mir wurde dabei nur klar, dass es den großen Knox Bentley eigentlich gar nicht gibt. Dieser Kerl, der wie ein Rebell durchs Leben geht, musste auf einmal erkennen, dass ihm ein Stück von sich fehlt. Versteh mich nicht falsch; ich war schon immer ein harter Typ, aber ich bin nicht zu stolz, um zuzugeben, dass ich noch nie so unbedingt mit jemandem zusammen sein wollte wie mit Aubrey. Wenn ich nur an sie denke, schlägt mein Herz schon schneller. Sobald ich sie sehe, geht in meinem Inneren alles drunter und drüber, was meinem Verstand auch nicht gerade guttut, aber, verdammt noch mal, sie ist nun mal die Richtige für mich. Ich würde alles für sie tun. Und was auch immer du dir im Augenblick einredest, so wäre es durchaus möglich, dass dieser Mann deine Aubrey ist. Er könnte der Richtige für dich sein.«

»Tu nicht so, als würdest du mich kennen.«

»Und ob ich dich kenne. Wir standen uns als Kinder zwar nicht besonders nahe, aber keiner wird dich je so gut kennen wie ich. Ich war für dich da, als du erkannt hast, dass du auf

Männer stehst, hast du das schon vergessen? Du hast mit mir geredet und dich die halbe Nacht an meiner Schulter ausgeweint, weil du dachtest, du würdest Dad enttäuschen, weil du nun mal so bist.«

»Ich war vierzehn.«

»Ach was. Und heute bist du ein Mann mit größeren Problemen, und du brauchst einen anständigen Tritt in den Hintern, damit du nicht bis in alle Ewigkeit leidest.«

»Du verbringst doch mehr Zeit ohne deine Familie als mit ihr. Und du willst auf einmal ein Beziehungsexperte sein?«

»Nein«, gab Knox aufrichtig zu. »Aber ich weiß, wie es sich anfühlt, wenn da eine Kluft ist zwischen mir und den Menschen, die ich liebe, und ich weiß auch, wie schwer es ist, sie zu überbrücken. Ich habe aus meinen Fehlern gelernt, und Paige hat dafür gesorgt, dass wir alle aus Moms und Dads Fehlern lernen konnten. Ich möchte dich nicht leiden sehen, wenn du doch nur dein Ego überwinden musst, um herauszufinden, ob Carlos dich verdient hat oder nicht. Hätte ich mir weniger Sorgen um mein verdammtes Ego gemacht und stattdessen versucht, auf taktvollere Weise zu unseren Eltern durchzudringen, wäre vermutlich einiges anders gelaufen. Vielleicht wäre ich dann öfter hier gewesen und hätte früher bemerkt, was Paige durchgemacht hat – oder ihr Leben wäre sogar völlig anders verlaufen und sie wäre nie Model geworden und hätte keine Essstörung entwickelt. Möglicherweise wäre ich dann auch da gewesen, als dieser Mist mit Carlos passiert ist, und hätte dir irgendwie helfen können. Ich weiß es nicht. Aber hier geht es nicht um mich. Es geht darum, dass du die Augen öffnest und erkennst, warum du so unglücklich bist, damit du der Sache auf den Grund gehen und dafür sorgen kannst, dass es dir besser geht.«

Landon verkrampfte die Kiefermuskeln, ballte die Fäuste und lockerte sie wieder. Sein Blick verschleierte sich. »Denkst du, ich wäre nicht gern so abgebrüht wie du? Damit es mich nicht schert, erneut abgewiesen zu werden? Dass ich nicht auch gerne mit deiner Selbstsicherheit und Arroganz durchs Leben gehen würde?«

»Eigentlich nicht. Du warst nie damit einverstanden, wie ich die Dinge angehe.«

»Stimmt, aber das bedeutet noch lange nicht, dass ich nicht davon beeindruckt bin. Und ich ärgere mich auch ein bisschen über mich selbst, dass ich es nicht so hinkriege.«

»Dann mach es doch einfach!«, forderte Knox ihn heraus.

»Ich kann es nicht, weil mich jede neue Abfuhr aufs Neue schmerzt. Mir gehen weitaus mehr Sachen nahe, als du dir auch nur ansatzweise vorstellen kannst.« Er ging auf und ab und schien Knox nicht in die Augen sehen zu können. »Ich war verzweifelt, als dieser ganze Mist passiert ist. Es hat mich eine Menge Kraft gekostet, für das einzustehen, was ich in meinem Leben brauche. Und jetzt frage ich mich jeden Tag hundertmal, ob es dumm war, diese Beziehung zu beenden, und ob ich mich weiterhin wie ein Idiot verhalte und seine Anrufe besser annehmen sollte.« Als er Knox in die Augen sah, wirkte er sehr bedrückt. »Aber das schaffe ich nicht, weil ich nicht weiß, ob ich so etwas ein weiteres Mal überstehen würde.«

»Aber diesmal bist du nicht allein.« Knox machte einen Schritt auf ihn zu. »Ich werde für dich da sein, wann immer du mich brauchst. Damit will ich nicht sagen, dass wir ab morgen die besten Freunde sein werden, aber ich gebe mir große Mühe, Landon. Es tut mir in der Seele weh, dich so unglücklich zu sehen. Und diese Unterhaltung und dass ich für dich da sein möchte, das hat alles nichts damit zu tun, dass Aubrey im Hotel drehen will.«

Es klopfte an der Tür und ihre Mutter steckte den Kopf herein. »Hallo, Jungs. Entschuldigt die Störung. Habt ihr Aubrey irgendwo gesehen?«

»Sie ist mit Paige in der Küche«, sagte Knox.

»Oh. Okay.« Als sie die Tür zuzog, hörte Knox sie noch murmeln: »In der Küche …?«

Landons Bürotelefon klingelte und die beiden Männer starrten einander unschlüssig an. Beim nächsten Klingeln meinte Landon: »Ich sollte da rangehen.«

Knox nickte kurz, da er genau wusste, dass das Gespräch damit beendet war. »Kommst du nachher in den Medienraum und siehst dir mit uns den Super Bowl an?«

»Du weißt doch, dass mich Football nicht interessiert.« Landon streckte die Hand nach dem Hörer aus und verharrte erneut. »Aber ich schaue mal vorbei.«

Aubrey war im siebten Himmel. Clyde hatte alles, was sie für ein perfektes Super-Bowl-Festmahl brauchte, und er ließ sie sogar beim Kochen Musik von ihrem Handy hören. Als Erstes bereitete sie die berühmte Guacamole ihrer Mutter, die Lieblingssalsa ihres Vaters und winzige Pizzataschen zu. Paige kam herein, als sie gerade eine Lasagne in Angriff nahm, und danach arbeiteten sie Seite an Seite.

Nach einiger Zeit holte Aubrey ein Blech mit Mini-Zimtschnecken aus dem Ofen.

Paige blickte vom Teig für die Würstchen im Schlafrock auf, den sie eben ausrollte, und atmete den süßen Duft tief ein.

»Wenn ich groß bin, möchte ich so sein wie du.«

»Nein, das willst du gar nicht. Ich bin in vielerlei Hinsicht kein gutes Vorbild, aber kochen kann ich, so viel steht fest.« Sie stellte das Blech auf die Arbeitsplatte. »Und jetzt kannst du es auch. Sieh dir nur die schönen Zimtschnecken an. Solange sie abkühlen, können wir uns um die Würstchen im Schlafrock kümmern.«

»Okay. Vergiss nicht, mir zu zeigen, wie man aus der Guacamole ein Footballfeld macht.«

»Das geht ganz einfach. Direkt vor dem Servieren füllen wir Sour Cream in einen Spritzbeutel und malen Linien auf die Guacamole, sodass es wie ein Spielfeld aussieht. Danach stellen wir auf beiden Seiten einige Würstchen im Schlafrock auf die Fünfzig-Yard-Linie, als wären es die Spieler. Wir schneiden schwarze und grüne Oliven durch und legen die grünen auf die Würstchen auf der einen und die schwarzen auf die auf der anderen Seite, sodass sie wie Helme aussehen. Danach legen wir ein Würstchen als Football in die Mitte. Das sieht super aus.«

»Du bist ein wahres Super-Bowl-Büfettgenie. Das alles möchte ich auch können, nicht nur für Super-Bowl-Partys, sondern auch für andere Events, die hier stattfinden. Würdest du mir die Rezepte und Anleitungen mailen? Vielleicht könnten wir uns aber auch hin und wieder treffen und so etwas machen? Nur so aus Spaß? Das wäre noch viel besser.«

»Oh, das ist eine großartige Idee.«

»Juhu!« Paige ließ den Blick über die Teller auf der Arbeitsplatte und das gewaltige Teigrechteck vor ihnen schweifen. »Ich glaube, wir könnten heute dreißig Personen durchfüttern.«

»Ja, ich weiß. Das passiert mir immer wieder. Ich kann irgendwie nur für große Gruppen kochen. Vielleicht möchten sich uns deine Eltern und einige deiner Freunde heute Abend anschließen und das Spiel mit uns gucken? Je mehr, desto besser.«

»Unter normalen Umständen würde ich jetzt sagen, dass du nicht mit meinen Eltern rechnen solltest, aber nach Dads Ausrutscher in die Normalität gestern Abend bin ich mir nicht so sicher, was er noch alles tun wird. Und ich kann es kaum erwarten, es herauszufinden.«

»Ich glaube, Knox geht es genauso.« Aubrey fragte sich, wie das Gespräch mit Landon wohl verlief, und merkte dabei, dass sie diese Reise zwar wegen des Hotels angetreten, an diesem lebensverändernden Wochenende dann aber eine ganze Menge über Knox und auch sich selbst erfahren hatte. Und als Tüpfelchen auf dem i fand sie in seiner Schwester auch noch eine neue Freundin.

Paige reichte Aubrey einen Pizzaschneider. »Du solltest den Teig schneiden. Ich weiß, dass wir ihn in neun Stücke teilen müssen, weil er so groß ist, und dann jedes Stück noch neunmal vertikal einschneiden, aber ich mache bestimmt alles falsch. Da esse ich lieber eine Zimtschnecke und lasse mir von dir zeigen, wie es geht.« Mit einem frechen Grinsen streckte sie bereits eine Hand nach dem Backblech aus.

Obwohl Knox ihr versichert hatte, dass sie sich keine Sorgen machen müsste, hatte sich Aubrey gefragt, wie sich Paige angesichts dieser vielen Gerichte verhalten würde, doch sie benahm sich so locker und fröhlich wie immer. Aubrey freute es ganz besonders, dass Paige fast alles gekostet hatte.

»Ich freue mich schon riesig darauf, das Spiel mit euch zu gucken. Den Super Bowl habe ich mir noch nie angesehen«, berichtete Paige, während Aubrey den Teig schnitt.

»Was? Knox hat euch bestimmt erzählt, dass meine Brüder

Profifootballer sind und mein Dad als Footballcoach arbeitet. Mein ganzes Leben war von Sport bestimmt.«

»Nein, das wusste ich nicht. Wie war deine Kindheit so? Sind deine Brüder älter oder jünger als du?«

»Sie sind älter, und Troy, der Älteste, hat schon eine Tochter namens Danielle. Sie ist fast drei und wir nennen sie alle nur Dani. Sie ist ein kleiner Wirbelwind. Obwohl ich eher burschikos war und sie sehr mädchenhaft ist, macht sie mich ständig nach. Das ist wirklich niedlich, und mein Bruder ist ein toller Vater, was auch gut ist, weil ihre Mutter die Familie verlassen hat. Dani liebt unsere lauten Treffen und alle Freunde unserer Familie vergöttern sie. Unser Haus war seit jeher der Treffpunkt für alle. In unserer Kindheit hatten wir ständig irgendwelche Freunde da. Ich glaube, dass die Mitglieder jedes Teams, in dem meine Brüder je gespielt haben, meine Mom Mama Stewart nannten. Ich habe ihr schon immer dabei geholfen, alles für die großen Feiern vorzubereiten.«

»Du kannst wirklich von Glück reden. Es hört sich an, als hättest du eine tolle Familie. Ich habe mit meiner Mom nie so etwas gemacht und bei uns sahen die Abendessen eigentlich immer so aus wie gestern. Gut, wir sind als Familie auf Partys gegangen und manchmal war ich mit meiner Mom einkaufen, wenn ich ein schönes Kleid brauchte, aber sie war immer so damit beschäftigt, die gesellschaftlichen Termine meines Vaters zu koordinieren, dass wir nur sehr wenig Mutter-Tochter-Zeit hatten. Allerdings hat sie in meiner Kindheit oft so Kleinigkeiten gemacht, wie abends kurz vor der Schlafenszeit in mein Zimmer zu kommen, wenn ich in den Ferien zu Hause war, und mir Geschichten über meine Großeltern zu erzählen. Ich wollte alles über sie wissen.«

»Hast du sie nie kennengelernt?«

»Sie waren schon älter, als meine Mom zur Welt kam. Ich habe sie als Kleinkind noch kennengelernt, aber daran erinnere ich mich nicht mehr.« Paige steckte sich ein Stück der Zimtschnecke in den Mund. »Ich wäre so gern in einem lauten, lebhaften Haus aufgewachsen. Als wir noch klein waren, hat mich Knox oft an Orte mitgenommen, an denen wir eigentlich nichts zu suchen hatten. Manchmal haben wir uns Baseballkappen aufgesetzt und sind zum Hotelpool gegangen. Er erzählte allen, wir wären die Jones', oder dachte sich einen anderen Namen aus und meinte, ich müsste auch wissen, wie es ist, ein normales Kind zu sein.«

Aubrey ging das Herz auf. »Er liebt dich und Landon sehr.«

»Das weiß ich. Er hat mir das Leben gerettet, auch wenn er das selbst nie so ausdrücken würde.«

»Er hat mir von deiner Essstörung erzählt. Es tut mir sehr leid, dass du so eine schwere Zeit erleben musstest.«

»Das ist lieb von dir, aber wir haben alle unser Päckchen zu tragen. Mein Problem hat sich eben in der einzigen Sache festgesetzt, von der ich glaubte, sie vollkommen kontrollieren zu können.« Sie hielt kurz inne. »Das Paradoxe daran ist, dass sie eigentlich mich kontrolliert hat.«

»Knox meinte, dass es dir heute besser geht?«

»Viel besser«, bestätigte Paige. »Dank ihm. Er war immer für mich da, und während meiner Zeit in der Klinik hat er nicht nur einen Therapeuten aufgesucht, sondern auch Landon und meine Eltern überredet, eine Therapie zu machen, damit sie wussten, wie sie mir helfen konnten. Er war besorgt, er könnte der Grund für meine Probleme sein, weil er schon immer so rebellisch war. Doch das hatte nichts mit ihm zu tun, sondern lag an einer Mischung aus meiner Unsicherheit und meinem Hang zum Perfektionismus. Heute weiß ich es besser.«

»Das höre ich gern. Fällt es dir schwer, so viele Gerichte vor der Nase zu haben?«

»Nein. In der ersten Zeit hätte ich das vermutlich anders gesehen, aber inzwischen habe ich ein besseres Verhältnis zu meinem Körper und weiß, wie ich ihn behandeln muss. Viel wichtiger ist jedoch, dass auch meine Beziehung zu meinen Eltern besser wird. Und Project ME hilft mir sehr dabei.«

»Project ME?«

»Project Mindful Eating. Hat Knox es nie erwähnt?«

Aubrey schüttelte den Kopf. »Nein.«

Paige musste lächeln. »Das wundert mich nicht. Er hat ein größeres Herz als jeder andere Mensch, den ich kenne, versucht allerdings, es vor anderen zu verbergen. Project ME ist eine gemeinnützige Organisation, die Knox gegründet hat, nachdem er von meinen Problemen erfahren hatte. Sie kümmert sich um Menschen mit Essstörungen und ihre Familien, zeigt ihnen Therapie- und Weiterbildungsmöglichkeiten auf und dergleichen. Ich verbringe jede Menge Zeit damit, anderen zu helfen, was mir im Gegenzug auch sehr guttut. Ich vermute, dass das der wahre Grund ist, aus dem er sie gegründet hat: damit ich mich auf etwas konzentrieren kann. Was nicht bedeutet, dass mir etwas davon gehört, schließlich ist es gemeinnützig, aber du weißt schon, was ich meine.«

»Ja. Und du hast recht. Er hat ein sehr großes Herz, was er oftmals mit Großspurigkeit überspielt.«

»Er war schon immer gut darin, den bösen Jungen zu spielen.«

Während sich Paige weiter über Knox ausließ, musste Aubrey an ihre gemeinsame Zeit denken. Sie genoss es, Zeit mit ihm und seiner Familie zu verbringen. Sogar das Abendessen war fröhlich zu Ende gegangen. Aber das war nur ein Teil von dem, was sie zu diesem großherzigen, vorlauten Mann hinzog. Knox verhielt sich ihr gegenüber so liebevoll, und sie merkte, wie sie nicht nur darauf reagierte, sondern dass ihre Gefühle zu ihm regelrecht aufblühten. So hatte sie noch nie empfunden. Knox war zu einer Seite an ihr durchgedrungen, die sie sehr lange vor anderen abgeschirmt hatte, und sie fragte sich, ob er sich schon immer so verhalten hatte und sie das nur nicht hatte wahrhaben wollen, oder ob er es erst seit Kurzem tat. Die Veränderungen in ihrer Gefühlswelt ängstigten sie ein wenig, gleichzeitig war es wunderbar, seine Zuneigung nicht nur anzunehmen, sondern auch endlich erwidern zu können. Aubrey genoss es, der Beziehung die Tiefe und Kraft zu verleihen, die diese verdiente, wie sie inzwischen wusste, und sie mochte gar nicht daran denken, dass ihre gemeinsame Zeit bald enden und sie in ihr normales Leben zurückkehren würde, sobald es nicht länger schneite. Aber sie war auch Realistin und fragte sich, wie sie die Beziehung dann fortsetzen wollten. Knox lebte in New York, sie in Port Hudson. Auch wenn sie nur eine Stunde trennte, war doch fraglich, wie es weitergehen sollte. Würden sie eine Fernbeziehung führen und sich nur an den Wochenenden sehen? Würde ihr das nach dieser gemeinsamen Zeit reichen? Oder wäre es zu viel und würde sich negativ auf ihren Job auswirken?

»Aubrey? Hallo?« Paige wedelte mit einer Hand vor Aubreys Gesicht herum und holte sie aus ihren Gedanken. »Hängst du Tagträumen mit Knox in der Hauptrolle nach?«

»So was in der Art«, gab sie zu und widmete sich wieder den Würstchen im Schlafrock. »Dann machen wir die hier mal fertig und schieben sie in den Ofen.«

Die Küchentür wurde aufgerissen und Elizabeth kam herein und eilte in ihrem Designerkleid und den hochhackigen

Schuhen direkt auf die beiden Frauen zu. Ihr Haar war perfekt frisiert und ihre schrägen Augenbrauen machten Aubrey irgendwie nervös. Die Angestellten reihten sich mit den Händen hinter dem Rücken auf und streckten zur Begrüßung das Kinn vor.

»Guten Tag, Mrs. Bentley«, sagte Clyde, dessen Lächeln etwas verkrampfter wirkte, als wenn er Aubrey oder Paige ansah.

»Hallo, Clyde. Es duftet wieder einmal köstlich«, stellte sie fest und ging weiter auf Paige und Aubrey zu.

Clyde drehte sich zu seinen Leuten um, nickte ihnen zu, und sie machten sich wieder an die Arbeit.

»Paige.« Elizabeth musterte Paiges Schürze mit irritiertem Blick.

»Hi, Mom. Wir kochen für den Super Bowl«, rief Paige gut gelaunt aus. »Das musst du unbedingt probieren.« Bei diesen Worten reichte sie ihrer Mom eine Zimtschnecke.

Elizabeth winkte ab. »Nein danke. Ich könnte klebrige Finger bekommen.«

Paige ließ die Schultern hängen. Aubrey hatte solches Mitleid mit ihr, dass sie etwas unternehmen musste. Sie reichte Elizabeth eine Serviette und meinte: »Sie sind wirklich köstlich. Paige hat sich mit der Zimtmischung und dem Teig solche Mühe gegeben, und Sie werden feststellen, dass die Schnecke fast auf der Zunge zergeht. Clyde hat bestimmt nichts dagegen, wenn Sie sich in seinem Spülbecken die Hände waschen.« Sie drängte sich förmlich auf, tat es aber Paige zuliebe. Auch wenn sie nicht wusste, was der Auslöser für Paiges Essstörung gewesen war – sie jedenfalls wäre am Boden zerstört gewesen, wenn ihre Mutter sie so behandelt hätte.

»Sie haben vermutlich recht«, erwiderte Elizabeth freundlich.

Paige strahlte, als ihre Mutter die Zimtschnecke mit spitzen Fingern entgegennahm und mit ausgestrecktem kleinen Finger zum Mund führte. Sie biss zaghaft hinein und beim Kauen schien sich ihr ganzer Körper zu entspannen. Im nächsten Augenblick schloss sie die Augen und stöhnte sogar leise!

»Es schmeckt dir!«, rief Paige voller Stolz aus.

Elizabeth schlug die Augen auf und tupfte sich die Mundwinkel ab. »Wirklich köstlich. Süß und leicht und einfach perfekt. Und das ist dein Werk, Paige?«

Paige nickte. »Aubrey zeigt mir, wie man das alles macht. Du solltest dich uns anschließen. Wir sind gerade mit den Würstchen im Schlafrock beschäftigt. Das macht Spaß, Mom. Bitte!«

»Ach, ich weiß nicht …«

»Bitte bleiben Sie noch ein Weilchen.« Aubrey nahm die Schütze ab und reichte sie Elizabeth. »Sie können meine Schürze umbinden, damit Ihr schönes Kleid keine Flecken bekommt. Außerdem kennen Sie doch bestimmt einige alte Familienrezepte, die Sie uns anvertrauen können, und ich würde so gern mehr darüber hören, was Knox gern isst.«

Elizabeth beäugte die Schürze, als wäre sie etwas Fremdartiges, mit dem sie nichts anfangen konnte.

»Bitte, Mom«, flehte Paige. »Aubrey hat so schöne Erinnerungen daran, wie sie immer mit ihrer Mutter zusammen in der Küche stand, und ich habe das Gefühl, etwas verpasst zu haben.«

»Bitte entschuldige«, warf Aubrey rasch ein. »Ich wollte nicht, dass du dich deswegen schlecht fühlst.«

Elizabeth legte die Zimtschnecke und die Serviette auf die Arbeitsfläche und berührte Aubreys Arm. »Entschuldigen Sie sich nie für etwas, das Sie zusammen mit ihrer Familie genossen haben, meine Liebe. Ich bin davon überzeugt, dass Sie damit nicht auf Bereiche anspielen wollten, in denen ich keine besonders gute Mutter war.«

»Oh nein. Ich hatte ganz bestimmt nicht die Absicht …«

»Schon in Ordnung.« Elizabeth sah Paige entschuldigend an. »Unsere Prioritäten waren nicht immer so, dass sich daraus schöne Erinnerungen ergaben. Aber es ist nie zu spät, neue zu schaffen.« Schon war sie dabei, sich die Schürze umzubinden.

Paige kamen die Tränen und sie umarmte ihre Mutter. »Danke.«

Clyde trat zu Aubrey, reichte ihr eine Schürze und nickte zustimmend, bevor er wieder verschwand.

»Eigentlich war ich auf der Suche nach Ihnen, Aubrey«, sagte Elizabeth. »Der Sturm hat nachgelassen. Leon meinte, die Transportcrews hätten die ganze Nacht gearbeitet. Er ist mit dem Rover losgefahren und wollte herausfinden, ob er bis in die Stadt kommt. Vielleicht schaffen Sie es ja doch noch zu Ihrer Party.«

»Wirklich?« Die Freude, ihre Familie eventuell doch noch sehen zu können, wurde von der Erkenntnis getrübt, dass sie sich dann von Knox' Familie verabschieden musste. Als sie Paige ansah, spiegelten sich in deren Gesicht die unterschiedlichsten Gefühle wider.

»Ich hoffe es sehr für Sie«, fuhr Elizabeth fort. »Wir sollten bald erfahren, ob die Straßen frei sind.«

»Oh, Paige, dann können wir das Spiel ja gar nicht zusammen anschauen.«

»Ja, ich weiß«, erwiderte Paige geknickt. Dann hellte sich ihre Miene jedoch auf. »Sehen wir uns das nächste Spiel an, wenn ich nach Port Hudson komme?«

»Die Footballsaison ist zu Ende, aber wir könnten zu einem Baseballspiel gehen.«

»Super!«, rief Paige aus. »Ich habe auch nicht die geringste

Ahnung von Baseball, also wirst du mir auch da alles beibringen müssen.«

»Halt dich ruhig an mich. Von mir lernst du mehr über diverse Sportarten, als du je wissen wolltest.«

»Das klingt ganz so, als hättet ihr euch schnell angefreundet.« Elizabeth blickte auf den Teig hinab. »Ich kenne mich mit dem Sport auch nicht aus, aber über Würstchen weiß ich so einiges.« Sie lachte leise auf und fügte hinzu: »Das klang jetzt irgendwie unanständig.«

Paige und Aubrey mussten lachen.

»Und was die Leibgerichte meines Sohnes angeht: Haben Sie schon mal was von Goober-Sandwiches gehört?«

Bei dieser Frage tauschten Paige und Aubrey einen wissenden Blick.

Elizabeth hielt sich einen Finger vor den Mund. »Nicht weitersagen. Jungs bilden sich gern ein, große Geheimniskrämer zu sein, dabei sind ihre Mütter viel besser darin.«

»Kennst du etwa auch all meine Geheimnisse?«, wollte Paige wissen.

»Ich hatte es mir jedenfalls eingebildet«, antwortete Elizabeth. »Aber wie sich herausstellte, war mir das wichtigste entgangen.« Sie stieß laut die Luft aus, als müsste sie eine traurige Erinnerung verdrängen. »Aubrey, hat Knox Ihnen je von dem Gespräch erzählt, das Leon mit ihm über Mädchen geführt hat, als er fünfzehn Jahre alt war?«

»Sie wussten davon?« *Du liebe Güte.*

»Was denken Sie denn, wer Leon in den Keller geschickt hat?« Sie zwinkerte Aubrey zu. »Lassen Sie uns weitermachen, damit Sie nach Hause zu Ihrer Mutter fahren können, die garantiert so tun wird, als würde sie nicht auch all Ihre Geheimnisse kennen.«

Elf

Nach dem längsten Abschied, den Knox je erlebt hatte, fuhr er mit Aubrey zurück nach Port Hudson. Leon und Joyce hatten ein großes Aufhebens gemacht, und Joyce gab ihnen Goober-Sandwiches und einen Sixpack Perrier mit, worüber sich Aubrey sehr freute, die ihre Cheetos längst aufgegessen und die Orangenlimonade geleert hatte. Paige und Aubrey umarmten sich bestimmt ein Dutzend Mal und versprachen sich, einander zu schreiben und anzurufen und noch Unzähliges mehr. Knox hörte etwas von einem Baseballspiel und einem Mädelsabend und war froh, dass sich die beiden auf Anhieb so gut verstanden. Es wollte ihm noch immer nicht in den Kopf, dass Aubrey seine Mutter überzeugt hatte, sich eine Schürze umzubinden und darüber hinaus sogar mit ihnen zusammen zu kochen, aber sie umarmte Aubrey bei der Verabschiedung eine gefühlte Ewigkeit. Als hätte er nicht schon längst gemerkt, wie angetan seine Mutter von seiner Freundin war, raunte sie ihm während der Umarmung noch ins Ohr: »Sie ist von innen und außen wunderschön, genau wie du.« Sein Vater und Landon waren die Einzigen, die sich wie immer verabschiedeten und sie beide nur kurz und ohne großes Tamtam umarmten, wobei sie knapp anmerkten, dass es schön gewesen sei, sie zu sehen.

Während der ersten Kilometer war Aubrey sehr schweigsam, sodass Knox die Gelegenheit hatte, darüber nachzudenken, dass sich die letzten, gemeinsam verbrachten Tage eher wie ein Monat als wie ein Wochenende angefühlt hatten. Er überlegte, ob es Aubrey genauso ging, fragte sie jedoch nicht danach, weil er davon ausging, dass sie die vielen Bentley-Dramen erst einmal verarbeiten musste.

»Hey«, meinte sie nach einer Weile, »ist es zu fassen, dass sich deine Familie den Super Bowl ansehen wird?«

»Nein«, antwortete er aufrichtig. »Ich hoffe Paige zuliebe, dass sie es auch wirklich tun werden, würde mich jedoch nicht darauf verlassen.«

Paige hatte vorgeschlagen, den Medienraum für alle Gäste zu öffnen und mit all den zubereiteten Gerichten die erste jährliche Bentley-Super-Bowl-Party zu feiern. Elizabeth, die laut Aubrey bester Laune gewesen war, als sie mit dem Kochen fertig gewesen waren, hatte begeistert zugestimmt. Clyde hatte sogar angeboten, noch mehr vorzubereiten, und Knox' Mutter hatte um dieselben Gerichte gebeten, die Aubrey und Paige zubereitet hatten. Knox hatte Paige noch nie so glücklich gesehen.

»Oh, das machen sie bestimmt«, beharrte Aubrey. »Jedenfalls deine Mom und Paige. Deine Mutter ist schon ganz gespannt darauf zu sehen, wovon meine Familie so begeistert ist.«

»Offenbar hast du ziemlichen Eindruck auf sie gemacht.«

Sie lehnte sich lächelnd zurück. »Das beruht auf Gegenseitigkeit. Hey, da wir jetzt offiziell zusammen sind, bedeutet das dann, dass du mit mir auf eine Party gehst?«

Er nahm ihre Hand. »Was immer du möchtest, und das weißt du auch.«

»Das ist gut, denn ich habe deiner Mom versprochen, dass

wir zum Dankbarkeitsball kommen.«

»Warum hast du das getan? Ich werde nicht bei dieser Werbeveranstaltung auftauchen.«

»Tja, ich gehe hin, und da du mein Freund bist und mich nicht begleiten möchtest, sollten wir vielleicht noch einmal über unsere Beziehung nachdenken.«

Er bedachte sie mit einem ausdruckslosen Blick.

»Was ist?« Sie grinste ihn breit an. »Ihr gebt euch doch alle so große Mühe, mit alten Gewohnheiten zu brechen. Findest du nicht, es wäre eine nette Geste, um ihnen zu zeigen, dass du auch zu Veränderungen bereit bist, um sie zu unterstützen? Außerdem hat Paige erzählt, dass das Motto *Der große Gatsby* ist, und da war ich gleich Feuer und Flamme. Aber wenn du es mir nicht gönnst, dich als Gatsby zu sehen, und mich nicht in einem scharfen, kurzen Kleidchen über die Tanzfläche wirbeln willst, finde ich bestimmt einen anderen Begleiter.«

»Das ging unter die Gürtellinie.«

Sie beugte sich zu ihm herüber und strich mit einem Finger über seinen Oberschenkel. In ihren Augen loderte es, und es wurde eng in seiner Hose, als sie sagte: »Ich kann unter deiner Gürtellinie eine ganze Menge machen.«

»Grundgütiger, Aubrey. Wenn du mich weiter so ansiehst, fahre ich in die nächste Schneewehe und nehme dich beim Wort.«

Sie musste kichern. »Und ich wäre nicht abgeneigt, habe meinen Brüdern jedoch schon Bescheid gesagt, dass wir unterwegs sind. Sie würden sich Sorgen machen, wenn wir zu lange brauchen. Begleite mich zu diesem Ball, Knox. Lass dich von deinen Eltern stolz vorführen. Du bist ein beeindruckender Mann, und selbst wenn in deiner Kindheit nicht alles so lief, wie du es dir gewünscht hättest, hatten sie doch einen gewissen

Einfluss darauf, was für ein Mensch du geworden bist.«

»Ja, sie haben ordentlich Öl ins Feuer gegossen. Aber dir zuliebe gehe ich hin«, gab er nach. »Ich kann diese Veranstaltungen nicht leiden, wollte aber sowieso noch einmal mit Landon über die Genehmigung für die Dreharbeiten sprechen. So können wir das dann gleich persönlich erledigen. Aber du wirst feststellen, dass dieser Ball nur ein Vorwand ist, damit mein Vater seinen Reichtum und seine Familie zur Schau stellen kann.«

»Das ist mir egal. Ich freue mich einfach, dass wir hingehen. Deine Mom hat regelrecht gestrahlt, als ich zugesagt habe.«

»Anscheinend kennt sie mich besser, als ich dachte.«

»Wie kommst du darauf?«

»Weil sie genau wusste, dass ich alles für dich tun würde.« Er verschränkte die Finger mit ihren. »Sollte ich irgendetwas über deine Familie wissen, bevor ich sie kennenlerne?«

»Nein«, antwortete sie beschwingt, aber ihr verschwörerisches Augenzwinkern gab ihm zu verstehen, dass er auf alles gefasst sein musste.

Sobald sie die malerische Collegestadt Port Hudson erreicht hatten, die achtzig Kilometer von Manhattan entfernt am Hudson River lag, wies Aubrey ihm den Weg zum Haus ihrer Eltern.

»Mir ist eben etwas klar geworden«, meinte Knox, während er über die Hauptstraße fuhr, die von mehreren idyllischen Cafés gesäumt war.

»Dass du eine unglaubliche Frau dazu überreden konntest, deine Freundin zu werden, wo du doch eigentlich nur mit ihr ausgehen wolltest? Du hast mich ganz schön reingelegt, Bentley. Zuerst verwickelst du mich in deine Familiendynamik und beeindruckst mich mit dem Schneemobil, um dann im

Mondlicht ganz auf Romantik zu machen.«

»Es gab kein Mondlicht, Babe. Es hat geschneit. Wenn überhaupt, dann habe ich im Knox-Licht auf Romantik gemacht.«

»Sehr kitschig, das gefällt mir. Aber was ist dir denn klar geworden?«

»Dass dies unser zweites richtiges Date ist.«

»Hast du dich schon immer wie ein Highschoolschüler benommen?«

»Eigentlich nie.« Er bog in eine Seitenstraße ab. »Aber jetzt macht es mir Spaß. Pass auf, dass ich dir nicht noch meine Collegejacke umhänge.«

Sie warf lachend den Kopf in den Nacken. »Und ich kritzele deinen Namen auf all meine Blöcke.«

»Tu nicht so, als würdest du das nicht schon seit Monaten tun.« Sie hatten die Straße erreicht, in der ihre Eltern wohnten und in der die Autos dicht an dicht parkten. »Die Nachbarn deiner Eltern scheinen auch große Footballfans zu sein. Wo soll ich parken?«

»Joey meinte, dass er uns einen Platz in der Auffahrt reserviert.«

Sie deutete ans Straßenende und tatsächlich erspähten sie dort vor einem bescheidenen zweistöckigen Haus im Kolonialstil mit Teilveranda einen freien Parkplatz. Knox stellte den Motor ab und ging um den Wagen herum, damit er Aubrey die Tür öffnen konnte.

»Bist du nervös?«, erkundigte sie sich auf dem Weg zur Tür.

»Wegen eines Footballspiels?« Er schnaubte. »Wohl kaum.«

»Du bist nervös, weil du gleich meine Familie kennenlernen wirst.« Sie betrachtete ihre verschränkten Hände. »Du brichst mir nämlich fast die Hand.«

Sofort ließ er sie los. »Oh, entschuldige, Babe. Ich habe gar nicht gemerkt ...«

»Das ist schon irgendwie niedlich.« Sie drückte die Tür auf und brüllte: »Ich bin da!«

Knox stellte verblüfft fest, wie viele Menschen sich in den angrenzenden Zimmern aufhielten. Es war gerade mal genug Platz, dass jeder stehen konnte.

»Hummer!« Tiefe Stimmen hallten durch das Haus, gefolgt von donnernden Schritten.

Alle drehten sich um, als Aubreys Bruder Troy, der als Wide Receiver für die New York Giants spielte, sich zu ihrer Rechten einen Weg durch die Menge bahnte, sie umarmte und hochhob, und riefen unisono: »Hummer! Hummer!«

Aubreys Lachen war ebenso laut wie das ihres Bruders Joe, dem Quarterback der New York Jets, der auf sie zugestürmt kam, sie Troy entriss und ebenso stürmisch umarmte.

»Okay, okay! Setz mich ab, bevor ich dir eine Kopfnuss verpasse!«, drohte sie, während sie von allen Seiten begrüßt wurde.

»Hey, Aubrey!«

»Schön, dass du da bist!«

»Wurde aber auch Zeit!«

»Hab dich vermisst, Hummer«, sagte Joe und setzte sie auf dem Boden ab.

»Nenn mich ja nicht so«, fauchte sie ihn an. »Siehst du nicht, dass ich jemanden mitgebracht habe?« Sie winkte Knox zu sich. »Knox Bentley, darf ich dir meine Brüder vorstellen?«

Die beiden Brüder standen Schulter an Schulter und traten mit verschränkten Armen auf Knox zu, wobei sie zunehmend die Augen zusammenkniffen. Sie waren wirklich massiv. Auch wenn die drei Männer in etwa dieselbe Größe hatten – und gute eins fünfundachtzig maßen –, hatten ihre Brüder mindestens dreißig Kilo mehr Muskelmasse als Knox.

»Seid nett«, warnte Aubrey die beiden. »Oder ich trete euch allen persönlich in den Hintern.«

»Wie geht's?« Knox streckte die Hand aus.

Joe schüttelte sie mit so viel Kraft, als wollte er ihm deutlich zu verstehen geben: *Behandle meine Schwester ja gut.*

»Joey«, stellte er sich vor. »Freut mich. Woher kennst du Aubrey?«

»Wir sind uns bei einer Wohltätigkeitsveranstaltung vor einigen Jahren zum ersten Mal begegnet und stehen uns seitdem sehr nahe.«

»Wie kommt es dann, dass wir uns nicht schon früher begegnet sind?«, wollte Troy wissen.

»Habt ihr meine Freunde nicht früher schon oft genug eingeschüchtert?« Aubrey gab Troy einen Klaps auf den Arm.

Troy grinste schief und legte Knox eine Hand auf die Schulter. »War nur Spaß, Mann. Komm rein und nimm dir ein Bier.«

Knox warf Aubrey einen Blick zu, die nur die Handflächen gen Himmel hob und ihn amüsiert anschaute. »Du wolltest doch mitkommen!«

Dann lachte sie laut auf, als Troy Knox einen Arm um die Schultern legte und ihn durch die Menge schob, während ihn Joey auf der anderen Seite flankierte. »Hey, Leute, das ist Knox«, verkündete Troy laut. »Er ist mit Aubrey hier!«

Mehrere Stimmen begrüßten ihn lautstark. Knox warf einen Blick über die Schulter und sah Aubrey bei mehreren Frauen stehen. Ein niedliches kleines Mädchen mit blonden Ringellöckchen warf sich gegen ihre Beine und rief: »Wee!« Aubrey bückte sich strahlend, hob das Mädchen hoch und drückte ihm mehrere Küsse auf die Wange.

»Jetzt mal im Ernst«, meinte Troy und zwang Knox, sich wieder auf ihre Brüder zu konzentrieren, »wenn du unserer Schwester je wehtust, wirst du dir wünschen, dieses Haus nie betreten zu haben.«

»Wenn ich eurer Schwester je wehtue, wird sie mich schon kastriert haben, bevor einer von euch auch nur blinzeln kann.«

»Da hat er recht«, stimmte Joey ihm zu. »Aubrey ist gnadenlos.«

»Ich würde sie eher als tough bezeichnen«, erwiderte Knox.

»Da haben wir uns wohl einen Wortakrobaten angelacht, Troy«, spottete Joe. »Aber du hast vollkommen recht.«

»Spielst du irgendeine Ballsportart?«, erkundigte sich Troy.

»Zu Schulzeiten hab ich gespielt, ja, aber eigentlich war ich eher ein Hockeyfan.«

Die Brüder tauschten einen amüsierten Blick. »Hockey«, sagten sie gleichzeitig. »Cool.«

Troy und Joey blieben in Knox' Nähe und stellten ihn ihren Freunden und Familienmitgliedern vor, um ihm dabei unaufdringlich auf den Zahn zu fühlen. Das machte Knox nichts aus. Schließlich hatte er auch eine Schwester und konnte nachvollziehen, dass sie Aubrey bloß beschützen wollten.

Viel später saß er auf einem der vier Sofas im Erdgeschoss ihres Elternhauses zwischen Aubrey und ihrem Vater Hammond Stewart, der von allen nur Coach genannt wurde. Der Mann sah dem Schauspieler Craig T. Nelson unglaublich ähnlich und er war wahnsinnig nett. Ihre Mutter Debra saß auf Hammonds anderer Seite und starrte ebenso wie ihre Söhne den Bildschirm an. Sie hatte ihn zuvor abgefangen, als er nach einem Telefonat im Garten wieder ins Haus gekommen war, und sie hatten sich eine Weile unterhalten. Debra war sehr herzlich, witzig und selbstsicher. Bei solchen Eltern wunderte es Knox nicht im Geringsten, dass Aubrey diese souveräne, offene Persönlichkeit entwickelt hatte, und mit zwei Brüdern wie Troy und Joey war auch offensichtlich, warum sie derart hart im Nehmen war.

Er musterte ihre beiden bulligen Brüder, die umgeben von Freunden, die Knox vorgestellt worden waren, deren Namen er sich jedoch noch nicht alle merken konnte, auf einem anderen Sofa saßen. Im Haus sahen sich wenigstens dreißig oder vierzig Personen das Spiel an, von denen jede zwei bis drei Spitznamen zu haben schien. Allein Aubrey war schon Hummer, Shortcake, Bruiser und Cheeto-Girl genannt worden. Knox hatte erfahren, dass es sich bei dem kleinen Mädchen, das er zuvor bei Aubrey gesehen hatte, um Troys Tochter Danielle handelte, die von allen nur Dani oder Dani-Girl genannt wurde und die zu Aubrey *Ree* sagte, was ihr als *Wee* über die Lippen kam. Troy erwies sich als aufmerksamer, liebevoller Vater. Danis Mutter hatte die beiden verlassen, aber Aubreys Familie versuchte, das wiedergutzumachen, indem sie die Kleine mit Liebe überschüttete.

»Noch ein Fumble! Wieso hat er den nicht gefangen?«, brüllte ein Mann auf der anderen Seite des Raumes, woraufhin noch mehr Rufe aufkamen. *So ein Mist! Holt ihn vom Feld! Was zum Geier war denn das?*

»Soll das ein Witz sein?« Aubrey warf die Arme in die Luft. »Was sollte das? Hast du Tomaten auf den Augen, um Himmels willen? Komm schon, McDonnel! Meine Großmutter hätte den Ball gefangen!«

Dani machte die Geste sofort nach und rief: »Warum hast du das gemacht, Donel?« Sie wandte den Blick fast das ganze Spiel über nicht von Aubrey ab und imitierte fast jede ihrer

Bewegungen.

Alle lachten und Troy gab seiner Tochter einen Kuss auf den Scheitel. »Das ist mein Mädchen.«

Aubrey hatte das Spiel schon den ganzen Abend über lautstark kommentiert und wirkte völlig anders als die Frau, die sich bei geschäftlichen Anlässen immer so anmutig bewegte und genau darauf achtete, was sie tat und wie sie sich gab, und, wow, wie er diese Seite an ihr liebte!

»*Kommschonkommschonkommschon!*«, schrie Aubrey den Fernseher an, was Dani sofort nachmachte. »Fang das Ding! Ja!«

Aubrey sprang auf und schlug alle um sie herum ab, während Jubel wegen des Touchdowns aufbrandete – und einige Anhänger des gegnerischen Teams murrten. Dani rutschte von Troys Schoß und klatschte ebenfalls alle ab, die in ihrer Nähe waren. Derweil ließ sich Aubrey wieder neben Knox aufs Sofa fallen und trank einen Schluck von seinem Bier, wie sie es schon den ganzen Abend getan hatte. Es war Halbzeit und um sie herum brandeten Gespräche auf.

»Hast du *das* gesehen?«, fragte Aubrey und sah ihn mit großen Augen an.

»Ja, sicher, und es war heiß.« Knox zog sie an sich und küsste sie. Auch wenn er sich für Sport begeistern konnte, fand er Aubrey doch viel faszinierender.

Dani kletterte auf Knox' Schoß und drückte die Nase fast gegen seine. »Hast du das gesehen?«

Knox musste lachen. Die Kleine war wirklich niedlich. »Ja. Das war sehr aufregend.«

Dani nickte energisch. »Touchdown!« Sie riss die Arme in die Luft, und als Knox sie am Bauch kitzelte, musste sie lachen.

»Entschuldigt, aber ich muss dazwischengehen, denn meine kleine Dani sollte jetzt aufs Töpfchen gehen.« Troy hob seine

Tochter mit seinen großen Händen hoch, setzte sie sich auf die Schultern und brachte sie im Weggehen zum Lachen.

»Das war das Rührendste, was ich je gesehen habe«, sagte Aubrey leise.

»Ach ja?« Er drückte ihr einen Kuss auf den Hals. »Dann muss ich sie wohl öfter auf den Schoß nehmen.« Die Wärme in Aubreys Augen rief ein wundervolles Gefühl in seinem Inneren hervor.

»Nein, das musst du nicht«, erwiderte Aubrey. »Ich male mir lieber aus, wie du schmutzige Dinge mit mir anstellst, und da wären mir so niedliche Bilder nur im Weg.«

Er zog sie an sich und flüsterte ihr ins Ohr: »Nichts kann mich davon abhalten, schmutzige Dinge mit dir anzustellen, Babe. Ich würde am liebsten auf der Stelle mit dir nach oben gehen und mich in dein altes Kinderzimmer, einen Wandschrank oder ein Badezimmer schleichen, als wären wir wirklich noch in der Highschool.«

In ihren Augen funkelte es. »Dann schreckt dich all das hier nicht ab?«

»Machst du Witze? So soll das Leben sein! Keiner spielt irgendwem etwas vor und es zählt nur Liebe und Spaß.«

»Ich würde es eher als einen verrückten Wettkampf ansehen«, meinte sie. »Schließlich habe ich dreihundert Dollar auf den Ausgang des Spiels gesetzt.«

»Wieso überrascht mich das jetzt nicht?«

Sie gab ihm einen schnellen Kuss und stand auf. »Ich gehe mal kurz ins Bad. Bin gleich wieder da.«

Kaum war Aubrey die Treppe hinaufgehuscht, erhob sich auch Knox und wurde von ihrem Vater mit einem herzlichen Klaps auf den Rücken begrüßt. »Sie ist etwas ganz Besonderes, nicht wahr?«

»Das können Sie laut sagen«, stimmte Knox ihm zu.

»Troy sagt, Sie kennen sie schon seit ein paar Jahren.« Hammond zog die buschigen Augenbrauen hoch. »Ist das wahr?«

»Ja, Sir. Aber wir sind erst seit Kurzem offiziell zusammen.«

Ihr Vater gluckste. »Sie hat nun mal ihren eigenen Kopf.«

»Anscheinend kennen Sie Ihre Tochter ziemlich gut. Aber ich kann es ihr nicht verdenken. Sie hat sich ein beeindruckendes Unternehmen aufgebaut und möchte weiter auf der Erfolgsspur bleiben.«

Hammond beugte sich zu ihm herüber. Er war ein kräftiger Mann von über eins neunzig mit zurückweichendem Haaransatz. Seine tief liegenden Augen waren eher goldgrün als braun. »Meine Tochter hat mehr Mumm als meine beiden Jungs zusammen, aber das ist nicht immer gut. Ich mag Sie, Knox. Meine Frau mag Sie und meine Söhne und ihre Freunde scheinen Sie ebenfalls zu mögen. Doch das alles bedeutet meiner Tochter nicht besonders viel.«

»Bei allem Respekt, Sir, aber in der Hinsicht irren Sie sich.«

Hammond atmete tief ein und stieß die Luft wieder aus. »Na, das höre ich doch gern. Aber eigentlich wollte ich darauf hinaus, dass sie Sie mag, und dass sie Sie mit hergebracht hat, beweist mir das Ausmaß ihrer Gefühle.«

»Das will ich auch hoffen, denn ich bin verrückt nach ihr. Sie ist einfach unglaublich.«

»Wem sagen Sie das.« Hammond lachte auf und entfernte sich, wobei er abermals murmelte: »Wem sagen Sie das.«

Knox ging in Richtung Treppe, um zu versuchen, Aubrey vor Ende der Halbzeitpause einige heimliche Küsse zu rauben. Das Erdgeschoss ihres Elternhauses war mit Sportutensilien und Fotos von Aubrey und ihren Brüdern dekoriert, die sie beim

Spielen im Garten, beim Angeln, beim ausgelassenen Herumtoben mit Freunden und schick gekleidet in die Kamera strahlend zeigten. Es gab Bilder von ihren Brüdern in Aktion auf dem Footballfeld und von Joeys großem Moment, dem Gewinn des Super Bowls. Knox entdeckte auch eine Kopie des Fotos, das er in Aubreys Büro gesehen hatte und auf dem sie mit Presley und Libby vor dem LWW-Gebäude stand, zusammen mit mehreren anderen von den dreien. Zudem eine Vielzahl an Bildern von Aubrey und Charlotte als Kinder beim Reiten, Schwimmen und im Gras sitzend mit Plastikbechern in den Händen und roten Saftflecken rings um die Münder. Mit jedem neuen Foto verliebte sich Knox noch mehr in Aubrey, aber sein Lieblingsbild war das, auf dem sie eine Footballuniform komplett mit Stollenschuhen und Helm trug und zwischen ihren Brüdern stand. Da musste sie etwa sieben oder acht Jahre alt gewesen sein. Sie umklammerte mit beiden Händen einen Football und ihre bernsteinfarbenen Augen funkelten vor Kampfgeist. Troy stützte sich auf ihren Helm und grinste schief, während Joey mit finsterer Miene auf der anderen Seite stand, als hätte er dem Team angehört, das verloren hatte, während seine Geschwister zum Siegerteam gehörten.

»Sie war ein Wildfang.« Ihre Mutter trat neben ihn.

»Das ist sie noch immer.«

Aubrey hatte die Größe und den kurvigen Körper ihrer Mutter ebenso geerbt wie die Augen- und Haarfarbe, allerdings trug Debra ihr Haar nur schulterlang.

»Das Foto wurde nach einer von Hammonds Trainingsstunden auf dem Feld hinter der Universität aufgenommen. Aubrey und ihre Brüder haben Ham überredet, mit all ihren Freunden dort spielen zu dürfen. Joey sollte den Ball fangen und den Spielzug machen, aber Aubrey hat sich einfach vor ihn geschlichen und ihm den Ball abgenommen. Dann ist sie wie ein Blitz den ganzen Weg bis in die Endzone gerannt, und Troy hat selbstverständlich ihren Bruder und so gut wie jeden anderen auf dem Feld getackelt, damit sie es auch ja schaffen konnte.«

Knox schmunzelte und hatte Aubreys Freude über diesen Touchdown bildlich vor Augen. »Es ist schön, dass sich daran nichts geändert hat und sie noch immer früher punkten kann als viele Männer.«

»Da haben Sie recht. Aubrey sagte, Sie haben einen Bruder und eine Schwester? Es hörte sich ganz danach an, als hätte sie sich auf Anhieb gut mit Ihrer Schwester verstanden.«

»Genau so ist es.«

»Sie sagte, sie hätten vor, zusammen zu einem Baseballspiel zu gehen. Das ist schön. Sie arbeitet viel zu viel. Ich bin sehr froh, sie auch mal außerhalb ihres Büros zu wissen.«

»Ihr Einsatz für ihr Unternehmen ist bemerkenswert.«

»Nach allem, was ich gehört habe, sind Sie auch ein sehr bemerkenswerter Mann«, erwiderte sie freundlich.

»Vielen Dank.«

»Damit meine ich nicht nur das Geschäftliche. Ich weiß, wie Männer sein können und dass ihnen oftmals ihr großes Ego in die Quere kommt. Schließlich habe ich zwei solcher Exemplare großgezogen. Aber ich weiß auch, wie es ist, eine Tochter aufzuziehen, die erpicht ist, die Welt zu erobern. Da braucht es einen starken, intelligenten Mann, um es mit einer ebenso starken, intelligenten Frau aufzunehmen, und zwei Jahre … Auch wenn ihr es erst vor Kurzem offiziell gemacht habt … Das verrät mir schon alles, was ich wissen muss.«

Knox sah Aubreys Mutter erstaunt an. Offensichtlich hatte Aubrey ihr erzählt, dass sie seit zwei Jahren zusammen waren.

Nichts hätte ihn glücklicher machen können. »Sie ist ein zäher Brocken, aber so leicht lasse ich mich nicht unterkriegen.«

»Das ist gut, denn so, wie ich meine Kleine kenne, hätte sie Sie nicht mit nach Hause gebracht, wenn Sie ihr nicht sehr wichtig wären. Das war vermutlich der größte Test – sie wollte sehen, wie Sie mit dem Druck durch ihre großen Brüder fertig werden. Was immer sie Ihnen auch weismachen will, ihr bedeutet die Meinung ihrer Brüder und ihres Vaters sehr viel. Ich weiß, dass sie meine ebenfalls schätzt, doch die drei sind schon immer ihre Ratgeber und Beschützer gewesen. Sie ist ihre Prinzessin, auch wenn sie das selbst oft nicht wahrhaben will.«

Er wollte sich Aubreys Reaktion lieber nicht ausmalen, wenn sie erfuhr, dass man sie als Prinzessin bezeichnet hatte.

»Wenn Troy und Joey Ihnen das nächste Mal auf die Pelle rücken, dann nennen Sie sie einfach Chipmunk und Pinkie«, sagte Debra leise.

»Wollen Sie mich etwa in den Tod schicken?«

»Nein.« Sie schaute sich nach ihren Söhnen um, die inmitten einer Menschentraube standen. »Als Aubrey noch klein war, hat sie mal ein Streifenhörnchen über die Veranda laufen sehen, und es war so schnell, dass sie anfing, Troy Chipmunk zu nennen. Und Pinkie … Nun ja … Mit drei ging sie einmal versehentlich ins Bad, als Joey gerade in die Badewanne steigen wollte. Daraufhin beschäftigte sie der Gedanke lange, dass Jungs *Pinkies* hatten und sie nicht, und ich war schon besorgt, sie würde nie darüber hinwegkommen.«

In diesem Augenblick kam Aubrey die Treppe herunter und Knox' Herz schlug bei ihrem Anblick sofort schneller.

Ihre Mutter zwinkerte ihm zu. »Ich bin sehr froh, dass sie wohl doch darüber hinweggekommen ist.«

Nach Ende des Spiels saßen sie noch eine Weile zusammen und irgendwann machten sich Aubrey und Knox auf den Weg zu ihrem Haus. Knox trug ihr Gepäck vom Wagen zur Tür, und sie war noch immer ganz aufgekratzt, und das nicht nur aufgrund des Spiels, sondern auch, weil sie sich darüber freute, wie gut sich Knox in ihre Familie eingegliedert hatte. Er kam mit allen gut zurecht und ließ sich von ihren Brüdern und deren Freunden nicht einschüchtern. Im Laufe des Abends hatte er immer öfter zurückgeschossen und ebenso oft den Fernseher angebrüllt wie alle anderen.

Als sie die Tür öffnete, kämpfte sie gegen ihre Gefühle an, und beim Reingehen hatte sie Schmetterlinge im Bauch. Sie hatte noch nie einen Mann angebettelt oder geklammert, aber als er ihren Koffer abstellte und sie in die Arme nahm, um sie mit diesem heißen Blick anzusehen, wollte sie nicht, dass er wieder ging. Es gefiel ihr, in seinen Armen zu schlafen und morgens seine raue Stimme zu hören und seine Bartstoppeln zu spüren. Sie genoss es, gemütlich einen Kaffee mit ihm zu trinken, während sie wach wurde. Das hier war etwas völlig anderes als die Beziehungen, die sie zu ihrer Collegezeit gehabt hatte. Nun wollte sie, dass er blieb, und sah ihn nicht wie die Männer zuvor als netten Zeitvertreib an, die sich aber hinter den wirklich wichtigen Dingen anstellen mussten.

»Was geht dir gerade durch den hübschen Kopf?«, erkundigte er sich und musterte sie fragend.

»Ich dachte eben daran, dass es eine lange Rückfahrt in die Stadt wäre und dass es schon spät ist. Vielleicht solltest du hier übernachten.«

Seine Lippen zuckten. »Warum fragst du mich nicht einfach, ob ich hierbleiben möchte? Musst du wirklich alles in kleinen Schritten angehen?«

»Das sind ganz normale Schritte, nur damit du es weißt. Für mich ist das nun mal alles neu, Knox. Ich weiß nicht, wie ich das anfangen soll, ohne Angst haben zu müssen, mich zu verlieren.«

»Dann lass mich dir dabei helfen.« Er hob sie hoch und legte sich ihre Beine um die Taille, um dann in Richtung Treppe zu gehen.

»Knox!« Sie klammerte sich an ihm fest.

»Das ist der Moment, in dem du sagen musst: ›Ich habe es genossen, das Wochenende mit dir zu verbringen, Knox, und ich möchte nie wieder eine Nacht ohne dich an meiner Seite schlafen.‹« Er ging die Stufen hinauf.

»Ich habe es genossen, das Wochenende mit dir zu verbringen, Knox«, wiederholte sie, während er zum Schlafzimmer ging und bei ihren Worten frech grinste, »aber jede Nacht könnte dann doch übertrieben sein.«

Er stellte sie neben dem Bett auf die Beine und legte ihr die Hände an die Wangen. Als er den großen Körper verlockend gegen ihren presste, murmelte er: »Ich mag Übertreibungen.«

Schon küsste er sie leidenschaftlich und ließ die Schmetterlinge in ihrem Bauch einer lodernden Glut weichen, die sie von innen heraus verzehrte. Sie legte die Arme um ihn und erwartete, dass er sie inniger küsste und sie so gierig eroberte, wie er es immer getan hatte. Doch dieses Mal blieben seine Berührungen zärtlich und er liebkoste sie auf eine alles verzehrende, verlockende Weise. Er legte ihr eine Hand an die Taille, schob die andere in ihr Haar und küsste sie, bis sie sich auf die Zehenspitzen stellte und ihm noch mehr geben wollte.

Ihr war schon fast schwindlig vor Verlangen, und sie klammerte sich an seine Schultern, seinen Hintern, jede Stelle, die sie erreichen konnte. Als er die Lippen von ihren löste und ihre Wangen und ihren Hals mit Küssen bedeckte, wollte sie eigentlich nur weiter geküsst werden. Er streifte ihr den Mantel von den Schultern und ließ ihn zu Boden fallen.

»Keine kleinen Schritte mehr«, flüsterte er.

Als er den Mund in ihre Halsbeuge presste und sie mit den Zähnen und der Zunge neckte, durchzuckte es sie wie ein Stromschlag. Sie verlor sich in Knox' Zärtlichkeiten, seinem verlockenden Mund, seinen Händen, die unter ihren Pullover wanderten und ihre Brüste streichelten, und hörte sich leise stöhnen. Er kniff sie sanft in die Brustwarzen, und sie schrie auf, doch schon eroberte er abermals ihren Mund. Sie zitterte und bebte am ganzen Körper, als er den Kuss vertiefte, und ihr Verlangen gewann die Oberhand. Als sie nach dem Knopf seiner Jeans griff, hielt er sie am Handgelenk fest und unterbrach den Kuss. Seine Augen waren pechschwarz und er atmete schwer vor Erregung. Sie hatte noch nie so viel Leidenschaft in seinem Blick gesehen, und sie erkannte, dass sie ihn ebenso sehr begehrte.

»Wenn ich mit dir fertig bin, kennst du eine neue Definition von übertrieben«, sagte er mit scharfer, heiserer Stimme.

Er zog ihr den Pullover über den Kopf und warf ihn beiseite. Sein wilder Blick wanderte zu ihren Brüsten und er senkte den Kopf und küsste die Haut über dem Rand ihres BHs. Dann leckte er ihre Brustwarzen durch die Spitze, bis sie brannten und kribbelten. Sie schloss flatternd die Augenlider, während er sie streichelte und verwöhnte und ihren Brüsten seine ganze Aufmerksamkeit schenkte. Sie schob die Hände in sein Haar und bog den Rücken durch, aber er packte ihre Handgelenke, ohne mit seiner verlockenden Verführung aufzuhören, und hielt sie an ihren Seiten fest. Aubrey hatte keine Ahnung, wie lange er sich ihren Brüsten widmete, aber es dauerte lange genug, dass ihr Höschen ganz feucht wurde und sie weiche Knie bekam.

»Ich werde nie genug von dir bekommen.«

Sein warmer Atem wehte über ihre Haut, als er mit den Zähnen und der Zunge an ihrem Körper entlangwanderte, ohne ihre Hände loszulassen. In ihrem Innersten schien sich ein Sturm zusammenzubrauen und der Druck baute sich immer weiter auf und flehte förmlich nach Erlösung. Sie bohrte die Fingernägel in seine Haut, als er mit der Zunge in ihren Bauchnabel tauchte und langsame Kreise darum zog, die sie fast in den Wahnsinn trieben. Er öffnete ihren Jeansknopf mit den Zähnen, leckte über jeden Fleck ihrer Haut, den er entblößte, und löste Hitzewogen in ihrem Körper aus.

»Zieh sie mir aus, bitte, Knox.«

Seine Reaktion bestand aus einem tiefen Stöhnen und einem Knabbern an ihrer Hüfte. Dann ließ er ihre Handgelenke los, legte ihr die großen Hände an die Taille und trat hinter sie. Gemächlich fuhr er mit den Händen über ihren Körper und sie schloss die Augen. Er küsste ihre Schulter. Einmal. Zweimal. Dreimal. Jede federleichte Berührung seiner Lippen versetzte ihr einen Stromschlag. Mit einer Hand umfing er ihre Brust, die andere legte er auf ihren Bauch und drückte sie gegen seine Erektion, während er an ihrem Ohrläppchen saugte.

Großer Gott …

Sie wunderte sich, dass ihre Beine sie überhaupt noch trugen. Ihre Muskeln kribbelten und zuckten, ihre Scham pulsierte und zog sich zusammen, und dann raunte er ihr ins

Ohr: »Ich habe mein ganzes Leben nur auf dich gewartet, da kann ich es jetzt gar nicht genug übertreiben.« Bei seinen Worten ging ihr das Herz auf.

Kaum nahm er die Hand von ihrer Brust, sehnte sie sich auch schon wieder nach seiner Berührung, aber er zog den Reißverschluss ihrer Hose herunter und schob die Hände vorn hinein, um sie mit einer Hand zu streicheln und mit der anderen diese magische Stelle zu reiben, die er mit zielsicherer Präzision fand. Sie drückte sich an ihn und er drang mit den Fingern tief in sie ein und traf genau die richtigen Stellen. Dabei biss er ihr sanft ins Ohr und sie ging unwillkürlich auf die Zehenspitzen. Sie zerrte an ihrer Jeans, versuchte, sie nach unten zu ziehen, doch sie blieb an den Knien hängen. Er knabberte an ihrem Ohr und sie flüsterte leise seinen Namen. Jedenfalls glaubte sie das. Allerdings verlor sie sich derart in den überwältigenden Empfindungen, dass sie sich nicht ganz sicher war. Auf einmal spürte sie seinen Mund wieder an ihrem Hals und glaubte, zu vergehen, als die Leidenschaft sie durchtoste und sie sich ihrem Orgasmus hingab. Sie bäumte sich wild auf und ihre Nervenenden schienen in Flammen zu stehen. Sie war sich nicht einmal sicher, ob sie überhaupt noch atmete, denn das Feuerwerk in ihrem Inneren wollte gar nicht mehr aufhören. Um nicht hinzufallen, umklammerte sie keuchend und stöhnend seine Arme und verlor sich ganz und gar in ihm.

Er stellte sich erneut vor sie, ging auf ein Knie und zog ihr die Stiefel, die Socken, die Jeans und das Höschen aus. Sie bebte am ganzen Körper, als er sich wieder erhob, den Verschluss ihres BHs öffnete, die Schalen beiseiteschob und an ihren Brüsten saugte und leckte, bis sich schon der nächste Höhepunkt in ihr aufbaute.

Während er sich das T-Shirt auszog, gab er ihr mit einem

deutlichen Blick zu verstehen, dass sie sich nicht rühren sollte. Danach geleitete er sie zum Bett und wies sie an, sich auf die Bettkante zu setzen. Er kniete sich vor sie und legte ihr die Hände an die Oberschenkel. Während er sie gebannt ansah, spreizte er ihre Beine weit und beugte sich vor, als wollte er sie auf den Mund küssen, nur um dicht davor zu verharren. Sein Atem kitzelte ihre Haut, als er mit kleinen zarten Bewegungen an ihrer Lippe zupfte, bis sie nur noch heftiger keuchte. Sie beugte sich vor, weil sie ihn endlich richtig küssen wollte, aber er wich zurück und behielt die vollkommene Kontrolle über ihre Lust. Er drückte einen Kuss auf eine Brust, einen auf die Spitze der anderen und ließ die Zunge darüber schnellen.

»Bitte, Knox.« Sie streckte eine Hand nach ihm aus.

Er führte ihre Handfläche an seine Lippen und drückte sie dagegen. Dann öffnete er den Mund, saugte und leckte daran. Aubrey hätte nie gedacht, dass ihre Handfläche eine erogene Zone sein könnte, aber sie spürte seine Zunge ebenso intensiv, als würde er sie an ihrer empfindsamsten Stelle lecken. Er bahnte sich eine Spur aus Küssen vom Handgelenk bis zur Schulter und an ihrem Körper hinunter, bis sie seine wundervollen Lippen endlich an der Stelle spürte, an der sie sie haben wollte. Mit einem geschickten Zungenschlag brachte er sie zum Höhepunkt, der schon die ganze Zeit unter der Oberfläche gelauert hatte. Er presste den Mund auf ihre gierige Mitte, griff mit einer Hand an ihre Hüfte und hielt ihren bebenden Körper so, wie er ihn haben wollte. Mit der Schulter drückte er ein Bein zur Seite, mit der anderen Hand hielt er das zweite fest, sodass ihre Beine weit gespreizt waren – und ließ nicht locker. Als er eine Hand auf ihren Bauch legte und sie nach hinten auf die Matratze drückte, ließ sie es willig geschehen. Seine Hand wanderte von ihrem Oberschenkel zwischen ihre Beine, streichelte sie kurz dort und bewegte sich weiter zu ihrem Hintern. Während er sie mit dem Mund verwöhnte und mit der Zunge in sie eindrang, umkreiste er mit den Fingern ihr engstes Loch. Sie hatte sich noch von keinem Mann auf diese Art berühren lassen, aber jetzt wollte sie alles, was er ihr zu geben hatte. In diesem Moment wurde sie zu der Seinen.

Sie hob das Becken an und vermittelte ihm so, dass er mit ihr tun konnte, was er wollte. Schon drückte er einen kräftigen Finger in sie hinein, während er gleichzeitig die Zunge in sie stieß. Hinter ihren geschlossenen Lidern flammten explodierende Lichter auf. Sie wand sich zuckend, während der Orgasmus sie erfasste und eine gefühlte Ewigkeit festhielt.

Als der Wirbelwind endlich nachgelassen hatte, entkleidete auch er sich ganz und legte sich in der Bettmitte auf sie, während sie noch immer die letzten Wogen ihrer Lust auskostete. Als er in sie eindrang, versuchte sie nicht einmal mehr, sich zurückzuhalten. »Wenn du mich weiterhin so liebst, lasse ich dich vielleicht für immer hierbleiben.«

Er drückte die Nase gegen ihren Hals und flüsterte: »›Wie Ihr wünscht, Prinzessin.‹«

»Hast du eben *Die Braut des Prinzen* zitiert? Und mich Prinzessin genannt?«

»Meine Liebste ist ein großer Filmfan, und ich gehe fest davon aus, dass das einer ihrer Lieblingsfilme ist.«

Sie lachte leise auf und fühlte sich einfach nur glücklich. »So langsam schleichst du dich auch in mein Herz. Und jetzt halt den Mund und erinnere mich daran, warum das so ist.«

Zwölf

Am Donnerstagabend wischte sich Aubrey den Schweiß von der Stirn, stieg vom Laufband und ging zusammen mit Presley und Libby zu den Matten, um die Bodenübungen anzugehen. Ihre beiden Freundinnen waren ebenso rot im Gesicht und ausgelaugt wie sie, während sich ihre fiese Trainerin Trinity – die auch Kolumnen für LWW schrieb – mit einem überaus zufriedenen Grinsen ein Getränk an der Saftbar holte.

»Warum lassen wir noch gleich zu, dass sie das mit uns macht?«, beschwerte sich Presley.

»Weil uns etwas an unserer Gesundheit liegt«, antwortete Libby.

»Und weil Knox letzte Nacht nicht da war und ich überschüssige Energie abbauen muss«, fügte Aubrey hinzu und legte sich neben die anderen auf die Matten. »Ob ihr es glaubt oder nicht, je mehr ich von ihm bekomme, desto mehr will ich ihn.«

Sie begannen mit den Übungen. »Wie eine Süchtige?«, hakte Libby nach.

»Schlimmer«, erwiderte Aubrey. »Kennst du das Gefühl, wenn du dich so nach einem Mann verzehrst, dass dir ganz heiß wird? Und wenn du befriedigt bist, denkst du: *Okay, das hat Spaß gemacht, du kannst wieder gehen,* und dann lebst du dein

Leben weiter?«

»Ähm, nein«, erklärte Libby.

»Gut, dann bist du eben die löbliche, unschuldige Ausnahme«, meinte Aubrey. »Aber bei mir war das früher so. Ich habe damals nie länger über einen Mann nachgedacht, nachdem wir miteinander im Bett waren.«

»Du konzentrierst dich immer auf die Arbeit«, stellte Presley fest und machte ihre Bauchpressen. »Fang lieber mal an, sonst holt Trin noch die Peitsche raus.«

»Ja, und du hast recht.« Aubrey widmete sich der Übung. »Wenn Knox nicht in der Nähe ist, muss ich ständig an ihn denken. Er hat diese Woche dreimal bei mir übernachtet! Man sollte doch glauben, dass ich langsam eine Pause bräuchte. Ihr wisst doch, wie sehr ich meine Filmabende in Jogginghose mag.«

»Na, immerhin bekommst du deine Unterhaltung«, neckte Presley sie.

»Aber das ist es ja. Das Zusammensein mit ihm ist so entspannt, dass ich trotzdem in Jogginghose rumlaufe. Allerdings behalte ich sie nie lange an.« Sie musste lächelnd daran denken, wie er sie am Vorabend um den Billardtisch gejagt hatte. »Wir sehen uns zusammen Filme an, und ich kann sogar mit ihm über sie reden und es geht dabei nicht nur darum, ob sie gut oder witzig waren. Mir war vorher gar nicht klar, dass er sich auch für die Medienbranche interessiert.«

»Er interessiert sich für dich, Aubrey, und das ist vermutlich auch der Grund für sein Interesse an den Medien. Anscheinend hast du den Richtigen gefunden«, stieß Libby keuchend hervor. »Er ist derjenige, von dem mir meine Freundin erzählt hat und mit dem ich dir ein Blind Date vermitteln wollte. Ich wusste sofort, dass ihr euch gut verstehen würdet.«

»Warum hast du mir das dann nicht nach der ersten Begegnung erzählt? Oder wenigstens als du wusstest, dass wir miteinander schlafen?«

Libby legte sich auf den Rücken und zuckte mit den Achseln. »Wenn wir dir erzählen, dass uns ein Mann gefällt, rennst du doch meist gleich in die andere Richtung davon.«

»Das stimmt doch gar nicht.«

Presley verharrte mitten in der Bewegung. »Ich sag nur Jack Keener.«

»Und Caleb Martin«, sagte Libby. »Ach ja, und Tim Larren.«

»Quatsch, die haben einfach nicht zu mir gepasst. Und wenn das stimmen würde, dann hättest du das mit dem Blind Date mit Knox doch gar nicht erst versucht, Libby.«

»Das war etwas anderes.« Libby trainierte eifrig weiter. »Ich kannte ihn nicht und hatte nur von ihm gehört. Können wir jetzt bitte weiter über deine Sexsucht reden? Bei mir herrscht da momentan absolute Flaute, daher muss ich das durch dich ausleben.«

»Das ist keine Sexsucht, sondern eher eine Knox-Sucht.«

»Damit ich das richtig verstehe«, schaltete sich Presley wieder ein. »Eben warst du dir noch nicht einmal sicher, ob du zu einer Beziehung bereit bist, und auf einmal wohnt ihr schon so gut wie zusammen? Oh Mann, dass ich das noch erleben darf. Sonst würde es niemand schaffen, dich zu einer solchen Kehrtwende zu bewegen. Der Mann muss im Bett die reinste Erfüllung sein.«

»Im Bett, in der Wanne, im Schnee, in der Küche.« Aubrey lachte auf. »Aber das sagt die Richtige. Du wohnst doch praktisch schon seit Monaten mit Nolan zusammen.« Sie legte sich auf den Rücken, um etwas zu Atem zu kommen. »Er wohnt nicht bei mir. Und es geht auch nicht nur um den Sex, der allerdings unglaublich ist. Ich dachte immer, wenn ich einen Mann in meinem Leben habe, müsste ich ihn von allen anderen Bereichen meines Lebens abschirmen.«

»Kein Drama«, tönten ihre beiden Freundinnen einstimmig.

»Ganz genau! Das ist doch komisch, oder nicht? Auf einmal sind wir ein wichtiger Teil im Leben des anderen. Ich schlafe in seinen T-Shirts und mein Bett riecht nach ihm. Und, Grundgütiger, seit wann nehme ich so etwas überhaupt zur Kenntnis?«

»Seitdem du endlich aufgehört hast, nur Aubrey Stewart, die Selfmade-Milliardärin, zu sein, und begriffen hast, dass auch du ein erfülltes Leben verdienst.« Libby berührte ihre Hand. »Das ist doch etwas Gutes.«

»Es fühlt sich auf jeden Fall gut an. Wie gesagt seltsam, aber gut. Wir gehen morgen Abend mit Graham und Morgyn in der Stadt essen.«

Morgyns Schwester Amber war zusammen mit ihnen auf die Boyer University gegangen, gehörte ebenfalls zur LWW-Schwesternschaft und hatte im LWW-Haus gewohnt. Daher kannten sie ihre fünf Schwestern und ihren Bruder. Aubrey hatte Ambers ältere Schwester Grace, eine Drehbuchautorin und Produzentin, eingestellt, die vor Kurzem geheiratet hatte und aus New York zurück in ihre Heimatstadt Oak Falls in Virginia gezogen war, um das Drehbuch zu Charlottes Roman zu schreiben. Und sie hatte hervorragende Arbeit geleistet.

»Das wird bestimmt schön. Und du musst zugeben, dass du einen weiten Weg hinter dir hast, meine Liebe. Doppeldates sind schon die nächste Stufe einer Beziehung«, erklärte Presley.

»Eigentlich ist sie ja schon seit zwei Jahren mit Knox zusammen«, rief Libby ihr ins Gedächtnis. »Da war es nur eine Frage der Zeit, bis so etwas passiert. Auf so einer Grundlage kann man aufbauen.«

Presley legte sich flach auf den Rücken und atmete schwer. »Stets die Stimme der Vernunft.«

»Zum Glück, denn wir beide sind nicht immer rational. Libby holt uns wieder auf den Boden der Tatsachen zurück. Aber sie hat recht. Möglicherweise passen wir deshalb so gut zusammen. Meine Familie kann einen ziemlich überwältigen, aber er ist einfach bei uns reinmarschiert, als würde er alle seit einer Ewigkeit kennen. Ihm ist völlig egal, ob ich Aubrey Stewart, die Milliardärin, oder Aubrey Stewart aus der Footballfamilie bin. Er mag mich um meinetwillen und lässt sich auch nicht von mir einschüchtern.«

»Ich bin von dir eingeschüchtert«, erklärte Libby und drückte Aubreys Hand. »Nein, eigentlich nicht. Aber früher war ich's mal …«

»Ich war auch von dir eingeschüchtert, Libby. Du hattest so eine weiche Seite, so etwas kannte ich an mir nicht.«

»Gut, dass wir aufeinander abgefärbt haben«, meinte Libby.

»Ebenso wie ihr auf mich«, sagte Presley. »Ich bin eine Killerbraut mit zuckersüßem Abgang.«

Sie mussten alle lachen.

»Hat Mr. Right denn das Monroe House für dich sichern können?«, erkundigte sich Presley. Da ihre beiden Freundinnen die letzten Tage verreist gewesen waren, hatten sie erst jetzt die Gelegenheit, darüber zu sprechen.

»Das werden wir erst in einigen Wochen erfahren. Sein Bruder Landon möchte noch darüber nachdenken. Er ist nach dem Medienrummel wegen Carlos Ruiz' Verlobung ziemlich vorsichtig, aber Knox will die Sache mit Finesse angehen, und er glaubt, dass wir dort drehen können. Das Hotel ist wunderschön und wäre einfach perfekt für den Film.«

Presley grinste. »Dieser Mann kennt sich mit Finesse aus, so viel steht fest.«

Du hast ja keine Ahnung. Ich vermute fast, er könnte mit seiner Finesse eine Nonne zum Orgasmus bringen. Aubrey behielt diesen Gedanken besser für sich und erzählte ihren Freundinnen von seiner Familie, von Joyce und Leon und von ihrem Debakel beim Abendessen, das eine emotionalere Seite seines Vaters zum Vorschein gebracht hatte. »Knox hat sich dafür bei mir bedankt, dabei war das gar nicht meine Absicht gewesen. Aber ich muss zugeben, als mir Knox das *Danke* ins Ohr geflüstert hat, war mir, als hätte ich etwas wirklich Wichtiges und Bedeutungsvolles getan. Und all das nur wegen dieses einen Wortes. Das ist doch verrückt.«

Libby und Presley tauschten einen vielsagenden Blick.

»Wenn du mich fragst, geht das weit über reines Dating hinaus«, erkannte Presley. »Ich weiß noch, wie sich zwischen mir und Nolan alles verändert hat und ich endlich erkannte, dass ich mich selbst ausgebremst hatte. Ich musste mir richtiggehend erlauben, ihn zu lieben.«

Aubrey machte noch einige Wiederholungen. »Wir wollen den Dingen mal nicht vorausgreifen. Es war in der Tat ein bedeutsamer Augenblick, aber deswegen müsst ihr mich nicht gleich am Altar sehen.«

Als die beiden sich erneut vielsagende Blicke zuwarfen, protestierte Aubrey. »Das reicht. Ich möchte euch weiterhin alles anvertrauen können, ohne gleich zugeben zu müssen, dass mehr dahintersteckt.«

»Du hast ja recht.« Hustend fügte Presley hinzu: »Jack Kenner.« *Hust, hust.* »Du ergreifst wieder die Flucht.«

»Ach, sei still.« Aubrey verdrehte die Augen. »Seht ihr mich weglaufen? Wir gehen zu einem Dankbarkeitsball, den seine Eltern für ihre Kollegen und Klienten veranstalten. Das ist das genaue Gegenteil von Weglaufen. Hat eine von euch vielleicht ein Kleid im Stil der Zwanzigerjahre, das ich mir ausleihen kann?«

»Nein, aber Becca hat bestimmt eins.« Libby setzte sich auf und stieß die Luft aus. »Sie scheint für jede Ära einen eigenen Kleiderschrank zu besitzen.«

»Ja, genau!«, rief Aubrey. »Wieso habe ich nicht gleich daran gedacht?« Doch dann fiel ihr der Grund dafür wieder ein. Sie hatte versucht, Becca wegen der Einmischung in ihr Liebesleben den Kopf zu waschen, aber es fiel ihr schwer, wütend zu sein, wo doch alles so gut ausgegangen war. Becca hatte immerhin den Anstand besessen, sich zu entschuldigen und zu versprechen, so etwas nie wieder zu tun. Beim Verlassen von Aubreys Büro hatte sie sich jedoch noch einmal umgedreht und gesagt: »Wir LWW-Schwestern müssen zusammenhalten. Ich wollte doch nur, dass du glücklich wirst …« Woraufhin Aubrey ihr einen erbosten Blick zugeworfen hatte. »Okay, okay«, hatte Becca lachend erwidert. »Ich wollte, dass du mit einem Mann schläfst, damit du nicht ständig so gereizt bist, aber du kannst dich nun wirklich nicht beschweren, wenn es sich dabei um einen so heißen Kerl handelt. Schick ihn zu mir, wenn er dich langweilt. Ich übernehme ihn gern.« Immerhin war sie so klug gewesen, schnell aus dem Büro zu verschwinden, bevor Aubrey etwas nach ihr werfen konnte.

»Habe ich euch schon erzählt, dass ich die Filmrechte zu *Beneath It All* von Zane Walker bekommen habe?«, fragte Aubrey. »Ich kann es kaum abwarten, den Film auf der Leinwand zu sehen.«

»Das ist ja großartig«, sagte Libby.

»Ich überlege, die Hauptrolle mit Brad Parlor zu besetzen. Immerhin wurde er vor einigen Jahren vom *People*-Magazin zum Sexiest Man Alive gekürt. Er hat genau das richtige Alter und ich kenne seine Agentin Shea Steele. Sie meinte, das wäre die perfekte Rolle für ihn.«

»Das klingt doch vielversprechend«, erklärte Presley. »Kommen wir zurück zu *Knoxley* …«

»Hör bloß auf damit …« Aubrey bedachte sie mit einem wütenden Blick und trainierte eifrig weiter, während Presley und Libby sich aufsetzten und nach ihren Wasserflaschen griffen. Als sie sah, dass Trinity zu ihnen zurückkehrte, fügte sie schnell hinzu: »Er hat mich als Prinzessin bezeichnet.«

Libby und Presley rissen die Augen auf.

»Oh, oh«, murmelte Libby.

»Hast du ihm eine verpasst?«, erkundigte sich Presley.

»Nein. Seltsamerweise fand ich es irgendwie schön …«

»Keine Müdigkeit vorschützen, ihr Faulpelze«, ermahnte Trinity sie. »Ich möchte fünfundzwanzig Liegestütze sehen.« Sie klatschte in die Hände und die drei legten sich auf den Bauch und führten ihren Befehl aus.

»Ich hasse dich«, stieß Aubrey stöhnend hervor.

»Das hast du mir schon öfter gesagt«, erwiderte Trinity gelassen. »Wenn du weiter so rumjammerst, verrate ich dir nicht meine neueste Übung. Davon bekommt man angeblich bessere Orgasmen.«

»Dann ist sie eh nichts für mich!« Aubrey drehte sich auf den Rücken. »Noch bessere würde ich gar nicht verkraften.«

Dreizehn

Am Freitagabend wanderte Aubrey durch Knox' Loft und bewunderte die schönen Gemälde an den Wänden. Sie waren gleich mit Graham und Morgyn zum Essen verabredet und Knox beendete gerade ein geschäftliches Telefonat. Je länger sie die beiden abstrakten Bilder vor sich betrachtete, desto bedrückter wurde sie. In den gedämpften Erdtönen des einen Gemäldes glaubte sie nach und nach, ein kleines Mädchen auszumachen, das ein Kleid trug und sich von ihr entfernte, jedoch mit verlorener Miene über die Schulter blickte. Die Lehm-, Gelb-, Grau- und Brauntöne verschmolzen miteinander und hoben sich seltsamerweise gleichzeitig voneinander ab, als würde jede Farbe ein Stück des Mädchens verschlingen. Das zweite Bild war in leuchtenderen Farben gehalten. Pfirsich-, Lila-, Magenta- und Grüntöne vereinten sich zur Gestalt einer Frau in einem langen Kleid. Sie kam auf den Betrachter zu, doch ihre Gesichtszüge waren verschwommen und nicht zu erkennen. Ihr gebeugter Hals erweckte den Anschein, als würde sie zu Boden sehen, und ihr Haar verdeckte das halbe Gesicht. In ihrem Körper zeichnete sich ein blauer Schatten ab. Die Ränder der Gestalt sahen ausgefranst und fast schon durchscheinend aus, dennoch wirkte sie so echt, als könnte sie einfach aus der

Leinwand treten und an Aubrey vorbeigehen.

Aubrey schrak zusammen, als Knox die Arme um ihre Taille legte. Er hatte sie gebeten, das Wochenende bei ihm zu verbringen, und nachdem sie ihn vergangene Nacht derart vermisst hatte – was sich in ihrem Kopf wirklich schrecklich anhörte –, war sie dieser Bitte nur zu gern nachgekommen.

»Die Bilder hat Paige gemalt«, sagte er leise. »Das waren mit ihre ersten Versuche während ihrer Therapie in der Klinik. Ich hatte keine Ahnung, was ich von einer Kunsttherapie halten sollte, aber sie hat ihr in vielerlei Hinsicht geholfen, ein Ventil zu finden. Keiner von uns hatte auch nur eine Ahnung, dass Paige derart talentiert ist, nicht einmal sie selbst.«

»Sie sind so gefühlvoll. Mir ist, als würde mich das einsame kleine Mädchen um etwas bitten.«

»Sie möchte gesehen werden.« Er trat neben sie. »Sie hat dem Bild den Titel *Ungesehen* gegeben.«

»Das ist sie?«

Er nickte. »Sie sagte, so hätte sie sich als Kind gefühlt. Und das hier«, er zeigte auf das andere mit der gehenden Frau, »heißt *Allein.*«

»Das ist ja furchtbar traurig.«

»Erst recht für mich, da wir uns immer nahegestanden haben. Aber es geht nicht um uns als ihre Familie. Sie meinte, es wäre eine Darstellung von ihr und ihrer Krankheit. Wenn man genau hinsieht, kann man die Dunkelheit in ihr erkennen.«

Aubrey legte die Arme um ihn und hoffte, die Traurigkeit, die in seiner Stimme mitschwang, etwas lindern zu können. »Sie muss große Angst gehabt haben. Wie kann ein Mensch so viel Schmerz überwinden?«

»Die Therapie hat ihr geholfen, aber ich glaube, die Liebe war noch viel wichtiger. Kinder müssen das Gefühl haben, als

Individuum wahrgenommen zu werden. Dass ihre Eltern sie nicht nur als Teil einer Gruppe sehen, sondern so, wie sie sind – inklusive all ihrer Fehler und Eigenarten. Sie musste als Paige wahrgenommen werden, als das kleine Mädchen, das sich gern verkleidete, als der Teenager, der mit seinen Eltern lachen oder Streit anfangen wollte. Im Gegensatz zu mir war sie jedoch nicht mutig genug, um Grenzen zu überschreiten; vermutlich hatte sie Angst, unsere Eltern zu enttäuschen. Daher verkroch sie sich in ihrem Inneren und fand im Modeln etwas Eigenes, doch diese toxische Umgebung war ganz und gar nicht das, was sie gebraucht hätte.«

Das Leid in seinen Augen traf Aubrey tief. »Du fühlst dich verantwortlich, nicht wahr?«

»Irgendwie schon, auch wenn mir bewusst ist, dass es dafür keinen Grund gibt. Man kann nun mal nicht jeden Kampf für jemand anderen ausfechten; einigen Gegnern muss man sich auch allein stellen.«

»Deinen Eltern«, murmelte sie eher zu sich selbst. Knox hatte kein Geheimnis daraus gemacht, dass seine rebellische Art durch ihren einengenden Lebensstil nur weiter angefacht worden war, und jetzt, wo sie mehr über Paige wusste, wanderten ihre Gedanken fast automatisch zu Landon. Er unterschied sich von seinen Geschwistern und war reservierter, aber sie spürte bei ihm noch etwas. Sie hatte bei ihm ein anderes Verantwortungsbewusstsein wahrgenommen als bei Knox. Zuerst war sie davon ausgegangen, es läge daran, dass er der Älteste war, aber inzwischen fragte sie sich, ob es noch weitere Gründe dafür gab.

»Ich bin sehr froh, dass sich für euch alle einiges ändert«, sagte sie. »Und ich habe mich über die Gelegenheit gefreut, deine Familie kennenzulernen und Teil dieser Veränderung zu sein.«

»Es hat mich überrascht und richtig gefreut, dass du geblieben bist und mit uns zu Abend gegessen hast. Du scheinst bei meinem Vater einen ganz besonderen Nerv getroffen zu haben.«

Sie musste lächeln. »Ich fand die Dynamik zwischen euch allen sehr spannend und wollte einfach wissen, was noch passiert.«

»Dann waren wir also eher ein Puzzle, das du zusammensetzen wolltest?«

»Zu deinem Leben fehlten mir auf jeden Fall noch einige Teile, und jedes davon hat den Menschen beeinflusst, der du heute bist. Und du hattest auch einen Anteil an dem, wozu sie geworden sind. Also ja. Ich wollte das Bentley-Puzzle verstehen. Aber deine Familie besteht nicht nur aus geraden Kanten und Einbuchtungen. Du veränderst dich andauernd, und ich schätze, es wird ein ganzes Leben lang dauern, dich ganz zu verstehen.«

»Pass auf, was du sagst, Babe, denn da könnte man einiges hineininterpretieren.« Er nahm ihre Hand, führte sie durch den Raum und blieb vor einem anderen Bild stehen.

In dem Moment, in dem sie die Worte *ein ganzes Leben lang* ausgesprochen hatte, war ihr selbst bewusst geworden, was sie da gesagt hatte – und sie stellte fest, dass ihr dieser Gedanke durchaus behagte.

»Ist das auch eins von Paiges Bildern?«, fragte sie und versuchte, diesen Gedanken zu verdrängen.

Das Bild sah völlig anders aus als die ersten beiden und hatte einen einladend sanften Hintergrund aus Weiß- und Cremetönen. Ein tornadoartiger Wirbel aus leuchtenden Farben erhob sich aus einer Ecke der Leinwand und wurde von markanten schwarzen Pinselstrichen ergänzt. Nach oben hin breiteten sich die Farben aus und bildeten klobige Buchstaben und Wörter, die von winzigen Rissen durchzogen waren. Ein *HAP* wirbelte in ein *PY,* gefolgt von Objekten, die an Glasscherben erinnerten, und dickere Wirbel bildeten große grüne Blätter, wie sie an Friedenslilien wuchsen.

»Zwischen den anderen beiden Bildern und diesem hier hat sie Dutzende andere gemalt. Meiner Ansicht nach erzählen sie ihre Geschichte.« Er führte sie zu einem weiteren Gemälde im Flur. Dicke dunkle Linien, die Aubrey an die Gitterstäbe einer Gefängniszelle erinnerten, zeichneten sich vor einem Hintergrund aus vertikalen Strichen in den Farben des Regenbogens ab. Vor den Balken standen fünf Gestalten mit dünnen Gliedmaßen, schmalen, lang gestreckten Körpern und ovalen Köpfen. Sie schienen zu tanzen und waren in noch helleren Farben als der Regenbogen gehalten. Zwei von ihnen blickten nach vorn und hatten ein Bein nach hinten in die Bildmitte ausgestreckt, wo sie sich überschnitten. Alle fünf Körper waren gebogen, je ein Arm wurde nach oben ausgestreckt, während die anderen in der Mitte zusammentrafen. Ihre Körper und Arme bildeten ein Herz. Man konnte keine Gesichter und somit keine Stimmungen erkennen, dennoch wirkte es wie eine visuelle Darstellung von Freude.

»Siehst du es?«, erkundigte sich Knox.

»Das Herz?«

»Nein. Das, was fehlt?«

Aubrey betrachtete das Bild. »Joyce und Leon?«

Knox lächelte. »Das war auch mein erster Gedanke, aber nein. In keinem dieser Körper ist eine Dunkelheit zu erkennen.« Er deutete auf die rechte Seite der Leinwand, wo Aubrey jetzt eine schattenhafte Gestalt erkannte, die aus dem Bild verschwand. »Die Dunkelheit, die sie instinktiv in viele ihrer Bilder integriert hat, ist hier schon so gut wie verschwunden. Dieses Bild hing noch nicht hier, als ich nach Belize geflogen bin. Paige hat es während meiner Abwesenheit aufgehängt. Sie hat noch immer einen Schlüssel für Notfälle. Das ist etwas, das du über mich wissen solltest: Paige hat jederzeit Zutritt zu meiner Wohnung und sie wird mir immer sehr wichtig sein.«

Die Emotionen schnürten Aubrey die Kehle zu. »Das weiß ich und ich bin froh darüber. Die Familie ist etwas sehr Wichtiges.« Sie betrachtete die Bilder erneut. »Ihre Bilder sind alle wunderschön. Warum haben deine Eltern keins bei sich aufgehängt?«

»Paige hat ihnen nie eins gegeben. Zuerst wollten sie sie in Galerien ausstellen, aber Paige hat sie nicht gemalt, um sie anderen zu zeigen. Meine Eltern haben sie ein wenig gedrängt und dachten, diese Aufmerksamkeit würde ihr helfen, doch auf den Rat ihrer Therapeuten und Ärzte haben sie schließlich damit aufgehört.«

»Gott sei Dank. Aber warum schenkt sie sie dir?«

»Sie sagte, sie wollte sie nicht bei sich hängen haben, sie jedoch jemandem geben, dem sie vertraut. Landon hat auch einige.«

»Dann vertraut sie euren Eltern noch immer nicht?« Bei diesem Gedanken wurde Aubrey ganz schwer ums Herz.

»Ich denke doch, jedenfalls mehr als früher, aber sie glaubt noch immer, dass unsere Eltern die Bilder lieber ausstellen würden, auch wenn sie jetzt nicht mehr davon sprechen. Sie möchte allerdings, dass ihre Bilder für sich stehen und nicht von Fremden angestarrt werden. Schließlich repräsentieren sie ihre ganz persönliche Reise, eine, die sie stets überschatten wird und die ebenso gute wie unschöne Gefühle heraufbeschwört.«

»Das kann ich nachvollziehen. Sie fühlt sich bei dir sicher, Knox, und das musst du wertschätzen.«

»Ja, ich weiß. Aber ich glaube, sie wollte mich damit auch daran erinnern, was aus einem Menschen werden kann, der alles mit sich selbst ausmacht.«

»Wie bitte? Du sprichst doch alles sofort aus, was dir durch den Kopf geht.«

Er nahm sie mit frechem Grinsen in die Arme. »Du kannst von Glück reden, dass wir in einer halben Stunde mit Graham und Morgyn verabredet sind, denn sonst würde ich mir das Dessert vor dem Abendessen gönnen.«

Sie küsste ihn lächelnd und war erstaunt, wie schnell sich seine Laune verändert hatte. »Ja, das wäre schön. Wo wir gerade vom Essen sprechen, sollten wir auch aufbrechen. Du kannst mir ja unterwegs verraten, was du alles mit dir selbst auszumachen versuchst. Ich möchte mehr über Knox Bentleys geheime Gedanken wissen.«

Sein lodernder Blick wanderte über ihr mit Diamanten besetztes Lederhalsband weiter nach unten zum Wasserfallausschnitt ihres marineblauen Pullovers, der ein beachtliches Dekolleté freigab. Er leckte sich die Lippen, und sein lüsternes Starren brachte ihr Blut in Wallung, während er ihre eng anliegende Lederhose und ihre hochhackigen Wildlederstiefel musterte und ein kehliges Geräusch ausstieß. Sie hatte dieses Outfit auch mit dem Hintergedanken ausgesucht, ihn so zu erregen. Als er ihr in ihre Bomberjacke half, mahlte er mit dem Kiefer, und da wusste sie, dass sie die perfekte Entscheidung getroffen hatte. Sie mochte es immer sehr, wenn er sich zurückhalten musste, so wie er es auch gleich beim Essen tun würde, denn wenn er sich dann endlich austoben konnte, waren sie beide unersättlich.

»Keine Sorge, Wattsy«, murmelte er heiser. »Ich habe vor, dir all meine dunkelsten Geheimnisse anzuvertrauen, angefangen mit dem, was ich tun werde, sobald ich dir diese Lederhose endlich ausgezogen habe.«

Graham und Morgyn trafen kurz nach Knox und Aubrey im Restaurant ein. Die Frauen fielen sich kreischend in die Arme, als hätten sie sich seit Jahren nicht gesehen, was schon witzig war, da Aubrey Knox eben von ihrem letzten Treffen mit Morgyn im vergangenen Sommer in Oak Falls erzählt hatte.

»Ich war so traurig, dass du nicht dabei sein konntest, als ich mich vor Weihnachten mit Grace und Amber getroffen habe. Und es ist unfassbar, dass meine kleine Morgyn verheiratet ist!«, rief Aubrey aus.

»Ja, nicht wahr?« Morgyn schwenkte ihre Hand durch die Luft, um ihren Ehering zu präsentieren. »Und ich kann es nicht glauben, dass du bei Brindles Antrag dabei warst und ich nicht. Das Leben verändert sich so schnell.« Morgyn sah von Kopf bis Fuß aus wie eine Künstlerin, von ihrem farbenfrohen Poncho und dem breitkrempigen Hut bis hin zu den aufgemotzten Stiefeln, der zerrissenen Jeans und dem langen Pullover. Sie hatte Graham im letzten Sommer auf einem Musikfestival kennengelernt, seitdem waren die beiden unzertrennlich. »Ich konnte kaum glauben, dass du die Frau bist, wegen der Knox in Belize so durcheinander war.«

Aubrey warf Knox einen zärtlichen Blick zu. »Ich konnte es auch kaum glauben.«

»Schön, dass du endlich eine Entscheidung getroffen hast«,

meinte Graham und umarmte Knox.

Er und Knox hatten sich am MIT auf Anhieb verstanden. In Grahams Brust schlugen zwei Herzen: Er war Adrenalinjunkie und gleichzeitig umsichtiger, vorausplanender Ingenieur. Aber er hatte ein Talent fürs Investieren und teilte mit Knox die Leidenschaft für den Umweltschutz. Sie hatten zusammen B&B Enterprises gegründet, eine Investmentfirma, die sich auf nachhaltige Unternehmen spezialisierte, halfen jungen Unternehmen und besaßen zudem mehrere umweltbewusste Firmen. Graham wusste von den guten und schlechten Seiten von Knox und seiner Familie. Außerdem hatte Knox ihm nach der ersten gemeinsamen Nacht mit Aubrey von ihr erzählt und ihm gestanden, dass er sie nicht mehr aus dem Kopf bekam, obwohl sie nur diese wenigen unglaublichen Stunden miteinander verbracht hatten.

Graham zwinkerte. »Offenbar hast du Taylors Unterstützung doch nicht gebraucht.« Vor seiner Abreise nach Belize hatte Graham Knox damit aufgezogen, dass er sich von Taylor helfen ließ, und damals waren sie noch beide davon ausgegangen, dass es sich bei Taylor um einen Mann handelte.

»Graham«, sagte Knox, als sein Freund Aubrey umarmte, »du wirst es nicht glauben, aber Taylor ist eine Frau.«

»Was? Du nimmst mich auf den Arm.« Graham starrte Knox fassungslos an.

»Er hat recht«, stimmte Aubrey ihm zu. »Eine wunderschöne Frau noch dazu. Sie hat sich für die Arbeit ein männliches Pseudonym zugelegt, um nicht ständig angebaggert zu werden. Und sie ist die Schwester meiner Assistentin Becca. Ich hatte keine Ahnung, dass Knox sie für einen Mann hielt, bis ich sie einander bei der Silvesterparty vorgestellt habe! Ihr hättet sein Gesicht sehen sollen, als er es herausfand!«

»Das war wirklich ein Knaller«, gab Knox zu. »Taylor und ich schreiben uns ständig E-Mails und manchmal albern wir auch herum. Seitdem zermartere ich mir ständig das Hirn, ob ich irgendwann mal einen Witz gemacht haben könnte, der auch nur ansatzweise anzüglich gewesen ist.«

»Anscheinend hast du nichts dergleichen getan«, meinte Aubrey. »Wie sich herausstellte, wollten uns Taylor und Becca verkuppeln und haben uns zu denselben Veranstaltungen geschickt.«

Morgyn nahm den Hut ab und strich sich mit den Fingern durch das lange blonde Haar. »Du hast nie mit ihr telefoniert?«

»Nein. Wir haben immer alles online erledigt. Sie hatte Erfahrung, die besten Empfehlungen und einen beeindruckenden Lebenslauf. Und Fakt ist, dass sie aus gutem Grund als Mann auftritt und sehr gut darin ist, ihre wahre Identität zu verbergen«, erklärte Knox. »Aber du kannst davon ausgehen, dass ich von jetzt an mit jedem persönlich sprechen werde, mit dem ich Geschäfte mache.«

»Mann, das ist ja verrückt.« Graham nahm Morgyns Hand und sie betraten das Restaurant.

Es war eines der angesagtesten in New York und eher wegen der Atmosphäre denn wegen des Essens bekannt. Mehrere Straßenkünstler hatten die Wände mit urbanen Wandbildern und anderen Kunstwerken verziert, auf denen die Geschichte der Stadt zu sehen war. Graffitis, Gesichter, Schädel, Vögel und andere riesige bunte Bilder zierten die Steinmauern. Dank der Mischung aus Ziegelstein, Eisen, Glas und Holz wirkten die Texturen nahezu lebendig. Lichterketten hingen von der Decke und mit zahlreichen Efeu- und anderen Grünpflanzen hatte man die Natur ins Haus geholt.

Sie wurden an einen kleinen runden Fenstertisch geführt

und nahmen auf Lederstühlen Platz. Während sie es sich bequem machten, kam auch schon eine Kellnerin, um ihre Bestellung aufzunehmen. Morgyn berichtete Aubrey von ihren und Grahams letzten Abenteuern. Sie hatte vor Kurzem ihren Secondhandshop geschlossen, in dem gebrauchte und umfunktionierte Dinge angeboten worden waren. Nun verkaufte sie sie auf Kommission in anderen Geschäften, darunter einigen sehr teuren in der Innenstadt. »Wir haben den Herbst und die Vorweihnachtszeit in Oak Falls verbracht, damit ich meinen Warenbestand vergrößern konnte, und wie du ja weißt, da du kurz vor Silvester in Oak Falls gewesen bist, waren wir über die Feiertage bei Grahams Familie in Pleasant Hill in Maryland. Das war wunderschön. Und heute haben wir den Tag mit Grahams Cousin Josh Braden und seiner Frau Riley verbracht.«

»Josh und Riley Braden? Die Modedesigner von JRB Designs?« Aubrey riss die Augen auf. Josh und Riley waren weltbekannt.

»Ja!«, rief Morgyn aus. »Sie sind so bodenständig und wollen eine Boutique in Cape Cod eröffnen, wo Joshs ältester Bruder Treat ein Hotel besitzt. Wie hieß es doch gleich?« Sie richtete den Blick zur Decke. »Ach ja, Ocean Edge. Jedenfalls möchten sie mit mir zusammenarbeiten, um mit einer Mischung unserer Entwürfe für etwas mehr Pepp zu sorgen. Das ist ja so aufregend!«

»Ich bin sehr beeindruckt, Morgyn«, gab Aubrey zu. »Du hast es von einem Kleinstadt-Versandshop zur großen Designerin gebracht.«

»Nein.« Morgyn senkte den Blick.

»Doch, das hat sie«, schaltete sich Graham ein. »Ich bin unglaublich stolz auf sie.«

»Ach, bitte.« Morgyn winkte ab. »Jedenfalls haben Josh und Riley eine sehr niedliche kleine Tochter namens Abigail. Sie ist zwei und besteht nur aus Pausbacken und großen braunen Augen.«

Graham wandte sich an Knox. »Da fällt mir etwas ein. Pierce hat mir Fotos von seinem kleinen Theo geschickt.« Pierce war einige Jahre älter als Graham. Er hatte Graham unter seine Fittiche genommen und ihm alles über das Investieren beigebracht, als Graham noch aufs College gegangen war. Knox war Pierce schon mehrmals begegnet und ihre Unternehmen kooperierten gelegentlich.

»Sieh dir das Gesicht an.« Graham reichte Knox sein Handy.

»Ich möchte die Fotos auch sehen!« Aubrey beugte sich näher heran und bewunderte den kleinen braunhaarigen Jungen ausgiebig.

»Scroll mal weiter«, forderte Graham Knox auf. »Ich habe auch Jakes und Fionas kleinen Sohn Cannon und Emilys und Daes Tochter Seraphina fotografiert.« Jake und Emily waren zwei von Pierces jüngeren Geschwistern.

Knox wechselte zum nächsten Bild, und beim Anblick der beiden im Gras sitzenden Kinder, die mit drei Welpen spielten, ging ihm das Herz auf.

»Meine Eierstöcke explodieren gleich«, erklärte Aubrey.

»Die Welpen gehören meinem Cousin Ross. Seid ihr bereit für Ross' und Elisabeths niedliche Zwillinge?« Graham deutete auf das Handy. »Dann seht euch das nächste Foto an.«

Knox rief es auf und Aubrey legte eine Hand auf ihr Herz. »Oh, Graham. Das ist ja … Das ist …«

Knox musste über ihre Reaktion auf den kleinen Jungen und das kleine Mädchen, die mit Ross und Elisabeth auf einer

Decke saßen, herzlich lachen. Das Mädchen hatte blondes Haar und hellgrüne Augen, der Junge hingegen dunkleres Haar und dunkle Augen, wie alle Bradens.

»Declan und Delaney«, sagte Graham. »Und fragt mich nicht nach dem Alter, denn das kann ich mir einfach nicht merken.«

Aubrey schob das Handy weg. »Ich hoffe, du hast dich dort vom Babywahn nicht anstecken lassen, Morgyn.«

»Davor kann man sich gar nicht schützen.« Morgyn grinste. »Mit den ganzen Kindern seiner Cousins und Cousinen und Brindles und Traces Baby, das nächsten Monat auf die Welt kommen wird, gibt es dort eine wahre Babyschwemme. Und Grahams Cousin Luke und seine Frau Daisy haben ein kleines Mädchen aus Guyana adoptiert. Ihr Name ist Kendal. Sie ist etwas über ein Jahr und so niedlich.«

Aubrey stürzte ihr Getränk herunter und rückte von Knox ab.

»Stimmt was nicht, Babe?«

»Ich gewöhne mich gerade erst daran, mit dir zusammen zu sein, und das alles hier macht mich ziemlich nervös.« Aubrey schlug die Beine übereinander.

Morgyn kicherte.

»Vielen Dank auch, Kumpel«, meinte Knox zu Graham. »Hast du noch weitere abschreckende Nachrichten, die wir hören sollten?«

Graham steckte sein Handy wieder ein. »Hey, ich wollte dir nur ein paar Familienfotos zeigen und konnte ja nicht ahnen, dass Aubrey Angst vor Kindern hat.«

»Hab ich nicht. In sehr ferner Zukunft hätte ich auch gern Kinder, und ich habe eine Nichte, die ich anhimmle. Ich darf sie mit Liebe überschütten und wieder nach Hause schicken und vorerst reicht mir das auch.«

Knox schmunzelte, als Aubrey nach seinem Glas griff. In dieser Hinsicht waren sie einer Meinung. Er hatte es auch nicht eilig damit, eine Familie zu gründen, wollte aber irgendwann schon gern Kinder.

»Ich bin gespannt, was ich noch so Neues über Aubrey erfahre. Wie stehst du zu Dreiern?«, fragte Graham.

Aubrey verschluckte sich an Knox' Drink.

Knox tätschelte ihr lachend den Rücken. »Keine Sorge, auf so was steht Graham nicht. Er wollte dich nur auf andere Gedanken bringen.«

Den restlichen Abend sprachen sie nicht mehr von Babys. Im Verlauf des Essens diskutierten sie über die diversen Projekte, an denen sie arbeiteten, wie die nachhaltige Gemeinde, die sie in der Nähe von Seattle gründeten und die Morgyns brillante Idee gewesen war. Sie wollten zu Frühlingsbeginn mit dem Projekt anfangen und überlegten, alle vier zusammen dorthin zu fahren und beim ersten Spatenstich dabei zu sein.

»Das ist eine gute Idee.« Aubrey sah Knox an. »Ich fände es sehr aufregend, bei einem deiner Projekte von Anfang an dabei sein zu können, und ich war noch nie in Seattle.«

Er genoss es sehr, dass sie ihre gemeinsame Zukunft als derart selbstverständlich erachtete, und fragte sich, ob sie merkte, wie sehr sie sich verändert hatte, oder ob das spontan aus ihr herausgesprudelt war.

Graham erkundigte sich nach der Verfilmung von Charlottes Roman und Aubrey erzählte ihnen vom Monroe House. Sie war geradezu enthusiastisch und beschrieb sämtliche Details des Hotels, die es zum perfekten Drehort machten, bis hin zu den Bäumen für die Traumlandschaft. Knox nahm sich stillschweigend vor, alles in seiner Macht Stehende zu tun, um Landons Meinung zu ändern. Er hatte vor einigen Tagen einen Plan geschmiedet, mit dem er Landon die Entscheidung erleichtern wollte, und alles Erforderliche in die Wege geleitet. Sein Bruder nahm seine Anrufe zwar nicht an, aber Knox wusste, dass Landon letzten Endes seine Vorbehalte vergessen und erkennen würde, dass das Hotel vom Film nur profitieren konnte. Und, verdammt noch mal, es war ja nicht so, als hätte Knox jemals um einen Gefallen gebeten. Allerdings sagte ihm eine leise Stimme im Hinterkopf, dass man dasselbe von Landon behaupten konnte. Der Unterschied war, dass Landon das auch gar nicht tun musste. Knox hatte immer alles getan, um seinen Geschwistern zu helfen – selbst wenn sie selbst gar nicht realisierten, dass sie Hilfe brauchten.

»Das Hotel ist perfekt, aber Landon scheut den Medienrummel. Ich weiß, dass Knox sich für mich einsetzt, aber für den Fall, dass es doch nicht klappt, suche ich nach anderen Möglichkeiten. Ich habe ein Hotel in Maryland gefunden, das sehr vielversprechend aussieht. Das Einzige, das bei beiden fehlt, ist Schneewittchens Hütte«, sagte Aubrey.

Schneewittchens Hütte?

»Das war meine Lieblingsszene!«, sagte Morgyn und drehte sich zu Graham um. »Erinnerst du dich, dass ich sie dir vorgelesen habe? Das ist die Szene, in der sie ihm das Haus zeigt, das ihr Urgroßvater gebaut hat – die Replik von Schneewittchens Hütte.«

»Ach ja, ich erinnere mich. Ich habe dieses Häuschen sogar gesehen. Es ist wirklich bemerkenswert«, erwiderte Graham.

»Augenblick mal«, schaltete sich Knox ein. »Warum höre ich gerade zum ersten Mal von dieser Hütte?«

Aubrey zuckte mit den Achseln. »Keine Ahnung. Ich hatte

mich eben darauf konzentriert, zuerst den passenden Gasthof zu finden, und diese Hütte ist etwas ganz Besonderes. Chars Urgroßvater hat sie auf dem Gelände gebaut, aber sie möchte ihre Privatsphäre schützen, daher können wir die Hütte nicht im Film zeigen. Wir hatten uns überlegt, einfach mit Innenaufnahmen zu arbeiten und dafür ein Set zu bauen.«

Knox zückte sein Handy. »Das ist vielleicht gar nicht nötig. Als wir uns in Seattle Grundstücke angesehen haben, war auch ein ähnliches Haus darunter. Sie haben es sogar als Schneewittchens Haus bezeichnet.« Er suchte die Anzeige im Browser. »Ich weiß noch, dass ich mich gefragt habe, wer so ein Haus mit herabhängenden Dachkanten und niedrigen Türen gebaut hat und ob es jemals einen Käufer finden würde.«

Sie riss ihm das Handy aus der Hand und betrachtete die Fotos. »Oh mein Gott. Wie kann es sein, dass es da draußen noch mehr Märchenfans wie Chars Urgroßeltern gibt?« Sie tippte auf dem Handy herum. »Möglicherweise können wir die Besitzer überzeugen, uns dort drehen zu lassen. Ich hoffe, du hast nichts dagegen, aber ich leite mir den Link weiter und schicke ihn auch Becca, damit sie sich darauf stürzen kann. Bitte entschuldigt. Es ist sehr unhöflich, so etwas in einem Restaurant zu machen, aber ich bin viel zu aufgeregt, um das nicht sofort zu erledigen.«

»Ich bewundere deine Entschlossenheit«, sagte Graham. »Ihr beide passt wirklich perfekt zusammen. Knox ist auch ein Mensch, der auf nichts und niemanden wartet.«

Wenn du nur wüsstest, wie lange ich auf Aubrey gewartet habe. Knox musterte sie und konnte förmlich sehen, wie sich die Zahnräder in ihrem Kopf wild drehten. *Und du warst das Warten wert.*

Die Unterhaltung wendete sich schließlich Charlottes und Beaus Hochzeit zu.

»Sehen wir euch dort?«, erkundigte sich Graham.

»Ihr habt die Trauzeugin vor euch. Charlotte und ich sind schon seit unserer Kindheit beste Freundinnen. Ich würde ihre Hochzeit um nichts auf der Welt verpassen.« Aubrey warf Knox einen kecken Blick zu. »Vermutlich brauche ich einen Begleiter, was?« Sie sah erneut Graham an. »Welcher deiner Brüder ist eigentlich noch Single?«

Knox zog sie mitsamt ihrem Stuhl an sich. »Wag es ja nicht …«

Sie mussten alle vier lachen.

»Ach, möchtest du mich etwa begleiten?«, neckte Aubrey ihn mit breitem Grinsen.

»Darauf kannst du wetten. Und auch zu allen anderen Veranstaltungen.«

»Ihr beide seid so süß«, kommentierte Morgyn. »Ich kann kaum glauben, dass dies hier dieselbe Aubrey ist, die mir noch letzten Sommer erzählt hat, sie wäre lieber frei und ungebunden, als sich in einer monogamen Beziehung einengen zu lassen.«

»Lasst euch von ihr nicht täuschen.« Knox sah Aubrey ernst an. »Sie war auch letzten Sommer schon nicht mehr frei und ungebunden. Wir waren nur beide zu dickköpfig, zu ängstlich oder einfach zu dumm, um zuzugeben, dass das zwischen uns etwas Größeres ist.«

»Nun ja …« Morgyn warf Graham einen derart liebevollen Blick zu, dass allen ganz warm ums Herz wurde. »Die Liebe ist nun mal sehr mächtig. Ich habe meinen Seelenverwandten gefunden und erkannt, dass das Einzige, wovor ich mich fürchten muss, ein Leben ohne ihn ist.«

»Ach, Sunshine.« Graham küsste sie zärtlich. »Das war das schönste Abenteuer meines Lebens, und ich freue mich jeden Tag mehr darüber, dich an meiner Seite zu haben.«

Knox drehte sich zu Aubrey um und stellte fest, dass sie ihn mit einem schmachtenden Blick ansah. Sie rührte keinen Muskel, gestand ihm nicht lautlos ihre Liebe oder tat auch nur etwas anderes, als ihm tief in die Augen zu sehen, und doch spürte er ihre Gefühle mehr, als dass er sie sah. Dann nahm sie seine Hand und verschränkte die Finger mit seinen, so wie auch ihre Herzen miteinander verschmolzen waren. Hatte Landon so etwas Ähnliches auch bei Carlos empfunden? Als könnte er sich keinen Tag mehr ohne ihn vorstellen; als müsste ihm das Herz vor Glück aus der Brust springen? Er war sich vage Grahams Stimme bewusst, konnte den Blick jedoch nicht von Aubrey abwenden. Alles um sie herum verblasste, bis es nur noch sie beide und das unerschütterliche Band zwischen ihnen gab, das nach und nach entstanden war.

Als sie das Restaurant später verließen, war Knox noch immer ein bisschen schwummrig von dieser Erkenntnis, und er konnte Aubrey ansehen, dass es ihr ebenso ging. Am liebsten hätte er ihr sofort seine Gefühle gestanden, aber er war sich nicht sicher, ob es dafür nicht zu früh war und er sie nur verschrecken würde.

»Sag mir auf jeden Fall Bescheid, sobald deine Kreationen in der Boutique am Cape verkauft werden«, bat Aubrey, während sie Morgyn umarmte. »Ich werde mit Presley darüber reden, ob wir deine Designs nicht auf dem Cover des LWW-Modemagazins zeigen sollten.«

»Das wäre großartig«, erwiderte Morgyn. »Vielen Dank.«

Graham breitete die Arme aus und drückte Aubrey herzlich an sich. »Es war mir eine Freude, endlich die Frau kennenzulernen, die meinem Freund schon seit so langer Zeit im Kopf herumspukt, und ich hoffe, wir verreisen bald mal öfter zusammen, angefangen mit Seattle.«

Aubrey warf Knox einen Blick zu und errötete, als er ihre

Hand nahm. »Das wäre schön. Vielleicht können wir uns ja bald noch einmal treffen. Bleibt ihr übers Wochenende in der Stadt?«

Es war nicht weiter wichtig, dass Knox von Grahams und Morgyns anderweitigen Plänen wusste, denn allein die Tatsache, dass Aubrey bereits das nächste Doppeldate plante, machte ihn froh.

»Wir fahren jetzt direkt zum Flughafen, wo wir uns mit meinem Cousin Ty und seiner Frau Aiyla treffen, um Langlaufen zu gehen. Ich wollte euch beide eigentlich fragen, ob ihr uns begleiten möchtet, aber Knox meinte schon, dass du wegen des Filmprojekts vermutlich nicht wegkannst.«

»Da hat er recht.« Trotzdem war sie ein bisschen enttäuscht. »Vielleicht ein andermal.«

Knox und Graham verabredeten, sich in der folgenden Woche wegen eines Investments, das Graham interessierte, zu unterhalten, und dann stiegen sie in zwei Taxis. Nachdem er dem Fahrer seine Adresse genannt hatte, legte Knox einen Arm um Aubrey. »Wenn ich mich nicht irre, hat meine süße Beziehungsverweigerin eben versucht, ein weiteres Doppeldate auszumachen, und zugestimmt, in einigen Wochen mit einem anderen Paar nach Seattle zu fahren. Das hört sich für mich nach einer Langzeitverpflichtung an.«

»Ja.« Sie legte den Kopf an seine Schulter. »Eine Beziehung zu führen ist doch gar nicht so schlimm, wie ich dachte. Ich mag dich sehr, Knoxy, und es gefällt mir, wie gut sich unsere Welten ineinanderfügen.«

Knoxy. Das Kosewort löste etwas tief in seiner Brust aus und schon kamen ihm emotionsgeladene Worte über die Lippen. »Aubrey, ich bin …«

Sie brachte ihn mit einem sanften Kuss zum Schweigen und flüsterte: »Einiges ist ohne Worte bedeutsamer.«

<h1 style="text-align:center">Vierzehn</h1>

Am frühen Samstagnachmittag stand Aubrey in Manhattan vor einem Kino und wartete auf Knox, der Karten für *Der weiße Hai* kaufte. In diesem Kino liefen den ganzen Monat über alte Filme aus den Siebzigerjahren. Knox unterhielt sich mit dem Mann, der vor ihm in der Schlange stand, und obwohl er ganz normal gekleidet war und sich nicht von der Menge abhob, konnte Aubrey den Blick nicht von ihm abwenden. Jeans standen ihm einfach gut, und mit den Stiefeln und der Lederjacke wirkte er irgendwie rau, was jedoch durch den rot-schwarzen Schal um seinen Hals etwas abgemildert wurde. Er hatte sich nicht rasiert, und sein Haar war zerzaust, nachdem er die graue Kappe abgenommen hatte, die jetzt in seiner Jackentasche steckte, aber, *wow,* war dieser Mann heiß!

Knox schaute kurz zu ihr herüber und zwinkerte ihr zu, bevor er sich erneut der Unterhaltung zuwandte. Ihr Herz schlug sofort schneller und sie musste an diesen Morgen zurückdenken. Sie war schon lange vor Knox aufgewacht und hatte in seinem großen, gemütlichen Bett gelegen, umgeben vom Duft des Mannes, der neben ihr lag und der ihr Herz vor so vielen Monaten im Sturm erobert hatte. Während sie darüber nachdachte, wie viel sich zwischen ihnen verändert hatte, war sie darauf gefasst gewesen, dass jeden Augenblick die Panik einsetzen würde. Sie hatte inzwischen einige Kleidungsstücke in seinem Schrank hängen, ihre Kosmetiktasche war längst ausgepackt und stand nicht aufbruchbereit da, um bis zum nächsten Event, bei dem sie sich begegnen würden, ungenutzt zu bleiben. Als wäre das zwischen ihnen nicht real, solange sie sich nicht sahen. Dieser Gedanke brachte sie heute zum Lachen. Wie hatte sie ihre Gefühle nur so lange Zeit leugnen können?

Sie hatten den Vormittag über kuschelnd im Bett verbracht, danach in einem Café gefrühstückt, um dann durch die Geschäfte zu schlendern, zu Mittag Hotdogs und Brezeln bei einem Straßenhändler zu kaufen und sich spontan zu entscheiden, ins Kino zu gehen. Zum ersten Mal seit einer Ewigkeit dachte sie nicht an die Arbeit.

Stattdessen dachte sie über ihre gemeinsame Zukunft nach.

Seitdem sie mit ihren Freundinnen LWW gegründet hatte, war fast jeder Tag der Arbeit gewidmet gewesen, entweder im Büro oder zu Hause, wo sie Nachforschungen anstellte oder Strategien schmiedete. Es war schon sehr lange her, dass sie sich eine solche Auszeit gegönnt hatte, und sogar noch länger, dass sie einen Mann auf diese Weise in ihr Leben gelassen hatte. In ihrem ersten Collegejahr hatte sie einige Monate lang einen Freund gehabt, ihn jedoch nie so wie Knox als unersetzlich angesehen.

Mehrere Frauen gingen an Knox vorbei und beäugten ihn interessiert. Plötzlich durchzuckte Aubrey aufkeimende Eifersucht. Das war ein ungewohntes und sehr lästiges Gefühl. Wieso wurde sie jetzt eifersüchtig, nachdem sie zwei Jahre lang nicht die geringste Ahnung gehabt hatte, wo er sich zwischen ihren kleinen Hotelaffären aufhielt und was er so trieb?

Gucken dürft ihr, Ladys, aber er ist definitiv vergeben.

Sie musste lächeln. *Was Knox wohl denken würde, wenn er meine Gedanken lesen könnte?*

Schon hatte sie sein freches Grinsen vor Augen, das er dann aufsetzen würde, und seinen dreisten Kommentar im Ohr, und ihr Lächeln wurde noch breiter. Er wirkte so entspannt und locker, wie er da stand, aber sah er nicht eigentlich immer so aus? Das gehörte zu den Dingen, die sie so an ihm liebte. Ihr Lächeln verblasste, als sie daran dachte, wie er sich in der Nähe seines Vaters verspannt hatte.

Knox hatte an diesem Morgen beim Frühstück erwähnt, dass er am Montag nach Los Angeles fliegen und sich um einige *Familienangelegenheiten* kümmern müsse. Er hatte keine Einzelheiten genannt und sie wollte nicht nachhaken, fragte sich aber doch, ob er Landon half und ob er froh war, wieder etwas für seine Familie tun zu können. Er wusste nicht, wie lange er wegbleiben würde, *vielleicht ein paar Tage,* und sie staunte selbst, da sie sich sicher war, dass er ihr sehr fehlen würde.

Sie holte ihr Handy aus der Tasche und schoss schnell ein Foto von ihm, als er die Eintrittskarten kaufte. So konnte sie sich wenigstens das Bild ansehen, während er weg war, und sich an ihr unglaubliches Wochenende erinnern. Sie starrte auf das Display und betrachtete sein attraktives Gesicht. *Wo bist du nur hergekommen …*

»Musst du etwa arbeiten?«, erkundigte sich Knox, der mit den Tickets in der Hand zu ihr trat.

»Ach, das ist nicht weiter wichtig.« Sie steckte ihr Handy ein. »Holen wir uns Popcorn?«

»Na, auf jeden Fall.« Er nahm ihre Hand und sie stellten sich vor dem Schalter an. Als sie an der Reihe waren, bestellte er: »Einen großen Eimer Popcorn und eine Flasche Wasser, bitte.«

»Und zwei Tüten Cheetos und eine Schachtel Reese's Pieces«, fügte sie hinzu.

»Der Hotdog und die Brezel haben wohl nicht gereicht?«, meinte Knox und bezahlte.

»Von Kinosnacks kann ich nie genug bekommen.« Sie griff nach den ganzen Süßigkeiten. »Na, komm.«

Im nächsten Augenblick hatte sie auch schon einen Teil des Popcorns weggeworfen und die anderen Snacks in den Eimer geschüttet. Dann steckte sie beide Hände hinein und vermengte alles. Knox sah ihr amüsiert dabei zu.

»Ich gehe mir schnell die Hände waschen.« Sie verschwand in der Damentoilette, und nach ihrer Rückkehr gingen sie in den Kinosaal, wo Knox sie in die letzte Reihe zog. »Möchtest du näher bei mir sitzen?«, fragte sie.

»Machst du Witze? Ich sitze in einem dunklen Kino neben der heißesten Frau von ganz New York und will auf jeden Fall mit ihr knutschen.«

»Ist das noch eine Teenagerfantasie?«

»Oh ja. Und bilde dir nicht ein, ich wäre mir zu fein, ein Loch in den Eimerboden zu bohren und dir noch viel mehr als Popcorn und Süßigkeiten zu bieten.«

Sie keuchte auf, und als das Licht erlosch, küsste er sie leidenschaftlich.

Zwei Stunden später verließen sie das Kino in überaus erregter Stimmung und hatten nur Teile des Films mitbekommen. Den Eimer hatten sie zwar nicht durchlöchert – denn dann hätten sie den Inhalt wegwerfen müssen, und das wäre ein Sakrileg gewesen –, aber da sie allein in der letzten Reihe saßen, konnten sie weitaus mehr machen als sich nur zu küssen.

Die kühle Luft wehte um Aubreys Wangen und bewirkte, dass sie wieder klarer denken konnte.

Knox rief ihnen ein Taxi. »Zum Rockefeller Center, bitte.«

»Hast du etwa den ganzen Tag durchgeplant?«, fragte sie.

»Babe, ich habe Monate im sengend heißen Belize verbracht und versucht, über dich hinwegzukommen, und als das nicht funktionieren wollte, habe ich mir ausgemalt, was ich alles mit dir unternehme, wenn wir endlich zusammen sind. Ganz oben auf der Liste stand natürlich, dass ich dich aus einem Hotelzimmer und in mein Bett bekomme.« Er gab ihr einen Kuss. »Der zweite Punkt war eine Einladung in deins.«

»Wow, du hast den Teil, bei dem du um mich wirbst, einfach weggelassen?«

»Ich denke seit unserer ersten gemeinsamen Nacht daran, dich nackt in meinem Bett zu haben. Was hattest du denn erwartet?«

»Welche anderen Orte stehen noch auf deiner *Sex mit Aubrey*-Liste?«

»Das ist eine ganz andere Liste, und um deine Frage zu beantworten: Es gibt garantiert einen Ort auf der Welt, den ich vergessen habe.« Er grinste breit und sie musste ebenfalls lächeln. »Aber diese Liste, meine *Dinge, die ich mit Aubrey mache, sobald sie die Meine ist,* besteht aus allen Orten, die ich besucht, und Dingen, die ich gemacht habe, seitdem wir uns begegnet sind, und bei denen ich mir gewünscht habe, dich an meiner Seite zu haben.«

»Bedeutet das etwa, du hast mit einer anderen Frau hinten im Kino rumgeknutscht und dir gewünscht, ich wäre an ihrer Stelle?«

»Er runzelte die Stirn. »Wofür hältst du mich? Ich habe mir *Under the Pie-filled Sky* angesehen, selbstverständlich allein, und mir gewünscht, du würdest neben mir sitzen.«

»Den Film hast du dir angesehen?« Es war eine LWW-

Produktion, eine zauberhafte Geschichte über ein Mädchen, dessen Mutter Kuchen für die Obdachlosen buk. Er erstreckte sich über zwei Jahrzehnte und verfolgte das Leben des kleinen Mädchens und zweier Obdachloser, mit denen sie sich anfreundete. Dabei wurde ordentlich auf die Tränendrüse gedrückt und man bezeichnete den Film auch als *Film für Menschen mit großem Herzen.*

»Ich habe alle eure Filme gesehen«, erklärte er, als sie am Rockefeller Center aus dem Taxi stiegen. »Das macht mich vermutlich zu einem Weichei.«

»Und wie«, neckte sie ihn. »Und das ist mein voller Ernst.«

Er legte ihr die Arme um die Taille und küsste sie wild und besitzergreifend. »Muss ich dir erst beweisen, wie männlich ich bin?«

»Ja«, hauchte sie leicht benommen. »Wieder und immer wieder.«

Knox hätte gar nicht damit rechnen sollen, dass er Aubrey beeindrucken konnte, indem er auf Schlittschuhen Kreise um sie drehte, denn sie fuhr, als wäre sie mit Schlittschuhen an den Füßen auf die Welt gekommen. Sie blieben lange Zeit auf dem Eis, sausten lachend herum und küssten sich, während andere an ihnen vorbeifuhren, und obwohl er sie nicht mit seinen Künsten beeindrucken konnte, bewies ihm ihr fröhliches Lachen, dass sie sich köstlich amüsierte.

Als sie auf der Toilette gewesen war, hatte er einen schnellen Blick auf sein Handy geworfen und herausgefunden, dass ganz in der Nähe ein Schokoladenfestival stattfand. Hand in Hand verließen sie das Rockefeller Center und machten sich auf den Weg dorthin.

»Ich wüsste nicht, wann ich zuletzt an einem Tag so viel unternommen habe.« Aubreys Wangen waren von der Kälte gerötet, und sie sah mit ihrer hübschen weißen Mütze, die zu ihrem Pullover passte, und dem blonden Haar, das sich über die Mantelschultern ergoss, hinreißend aus.

»Möchtest du lieber ein Taxi nehmen?«

»Nein. Das ist doch schön. Es tut gut, draußen zu sein und das Leben um uns herum zu sehen. Es ist viel zu lange her, dass ich in meiner Freizeit etwas anderes gemacht habe, als ins Fitnessstudio zu gehen. Dann bist du mit Cheetos, Dessous und Lippenstift in mein Leben gestürmt und hast mir angeboten, den bestmöglichen Drehort für mein Projekt zu bekommen. Und jetzt bummele ich an einem Samstag wie eine gewöhnliche Frau durch die Stadt, als müsste ich kein Unternehmen leiten.«

»Du bist keine gewöhnliche Frau, Wattsy. Abgesehen von der Tatsache, dass du zu klug, sexy und witzig bist, wäre da auch noch die Tatsache, dass ich mit dir hier bin.« Er setzte einen arroganten Tonfall auf, um sie zum Lachen zu bringen. »Und du weißt, dass ich nicht mit einer gewöhnlichen Frau zusammen wäre.«

Leise lachend gingen sie inmitten einer Menschenmenge über die Straße. »Es kommt mir komisch vor, mir so viel Freizeit zu gönnen, und ich drehe noch nicht mal durch oder gucke alle fünf Minuten auf mein Handy.«

Er legte ihr einen Arm um die Schultern, als sie den Park betraten, in dem es vor Menschen nur so wimmelte, die aßen, tanzten und einkauften. An Buden und in Zelten wurde alles von Kleidungsstücken über Geschenke bis hin zu Lebensmitteln und Kunsthandwerk angeboten. Auf einer Plattform stand ein

DJ und spielte Musik und in den Bäumen hingen bunte Lichterketten.

»Und LWW ist nicht den Bach runtergegangen.« Er zog sie mit sich. »Holen wir uns eine heiße Schokolade.«

»Warum arbeitest du nicht mehr?«

Knox entdeckte einen Händler, bei dem man heiße Schokolade kaufen konnte, und drückte Aubrey an sich, während sie sich einen Weg durch die Menge bahnten. »Ich schufte wie ein Tier, wenn es sein muss, aber ich liebe das Leben viel zu sehr, um es fürs Geldverdienen zu vernachlässigen. Früher habe ich rund um die Uhr gearbeitet, aber mir wurde schnell klar, dass mir mein Leben so nicht gefällt. Ich mache gern Ausflüge auf meinem Motorrad und liebe das Skifahren und Wandern. Auch eine Woche am Strand mit dir würde mich zu einem glücklichen Mann machen.«

Sie stellten sich vor dem Stand in der Schlange an. »Stehen keine Reisen nach Paris oder Italien auf deiner Agenda?«

Er zuckte mit den Achseln. »Warum nicht, wenn ich mit dir oder Freunden hinfahre, aber ich war als Kind oft genug da.« Im Weitergehen zog er sie an sich. »Betrachte mich einfach als ganz normalen Kerl.«

»Als ganz normalen Kerl mit einer Ducati.«

»Okay, als ganz normalen Kerl mit gutem Geschmack und teurem Spielzeug. Was ist schon dabei, Aubrey? Macht mich das zu einem schlechten Menschen? Dein Haus muss doch auch ein paar Millionen gekostet haben.«

»So habe ich das nicht gemeint. Ich wollte damit nur zum Ausdruck bringen, dass wir auf unserem Level keine ganz normalen Leute mehr sind.« Ihre Augen umwölkten sich. »Machst du dir nie Sorgen, dass alles auseinanderbrechen könnte, wenn du nachlässig wirst?«

»Natürlich tue ich das. Vermutlich geht es jedem in unserer Position so. Aber muss ich dafür Wochenenden wie dieses aufgeben, damit das nicht passiert?« Er hob ihr Kinn mit einem Finger an. »Ich habe das jahrelang gemacht, Aubrey, und ich würde es um keinen Preis der Welt wieder tun.« Dann küsste er sie, und als sie wohlig seufzte, machte er es gleich noch einmal.

»So sehr ich mir auch gewünscht habe, nicht wie mein Vater zu sein, habe ich anfangs doch Tag und Nacht gearbeitet, als ich mit dem Investieren anfing. Damals ging ich noch aufs College, daher musste ich nebenbei noch viel lernen.« Er bezahlte und sie traten mit ihren Bechern zur Seite. »Im zweiten Collegejahr lud mich Graham ein, in den Winterferien mit ihm Skifahren zu gehen, und ich erwiderte, ich hätte zu viel zu tun. Ich suchte die ganze Zeit nach aussichtsreichen Investments und arbeitete an meinen Strategien. Nach den Ferien kam er ausgeruht und erfrischt zurück, und obwohl mein Portfolio gewachsen war, führte ich nicht das Leben, das ich mir vorstellte. Doch der Erfolg war wie eine Droge. Je mehr ich erreicht hatte, desto mehr wollte ich.«

»So geht es mir die ganze Zeit«, gab sie zu. »Hast du dich nicht manchmal gefragt, ob dein Vater vielleicht aus genau diesem Grund so geworden ist?«

»Aber sicher. Ich dachte auch, ich müsste ihm etwas beweisen, aber dann begriff ich, dass ich nur mir allein etwas beweisen muss. Allerdings fiel es mir nicht leicht, meine Gewohnheiten zu ändern, und ob du es glaubst oder nicht, ich kann seitdem wertschätzen, wie sehr sich mein Vater heute bemüht.«

»Wie hast du dich davon lösen können? Wie konntest du dich ändern?«

»Ich habe das getan, was ich am besten kann: Ich habe mir

eine Frist gesetzt. Ein Ziel. Etwas anderes, das ich erreichen wollte.«

»Brillant, Bentley.« Sie stieß ihn mit der Schulter an.

»Wusstest du das bisher noch nicht über mich? Ach, Wattsy. Denk doch mal darüber nach. Wenn du mich bittest, noch nicht zu kommen, nehme ich die Herausforderung jedes Mal an.«

»Du bist unmöglich«, erklärte sie grinsend. »Wundervoll unmöglich.«

Er schmunzelte. »Ziele und Fristen sind mir sehr wichtig. Ich habe einfach den Abschluss ins Auge gefasst. Bis dahin wollte ich ackern und danach würde ich von vorn anfangen. Ich machte ohnehin nur Deals, die mich auf persönlicher Ebene ansprachen – umweltfreundliche Investitionen –, aber danach sorgte ich dafür, dass ich nicht nur hart arbeitete, sondern mich auch ebenso intensiv amüsierte.«

Sie schlenderten an den Buden vorbei. »Immer, wenn sich mir beim Gedanken an eine Auszeit der Magen zusammenzog, dachte ich an diese Winterferien«, fuhr er fort. »Und wenn das nicht funktionierte, habe ich mich gefragt: ›Was würde mein Vater tun?‹ Spätestens dann war mir alles klar.«

»Hattest du dir bei mir auch eine Frist gesetzt?« Sie nippte an ihrer heißen Schokolade und beäugte ihn über den Becherrand.

»Gewissermaßen«, gestand er. Sie wirkte leicht verletzt, was ihm in der Seele wehtat, doch er wollte sie nicht anlügen. »Du weißt, dass wir ursprünglich nur acht bis zehn Wochen in Belize bleiben wollten. Das war mein Zeitrahmen. Aber als die Zeit um war, hing ich noch immer an dir und stellte fest, dass ich mehr Zeit brauchte, um dich aus dem Kopf zu bekommen. Erst Monate später wusste ich, was ich tun musste, nachdem ich jede

Minute mit diesen unglaublichen, glücklichen Menschen verbracht hatte, die sich selbst genug waren. Und ja, da habe ich mir eine neue Frist gesetzt: Neujahr. Ich wusste, dass wir am nächsten Tag nebeneinander aufwachen würden, wenn ich dich auf der Silvesterparty sehe, und so kam es dann auch. Und als du meinen Vorschlag, unsere Beziehung auch außerhalb des Schlafzimmers fortzusetzen, abgelehnt hast, habe ich mir die nächste Deadline gesetzt.«

Sie legte den Kopf schief. »Dann hatte die Frist an Neujahr eigentlich gar nichts zu bedeuten? Das scheint mir aber ein Mangel an Charakter zu sein.«

»Sie bedeutete mir alles«, erklärte er entschieden und trat näher an sie heran. »Du hast versucht, stark zu wirken, und meine Bitte um ein richtiges Date abgewiesen, doch dann sind wir nach dem nächsten Event wieder miteinander im Bett gelandet. Du erinnerst dich doch noch daran, nicht wahr, Wattsy? Es war keine zwei Wochen später. Du konntest mir einfach nicht widerstehen und hast sogar am nächsten Morgen im Badezimmer mit mir geschlafen, obwohl du wusstest, dass das deinen ganzen Zeitplan durcheinanderbringt. Ab diesem Punkt war meine Frist der Moment, in dem du bereit bist. Wenn du nicht mit mir zum Monroe House gefahren wärst, hätte ich es am nächsten und am übernächsten Tag wieder probiert, und zwar so lange, bis du erkannt hättest, was zwischen uns ist.«

Ihr Atem ging etwas schneller und sie sah ihn mit großen, verlangenden Augen an. »Und was ist das?«

Er strich mit den Lippen über ihre Wange. »Etwas, für das es sich zu warten lohnt.«

Der Nachmittag ging in einen stürmischen Abend voller Musik, Tanz und diversen köstlichen Gerichten und Schokoladenspezialitäten über. Erst weit nach Mitternacht kehrten sie in Knox' Loft zurück.

»Ich wusste gar nicht, dass du so gut tanzen kannst«, sagte sie, als sie ihre Jacken und Schuhe neben der Tür auszogen.

»Und ich hatte keine Ahnung, wie verrucht du beim Tanzen sein kannst.« Er drückte ihr einen Kuss auf den Hals und sie gähnte. »Oh, ich habe dich heute wohl ausgepowert.«

»Ach, Quatsch. Schauen wir uns noch einen Film an. Ich habe Lust auf etwas Warmes und Gemütliches.«

Er gab ihr einen Klaps auf den Hintern. »Mach es dir schon mal bequem. Ich zünde den Kamin an.«

Aubrey ging ins Schlafzimmer und kam einige Minuten später in Jogginghose und seinem Lieblingssweatshirt und mit der Bettdecke in den Händen wieder heraus. Paige hatte ihm das Sweatshirt mit dem »Just do it«-Aufdruck geschenkt, als er beschlossen hatte, nicht wie alle aus der Familie nach Harvard, sondern ans MIT zu gehen.

Gähnend setzte sich Aubrey auf die Couch und kuschelte sich unter die Decke.

»Wir können auch den Kamin im Schlafzimmer anzünden«, schlug er vor.

»Nein. Das ist doch super. Lass uns mal gucken, was gerade läuft.«

Er griff nach der Fernbedienung und nahm neben ihr Platz. »Wo hast du das Sweatshirt gefunden?«

»Es lag in deinem Schrank. Hast du etwas dagegen?«

»Ganz und gar nicht. Ich wusste nur nicht, dass du in meinen Sachen herumschnüffelst.«

»Es ist mir aufgefallen, als ich vorhin meine Sachen aufgehängt habe.« Sie grinste ihn an. »Wer es findet, darf's behalten.«

Konnte sie noch niedlicher sein?

»Da!« Sie deutete auf den Fernseher. »*Armageddon* ist richtig gut.«

»Lass mich raten: Du stehst auf Ben Affleck.«

Sie verzog das Gesicht. »Vergiss es. Ich stehe auf Bruce Willis und schaue mir jeden Film mit ihm an. Wer ist es bei dir?«

»Das verrate ich dir nicht. Ich weiß doch genau, wie das läuft: Du tust so, als wäre es dir egal, doch dann sehen wir uns keine Filme mehr an, in denen sie mitspielt.« Er drückte ihr einen Kuss auf den Scheitel. »Ich werde übrigens meine *Stirb langsam*- und *Das fünfte Element*-DVDs verbrennen.«

»Du spinnst doch.«

»Und trotzdem bist du mit mir zusammen.«

Sie machten es sich bequem und sahen sich den Film an. »Ich glaube, abgesehen von besonders wichtigen Geschäftsabschlüssen war das heute der beste Tag meines Lebens«, sagte sie nach einigen Minuten.

Er freute sich sehr über dieses Geständnis. »Heute war auch der schönste Tag meines Lebens. Ich bin neben dir aufgewacht, habe mit dir im Kino geknutscht, mit dir getanzt und darf dich in meinem Lieblingssweatshirt sehen. Mir gefällt, was aus uns geworden ist, Aubrey, und auch wenn du es gestern Abend nicht hören wolltest, werde ich es jetzt aussprechen: Ich bin dabei, mich bis über beide Ohren in dich zu verlieben.« Er gab ihr noch einen Kuss auf die Schläfe. »Eigentlich bin ich längst über diesen Punkt hinaus und ich möchte das auch nicht länger für mich behalten. So etwas habe ich noch für keine Frau empfunden. Du bist die Eine für mich, Wattsy. Ich liebe dich mehr, als ich es je für möglich gehalten hätte.«

Sie stieß ein Geräusch aus, und er beugte sich vor, damit er ihr Gesicht sehen konnte. Ihr Mund stand leicht offen, sie hatte die Augen geschlossen und schnarchte leise. Er schüttelte grinsend den Kopf. »Und da glaubte ich schon, ich könnte dich nicht noch mehr lieben …«

Am Sonntagmorgen summte Aubrey »Out of the Woods« mit, während sie French Toast zubereitete. Sie war irgendwann in der Nacht aufgewacht, als Knox sie ins Schlafzimmer getragen hatte. Danach hatte er ihr geholfen, eines seiner T-Shirts überzuziehen, und sie wusste noch, wie er sie in den Armen gehalten hatte. Sie musste wieder eingeschlafen sein, denn an diesem Morgen war sie bei Sonnenaufgang wach geworden und hatte sich energiegeladen und ausgeruht gefühlt, ihn jedoch nicht wecken wollen. Die Schlafmütze hatte noch tief und fest geschlummert, als sie sich aus dem Zimmer schlich, um Kaffee zu kochen, leise Musik zu hören und in seiner Küche herumzustöbern.

Sie hielt sich den Pfannenwender wie ein Mikrofon vor den Mund und sang den Text des Liedes mit.

»Ich hatte ja keine Ahnung, dass ich mit Taylor Swift zusammen bin.«

Ohne aus dem Takt zu kommen, wirbelte sie herum und trällerte weiter, während sie auf ihn zutänzelte. Er streckte die Arme nach ihr aus, und sie drehte sich abermals um und sang den Refrain mit dem Rücken zu ihm, wobei sie mit den Schultern und den Hüften wippte und ihn umkreiste. Lächelnd legte er ihr die Arme um die Taille und bedeckte ihr Gesicht und ihren Hals mit Küssen, bis sie vor Wonne kreischte. Sein Körper war noch bettwarm, und als sie sich an ihn presste, spürte sie durch die dunklen Boxershorts seine harte Länge.

»Guten Morgen, meine Schöne.«

»Guten Morgen, mein Hübscher. Ich bin eine viel bessere Freundin als Taylor Swift. Sie hat öfter einen neuen Freund, als ich beim Sport das Handtuch wechsle.«

Er folgte ihr zum Herd, drückte sich an sie und spähte über ihre Schulter. »Das riecht fast so gut wie du.«

»Ich hoffe, du magst French Toast. Bedauerlicherweise lebst du wie ein Mann, der sich die Hälfte der Zeit bei seiner Freundin aufhält.« Sie gab die Toastscheiben auf zwei Teller. »Ich habe Eier, Milch, Butter und Bier im Kühlschrank gefunden, und dein Vorrat gab auch nicht mehr her.«

»Ich lebe von Luft und Liebe.« Er ließ die Hände über ihre Hüften und unter ihr T-Shirt wandern. »Himmel, Babe. Du hast ja gar nichts drunter.«

»Ups«, murmelte sie mit Unschuldsmiene und drehte sich mit einem Teller in jeder Hand um. »Das Frühstück ist fertig.«

Mit gierigem Blick zog er sie an sich und hob sie auf die Arbeitsplatte. »Ich bin am Verhungern.«

»Ich auch …«

Er riss ein Stück vom Toast ab und steckte es ihr in den Mund. »Bitte sehr, Süße. Genieß dein Frühstück.« Mit einem lüsternen Funkeln in den Augen kniete er sich vor sie. »Meins wird mir garantiert schmecken.«

Schon presste er die Lippen auf ihre Scham und sorgte dafür, dass sie jeden Gedanken ans Essen vergaß. Er leckte, streichelte und liebkoste sie, bis sie am ganzen Körper bebte. Sie ballte die Finger in seinem Haar und stieß lustvolle Geräusche aus, während er sie bis kurz vor den Höhepunkt brachte.

»Knox«, flehte sie.

Vor ihren Augen verschwamm alles, ihr Innerstes schien in Flammen zu stehen, und da ließ er sie endlich kommen.

Nachdem sie wieder halbwegs klar denken konnte, stieß sie keuchend hervor: »Schlafzimmer. Sofort.«

Er küsste sie leidenschaftlich und hob sie von der Arbeitsplatte, um sie aus der Küche zu tragen.

»Warte!« Sie griff nach dem Sirup und entlockte ihm das breiteste Grinsen, das sie je bei ihm gesehen hatte.

Mehrere klebrige Orgasmen – und einen Ausflug unter die Dusche, bei dem sie nicht nur sauber wurden – später verputzten sie den French Toast und verbrachten den restlichen Tag entspannt im Loft, sahen sich Filme an, küssten sich immer wieder und beantworteten ihre E-Mails. Zum Mittagessen bestellten sie sich Pizza und abends chinesisches Essen, und Aubrey war durch und durch entspannt und vor Glück fast schon euphorisch. Eigentlich wollte sie gar nicht gehen, aber Knox würde ganz früh nach Los Angeles fliegen und Aubrey hatte um acht Uhr ein Frühstückstreffen mit Zane Walker und seiner Frau Willow, um den geplanten Film zu besprechen – und sie wollte auf keinen Fall zu spät kommen, weil sie in der Stadt geblieben war. Sie sagte sich, dass sie Knox vermutlich in wenigen Tagen wiedersehen würde und bis dahin gut allein klarkam. Aber sie wusste nicht, wie sie mit der Leere umgehen sollte, die in ihrem Inneren entstand und sie wie Blei hinabzog, wenn sie nur daran dachte, dass sie Zeit ohne ihn verbringen musste. Dabei kam sie sich auch noch bedürftig und schwach vor, was ihr ganz und gar nicht gefiel.

Sie faltete ihre Sachen und versuchte, sich zusammenzureißen, als Knox ihren Koffer ins Schlafzimmer trug und aufs Bett stellte.

»Warum lässt du nicht einfach ein paar Sachen für das nächste Mal hier?« Er hob ihren schwarzen Spitzen-BH hoch. »Den brauchst du doch in Port Hudson nicht, solange ich weg bin.«

Sie riss ihm den BH aus der Hand. »Ich brauche ihn für den Dankbarkeitsball am nächsten Wochenende, und Gott allein weiß, wie er aussehen würde, wenn ich ihn hierlasse.« Sie warf ihn in den Koffer und ließ sich auf die Bettkante sinken. Ihr Brustkorb zog sich zusammen, und es wurde immer schlimmer, als würde sie ihn bereits jetzt derart vermissen, dass ihr Herz anschwoll und ihr Innerstes ausfüllte.

Was in aller Welt ist nur los mit mir?

Er setzte sich neben sie. »Wir haben immer noch FaceTime, wenn ich in Los Angeles bin. Uns fällt bestimmt etwas Gutes ein, was wir mit diesem schwarzen BH anstellen können, ohne ihn zu zerreißen.«

Sie legte lachend den Kopf an seine Schulter. »FaceTime-Sex? Das wäre das erste Mal für mich.«

Er gab ihr einen Kuss auf die Wange. »Für mich auch, Wattsy. Aber eigentlich gefällt es mir, deine Sachen hier zwischen meinen zu sehen. Dann fühle ich mich dir näher, wenn ich in der Stadt bin, gerade in den Nächten, in denen ich hier festsitze und du in Port Hudson bist.« Er griff nach seinem Lieblingssweatshirt, das zwischen ihren Sachen lag, und legte es ihr in den Schoß. »Du kannst es gern mitnehmen, wenn du magst.«

»Ich werde es zu Hause tragen.«

Er grinste sie an.

»Wer es findet, darf's behalten, schon vergessen?«, meinte sie leise. »Du wirst also nur ein paar Tage weg sein?«

»Vermutlich. Aber wir hören auf jeden Fall jeden Tag voneinander. Ich muss doch deine Stimme hören. Und sobald ich weiß, wann ich zurückkomme, lasse ich es dich wissen.«

»Okay, gut …« Sie stand auf und war ganz durcheinander und nervös, als sie sich wieder ans Packen machte und versuchte, sich nichts anmerken zu lassen. »Habe ich dir schon erzählt, dass Becca das perfekte Kleid für den Ball hat? Es gibt sogar einen passenden Kopfschmuck dazu. Ich habe Paige ein Foto geschickt und sie ist ganz begeistert. Hoffentlich wirst du in Los Angeles nicht aufgehalten, denn ich würde den Ball am Samstag nur ungern verpassen. Paige und deine Mom freuen sich so, dass wir kommen.«

Er erhob sich ebenfalls und nahm ihr die Jeans aus der Hand. »Die Hose hast du jetzt schon das zweite Mal gefaltet, und du redest schneller, als ich zuhören kann. Was ist los?«

»Nichts. Ich freue mich nur so auf den Ball.« Sie wollte ihm die Jeans abnehmen, aber er ließ nicht los. Als sie den Kopf hob, bemerkte sie seinen besorgten Blick.

»Rede mit mir, Aubrey.« Er warf die Jeans aufs Bett.

Ihr Brustkorb zog sich zusammen und sie wandte sich ab und stieß zwischen zusammengebissenen Zähnen hervor: »Ich will das alles nicht.«

»Dann lass die Sachen hier. Ich sagte doch schon, dass mir das sowieso lieber wäre.«

Sie wirbelte herum und ihr schlug das Herz bis zum Hals. »Es geht nicht um die blöden Klamotten. Ich werde dich vermissen. Okay? Sehr sogar. Und dabei fühle ich mich …« Sie zog die Schultern an und krümmte sich.

»Als wärst du aus dem Gleichgewicht geraten?« Er nahm sie in die Arme. »Als hättest du zum ersten Mal in deinem Leben nicht die Kontrolle und du weißt nicht, wie du mit diesem seltsamen Gefühl umgehen sollst?« Er kniff die Augen zusammen. »Du würdest am liebsten davor weglaufen, weißt aber auch, dass du es dadurch nur schlimmer machst?«

Sie vergrub das Gesicht an seiner Brust und nickte.

»Ich sage dir das nur ungern, Aubrey, aber du kannst vor deinen Gefühlen nicht weglaufen. Das weiß ich aus Erfahrung. Ich bin um die halbe Welt gereist, weil ich genau das versucht habe.«

Sie blickte zu ihm auf. »Ich hasse dich für das, was du mir antust.«

»Wenn ich mich nicht schrecklich irre, ist hassen nicht das Wort, das du suchst.«

Ihr Herz raste. »Es mag nicht das richtige Wort sein, aber wenn unsere Beziehung das« – *diese Liebe* – »in mir hervorruft, dann muss ich möglicherweise noch einmal darüber nachdenken.« Sie ging panisch auf und ab. »Wie soll ich arbeiten, wenn sich mein Herz wie eine Kanonenkugel anfühlt? Es ist ja nicht so, als würdest du wegziehen! Du verlässt nur für ein paar Tage die Stadt. Das ist keine große Sache, richtig? Richtig! Das ist verrückt. Es ist absolut und vollkommen idiotisch, dass ich schon so durchdrehe, wenn ich nur daran denke, wie sehr ich dich vermissen werde.« Sie warf ihre Sachen in den Koffer, dabei wollte sie das eigentlich gar nicht – sie wollte sich wieder normal fühlen und die Kontrolle haben. Stöhnend klappte sie den Kofferdeckel zu. »Ich lasse alles hier. Einfach alles. Stört dich das?«

Er nahm ihre Hände, setzte sich aufs Bett und zog sie auf seinen Schoß. Dann blickte er ihr lächelnd ins Gesicht und strich ihr eine Haarsträhne hinters Ohr. Sie sah vermutlich aus wie eine Verrückte, jedenfalls fühlte sie sich so.

»Atme, Wattsy. Hol einfach zusammen mit mir tief Luft,

okay?« Er atmete langsam ein und sie verdrehte die Augen. »Bitte. Tu es für mich.«

Als er erneut einatmete, machte sie es ihm notgedrungen nach.

»Gut. Ich wollte nur sichergehen, dass du mir noch zuhörst und verarbeiten kannst, was ich dir gleich sagen werde.«

»Bitte tu das nicht! Sag jetzt nichts so Bedeutsames, das mir den Rest gibt.«

»Ich kenne dich inzwischen gut genug, um zu wissen, wann ich mich zurückhalten muss. Aubrey Stewart aus der Footballdynastie, nicht der Stewart-Limonadenfabrik, du bist eine brillante Frau. Du kannst verdammt gute Geschäftsabschlüsse aushandeln und Männer mit einem Seitenblick in die Knie zwingen. Ich vertraue darauf, dass du dich wie eine vernünftige Frau verhalten kannst und das zwischen uns akzeptierst, was wir nicht aussprechen. Und du musst wissen, dass es mir schrecklich schwerfällt, dir das alles zu sagen, weil ich dir am liebsten jegliche Vernunft aus dem Leib vögeln würde, bis du gar nichts mehr sagen kannst.«

Sie lehnte seufzend die Stirn an seine. »Bist du echt oder nur ein Produkt meiner Fantasie? Denn ich hätte nicht gedacht, dass es Männer wie dich wirklich gibt.«

»Es gibt sie auch nicht.« Er legte ihr die warmen Hände an die Wangen und sah ihr tief in die Augen. »Ich bin der einzige und zu deinem Glück gehöre ich ganz dir.«

Sechzehn

»Nur, damit ich das richtig verstehe«, sagte Becca zu Aubrey, als sie am Freitagnachmittag den Konferenzraum verließen. »Ich mache für Anfang der Woche einen Termin mit Salvatore aus und informiere mich über die Verfügbarkeit unserer besten drei Castingagenten für Zanes Film. Und was ist mit Monroe House? Gibt es da schon Neuigkeiten?« Salvatore war ein viel beschäftigter Regisseur.

»Oh Mann. Das wollte ich dir schon die ganze Zeit sagen.«

»Du warst diese Woche auch ziemlich abgelenkt.«

»Das kannst du laut sagen. Knox trifft sich morgen vor dem Ball mit Landon, und für den Fall, dass sich Landon weiterhin querstellt, hat Knox versprochen, sich meine zweite Wahl anzusehen, während er in LA ist.«

»Das Brookstone? Und …?«, hakte Becca nach. Sie sah aus, als käme sie direkt vom Set der Fünfzigerjahre-Serie *I Love Lucy*. Ihr Haar war zu einer dieser typischen Frisuren hochgesteckt, und sie trug ein altmodisches, halblanges schwarzes Kleid mit Dreiviertelärmeln und einem durchsichtigen, mit schwarzen und weißen Punkten verzierten Dreieck, das vom Saum bis zur Taille reichte. Ein kirschroter Lippenstift komplettierte den Look.

»Es ist nicht Monroe House, ginge zur Not aber auch. Ich bin Knox sehr dankbar, dass er versucht, Landon zu überzeugen, aber wir können wirklich nicht länger warten. Wenn er morgen keine Entscheidung trifft, müssen wir uns mit dem Brookstone zufriedengeben.«

»Verstanden«, erwiderte Becca. »Ich bin froh, dass du eine Entscheidung treffen möchtest, denn Chars Fans drehen wegen des Films schon fast durch. Ich kann es kaum abwarten, endlich die Hauptdarsteller anzukündigen. Auf ihren Seiten in den sozialen Medien gibt es seit Monaten nur noch dieses eine Thema.« Becca kümmerte sich um Charlottes Konten in den sozialen Medien, damit sich Charlotte aufs Schreiben konzentrieren konnte.

»Sobald der Drehort und die Termine bestätigt sind, kannst du eine Ankündigung rausgeben.«

Die Fahrstuhltüren gingen auf, als die beiden Frauen daran vorbeiliefen, und Presley stürzte heraus und prallte gegen Aubrey. Sie hatte den Mund voll und hielt einen riesigen angebissenen Keks in einer Hand.

»Pass doch auf, Pres!«

»Entschuldige.« Sie hielt sich die freie Hand vor den Mund. »Ihr dürft mir das nicht übel nehmen. Ich habe da eine Autorin, die ihren Abgabetermin nicht einhalten kann.«

»Tja, und ich habe eine Chefin, die seit fast einer Woche auf ihren Mann verzichten muss.« Becca hob eine Hand mit der Handfläche nach oben.

Presley brach ein Stück von ihrem Keks ab und reichte es Becca, die es sich sogleich in den Mund steckte. »Danke. Ich muss noch einiges erledigen. Wie lange arbeiten wir heute?«

»Ich mache nicht so lange«, antwortete Aubrey. »Knox' Flieger landet um sechs und danach holt er mich ab. Ich möchte ihn zum Valentinstag mit einem Abendessen überraschen und muss vorher noch fix einkaufen. Darum mache ich vermutlich so gegen vier Feierabend.«

Becca fiel die Kinnlade herunter. »Du machst früher Feierabend? Wow. Wenn ich geahnt hätte, dass es nur einen heißen Kerl braucht, um das zu erreichen, dann hätte ich Knox sogar dafür bezahlt, dass er hier einzieht.«

»Schön für dich, Aubrey. Dann trinkst du heute wohl nichts mit Libby und mir. Zum dritten Mal in Folge«, merkte Presley pikiert an.

»Ich weiß, aber darum waren wir ja Mittwochabend was trinken, nicht wahr?« Die Drinks hatten ihr auch dabei geholfen, sich für ihr heißes FaceTime-Treffen mit Knox zu entspannen. Sie hatte sich zusammengerissen und tagsüber auf die Arbeit konzentriert, was auch gut klappte, aber jeden Abend nach ihrem Telefonat vermisste sie ihn nur noch mehr. Daher war sie mehr als bereit gewesen, es mit einem Videochat zu versuchen, und danach hatte sie wie ein Baby tief und fest und in sein Sweatshirt gekuschelt geschlafen.

»Außerdem gehört deinem Mann die Bar, in der wir immer etwas trinken gehen«, erwiderte Aubrey. »Es ist also nicht so, als könntest du ihn deswegen nicht sehen, so wie es mir mit Knox geht. Jetzt muss ich aber los, damit ich die geplanten Anrufe noch alle schaffe. Viel Glück mit deiner Autorin. Ich bitte Trinity, dich dieses Wochenende besonders hart ranzunehmen, damit du den Stress abarbeiten kannst.«

»Wag es ja nicht. Falls wir uns nicht mehr sehen, bevor du gehst: Viel Spaß auf dem Ball«, sagte Presley. »Ich möchte Fotos von dir in diesem Kleid sehen.«

»Sie sieht darin heiß aus«, warf Becca ein.

»Danke. Ich kann es kaum erwarten, Knox im Smoking zu

sehen. Nein, vielmehr kann ich es kaum erwarten, ihm den Smoking vom Leib zu reißen.«

Presley lachte auf. »Es hat sie wirklich erwischt, was, Bec?«

»Du hättest sie sehen sollen, wie sie vorhin ins Leere gestarrt und von ihm geträumt hat.« Becca senkte die Stimme. »Das war schon ein bisschen unheimlich, Miss Oberboss zu beobachten, wie sie wegen eines Mannes ganz verträumt wird.«

Aubrey war schon auf dem Weg in ihr Büro und rief über die Schulter zurück: »Uuuuund damit bist du wieder mal gefeuert.«

»Du kannst mich nicht feuern«, konterte Becca. »Du liebst mich!«

Knox parkte hinter dem Bürogebäude von Ladies Who Write und telefonierte über Bluetooth, konnte Landon jedoch nur eine Nachricht hinterlassen. »Hey, ich bin's noch mal. Ich weiß, dass wir vereinbart haben, uns morgen vor dem Ball zu treffen, aber falls du da bist, würde ich gern noch mal mit dir reden, bevor wir in die Stadt fahren. Ruf mich zurück.« Er legte auf, schnappte sich die Geschenke, die er für Aubrey gekauft hatte, und betrat das Gebäude, um sie zu überraschen. Er hatte ihr nicht mitgeteilt, dass sein letztes Meeting kurzfristig abgesagt worden war und er einen früheren Flug nehmen konnte.

Sein Herz raste, als er mit dem Fahrstuhl zu ihrem Büro fuhr. Beim Verlassen der Kabine lächelte ihn die Empfangsdame an, und er hielt sich im Näherkommen einen Finger an die Lippen, damit sie Aubrey nicht schon informierte.

Dann beugte er sich über den Empfangstresen. »Ich möchte

Aubrey überraschen. Ist sie in der Nähe?«

»Ja, Mr. Bentley. Soll ich Becca sagen, dass Sie kommen?«

»Nein danke. Ich regle das mit Becca.«

Er ging zu Aubreys Büro und hoffte, dass sie für diesen Nachmittag keine Meetings geplant hatte, denn er hatte vor, sie für einen Abend zu zweit zu entführen, bevor sie das Wochenende mit seiner Familie und zweihundert Geschäftspartnern seiner Eltern verbringen mussten.

Becca saß nicht an ihrem Schreibtisch. Als sich Knox Aubreys Bürotür näherte, hörte er die Stimmen der beiden Frauen. Er holte tief Luft, ermahnte sich, ruhig zu bleiben, und trat in den Türrahmen. »Hallo, meine Schöne.«

»Knox!« Aubrey sprang auf. Sie sah in dem engen schwarzen Rock und der tief ausgeschnittenen Bluse sehr sexy aus.

»Hey, du Hübscher«, sagte Becca und kam zur Tür geschlendert. »Es spricht zwar nicht gerade für deine guten Manieren, mich vor deiner Liebsten als Schöne zu bezeichnen, aber …« Sie schob ihn weiter ins Büro. »Ich mache beim Rausgehen die Tür zu.«

Während sie hinausging, kam Aubrey in ihren hochhackigen Schuhen durch den Raum gestürmt und fiel ihm um den Hals. »Du bist früh zurück!« Sie küsste ihn zärtlich. »Damit hast du meine Überraschung ruiniert.« Eigentlich konnte sie gar nicht mehr aufhören, ihn zu küssen.

»Soll ich wieder gehen?«, fragte er, wurde jedoch durch ihre Küsse zum Schweigen gebracht.

»Nein! Verriegle die Tür!«

Er griff nach hinten und schloss ab und Aubrey nahm seine Hand und zog ihn zu einer Tür hinter ihrem Schreibtisch.

»Wo gehen wir denn hin? Ich habe dir ein Geschenk mitgebracht.«

»Du bist mein Geschenk.« Sie führte ihn in den Nebenraum, in dem eine Couch und ein Tisch standen, und schloss die Tür. »Das ist mein Umkleidezimmer. Da hinten ist auch ein kleines Bad.« Sie deutete auf eine weitere Tür auf der gegenüberliegenden Seite des Raums.

»Du hast mir so gefehlt.«

Er stellte die Geschenktasche ab, nahm sie in die Arme und ließ seine ganze aufgestaute Leidenschaft in ihre gierigen Küsse fließen. Sie zerrten an der Kleidung des anderen und konnten sich gar nicht schnell genug ausziehen. Seine Hose ballte sich bereits zu seinen Füßen und er stieß hervor: »Ich will dich!«

Rasch schob er ihren Rock hoch, packte ihr Höschen und zerriss es mit einem Ruck. Während die Stofffetzen zu Boden segelten, hob er Aubrey bereits hoch und ließ sie auf seine pochende Erektion herab.

»Oh Gott, ja …«

Ihre Worte wurden durch ihre wilden Küsse gedämpft, während er sich leidenschaftlich in sie stieß. Er umklammerte ihre Pobacken und half ihr, sich im Einklang mit ihm zu bewegen. Sie bohrte die Fingernägel in seine Schultern und zog sich fest um ihn zusammen, was ihn nur noch mehr erregte.

»Hör nicht auf«, flehte sie.

»Niemals.«

Er knabberte an ihrem Hals und liebkoste ihren Hintern, weil er genau wusste, wie er sie um den Verstand bringen konnte. Aubrey schrie auf, und ihre Münder prallten aufeinander, als sie sich ihrer Leidenschaft hingaben und er direkt nach ihr ebenfalls heftig kam. Er lehnte sich mit dem Rücken an die Tür und hielt sie fest, während ihre Körper noch einige Zeit zuckten und bebten. Sie drückte eine Wange auf seine Schulter, und er küsste sie sanft, während sie noch beide nach Atem rangen.

»Damit hatte ich nicht gerechnet«, gestand er ihr.

»Bei uns kommt alles unerwartet.« Sie schmiegte sich an seinen Hals. »Ich hab dich vermisst.«

»Ja, das war sogar noch härter als meine Zeit in Belize. Völlig verrückt.« Er spürte, wie sie lächelte. »Aber auf wunderschöne Art verrückt.«

Einige Zeit später, als sich ihr Herzschlag beruhigt hatte und ihre Beine sich nicht mehr taub anfühlten, wuschen sie sich, ordneten ihre Kleider und er nahm sie in die Arme, küsste sie zärtlich und genoss jede Sekunde.

»Fangen wir noch mal von vorn an«, meinte er. »Hallo, meine Schöne. Ich habe dir ein Geschenk mitgebracht, aber was hast du damit gemeint, dass ich deine Überraschung ruiniert habe? Denn ich kann dir versichern, dass du mich eben schon sehr überrascht hast.«

Sie schenkte ihm ein süßes Lächeln, bei dem sein Herz sofort wieder schneller schlug. Himmel, wie er diese Frau liebte!

»Ich wollte früh Feierabend machen und dir etwas Leckeres kochen.«

»Sieh einer an, du wirst noch richtig häuslich.« Er küsste sie noch einmal. »Ich würde ja behaupten, dass es mir leidtut, so früh hier aufgetaucht zu sein, aber das wäre gelogen. Aber ich freue mich schon sehr auf das Essen, das mir meine Süße nachher kochen wird. Jetzt bin ich aber erst einmal an der Reihe.« Er griff in die Geschenktasche und reichte ihr eine Schachtel. »Alles Liebe zum Valentinstag, Schatz.«

»Du hättest mir doch kein Geschenk kaufen müssen.«

»Ich habe es extra für dich anfertigen lassen.«

Sie zog die rosafarbene Schleife ab, hob den Deckel an und musste beim Anblick des Footballtrikots mit dem »Bentley«-Aufdruck auf dem Rücken lächeln. Strahlend gab sie ihm einen

Kuss. »Mein Lieblingsteam. Danke.«

»Ich kann doch nicht zulassen, dass du bei den Spielen ein Trikot mit dem Namen eines anderen Mannes trägst.«

»Du bist wirklich sehr besitzergreifend.« Sie strich mit den Fingern über das Trikot. »Das gefällt mir an dir, aber nur, weil ich genauso bin. Auf deinem Trikot würde stehen: *Gehört Aubrey Stewart,* damit die glotzenden Weiber gleich wissen, was für ein Glück ich habe.«

»Du bist mir schon eine.« Er zog sie an sich und küsste sie.

Sie nahm das Trikot aus der Schachtel und da fiel auch das eigentliche Geschenk heraus. »Oh!« Sie bückte sich, um das Kästchen aufzuheben, und warf ihm beim Aufrichten einen kritischen Blick zu. »Was hast du getan?« Sie spähte hinein und stieß die Luft aus. »Oh, Knox … Es ist wunderschön.«

Er nahm das Diamantarmband mit dem herzförmigen goldenen Anhänger heraus und legte es ihr an. »Du verdienst es, dass man dir die Welt zu Füßen legt, Wattsy, und genau das habe ich auch vor. Aber zuerst …« Er griff in die Tasche und reichte ihr noch eine kleine Schachtel.

»Knox! Du hast mir doch schon so viel geschenkt.«

»Das sollst du mir geben, weil ich ein egoistischer Mensch bin.«

Sie musste lachen. »Oh, okay. Knox, Liebling, das ist für dich. Ich hoffe, es gefällt dir.«

»Oh, das wird es.« Er öffnete die Schachtel und nahm eine silberne Halskette heraus, an der ein Schlüssel baumelte. »Du hast mir eben den Schlüssel zu deinem Herzen gegeben. Jetzt wirst du mich nicht mehr los.«

Kurz bevor seine Lippen die ihren berührten, flüsterte sie: »Du hast nie einen Schlüssel gebraucht. Dir gehört mein Herz schon lange.«

Siebzehn

Am späten Samstagnachmittag herrschte reges Treiben im Hotel, während die letzten Vorbereitungen für die abendliche Feier getroffen wurden. Den ganzen Tag über waren Gäste in Limousinen und teuren Autos eingetroffen und hatten sich vor den beiden diskreten Gesellschaftsfotografen postiert, den einzigen eingeladenen Medienvertretern. Aubrey war an feine Abendgesellschaften gewöhnt, aber inzwischen kannte sie den Unterschied zwischen den Events, die sie besuchte, und dem Ball von Knox' Eltern. Das ganze Hotel schien von einer Aura durchdrungen zu sein, die Rang und Bedeutung ausstrahlte, dabei sehr beklemmend wirkte und sich stark von der Ruhe unterschied, die Aubrey bei ihrem ersten Besuch im Monroe House erlebt hatte.

Sie hatte nicht gedacht, seine Eltern vor dem Abend zu sehen, und damit gerechnet, dass sie mit den Vorbereitungen und Gästen beschäftigt sein würden. Doch sie überraschten Aubrey und Knox, indem sie sie an der Tür mit einer herzlichen Umarmung und aufrichtiger Freude empfingen. Aubrey und Paige hatten sich schon den ganzen Vormittag Nachrichten geschickt und freuten sich auf das Wiedersehen und den prächtigen Ball. Aubrey vermutete, dass Paige ihren Eltern ihre

Ankunftszeit verraten hatte, und schloss sie dafür nur noch mehr in ihr Herz. Mit anzusehen, wie Knox und seine Eltern auf dem besten Weg waren, zu einer richtigen Familie zu werden, erfreute Aubrey ungemein.

Später an diesem Tag spürte sie noch eine ganz andere Art von Glück. Sie warf Knox im Badezimmerspiegel ihrer luxuriösen Suite, wo sie sich für die Party zurechtmachten, einen Blick zu und dachte: *Das habe ich alles nur dir zu verdanken.* Bevor Knox in ihr Leben getreten war, hatte sie sich für eine der erfolgreichsten Unternehmerinnen der Welt gehalten und allein daraus ihr Glück geschöpft. Nun erkannte sie jedoch, dass Glück viele Formen annehmen konnte. Neben dem Gefühl, bei LWW etwas geleistet zu haben, und dem Stolz darauf gab es noch das Glück, das sie beim Zusammensein mit ihrer Familie und ihren Freunden empfand. Aber sie hatte es bisher nie gewagt, diese andere Sache zu erkunden, die sie so erbittert zu ignorieren versuchte. Gleichzeitig hatte sie diese vorher nicht wahrgenommene Leere stets mit Arbeit füllen wollen. Während dieser Zeit hatte sie alles daran gesetzt, die Gefühle zu verdrängen, ebenso wie den Mann, dem sie galten, weil sie glaubte, das alles würde nur zu überflüssigen Dramen führen.

Sie beobachtete, wie Knox mit seinen kräftigen Fingern an den kleinen Hemdknöpfen herumhantierte, während ihm die Fliege noch ungebunden um den Hals hing.

Er sah in den Spiegel und bemerkte ihren Blick. »Was ist?«

Alles, lag ihr bereits auf der Zunge. Ebenso wie die drei Worte, die ihr bisher noch nicht über die Lippen kommen wollten. Sie trat in ihren hochhackigen Schuhen und dem silbernen Glitzerkleid an ihn heran und schob seine Hände weg, um ihm das Hemd zuzuknöpfen. Zwar hatte sie immer gewusst, dass sie etwas für Knox empfand, aber ihre jetzigen Gefühle übertrafen alles. Sie blickte auf ihr wunderschönes Armband hinab, das im hellen Licht glitzerte, und betrachtete die Silberkette um seinen Hals. Knox war nicht der Typ Mann, dem eine Frau leichtfertig ihre Liebe gestand. Das war ein viel zu bedeutsames Geständnis, und es reichte nicht aus, die drei Worte einfach auszusprechen. Sie wollte ihm ihre Liebe auf eine Art und Weise zeigen, bei der er genau wusste, wie viel er ihr bedeutete. Sie wollte etwas tun, von dem er wusste, dass sie es für keinen anderen getan hätte.

»Hab ich dir schon gesagt, wie unfassbar heiß du heute Abend aussiehst?«, fragte er leise und legte ihr eine Hand auf die Hüfte.

»Erst fünfmal, aber wer zählt da schon mit?«

»Es stimmt aber. Ich kann von Glück reden, dass du meine Begleiterin bist, denn wenn es anders wäre, müsste ich dich demjenigen abspenstig machen, mit dem du dann hergekommen wärst, und das wäre für diesen Mann äußerst peinlich.«

»Diesem fiktiven Mann«, rief sie ihm ins Gedächtnis. »Warst du schon immer so dreist?«

»Du bezeichnest es als dreist, ich würde es eher charmant nennen.« Er legte eine Hand auf ihre. »Danke, dass du mich überredet hast, auf diesen Ball zu gehen. Es war die richtige Entscheidung.«

Sie lächelte und freute sich, dass sie sich da einig waren. »Ich bin froh, dass wir hier sind.«

»Hast du noch immer vor, mit Landon zu sprechen, bevor wir auf den Ball gehen?«

Aubrey war derart in Gedanken gewesen und hätte beinahe vergessen, dass sie ihn gebeten hatte, auch mit seinem Bruder sprechen zu können. Sie wollte ihm den Filmdreh noch einmal schmackhaft machen, seine Sorgen in Bezug auf den Medienzirkus beruhigen und die Gelegenheit bekommen, auch andere Vorbehalte aus dem Weg zu räumen. Dieses Gespräch sollte heute eigentlich ihr wichtigster Tagespunkt sein, war es jedoch nicht.

»Das hatte ich eigentlich vor«, erwiderte sie, als ihr eine Idee kam, »aber dann ist mir etwas eingefallen, was ich vorher noch erledigen muss. Und dafür brauche ich Paige.«

Sie hatte sein Hemd zugeknöpft und griff nach ihrem Kopfschmuck. Während sie aus dem Bad eilte, setzte sie sich den verzierten silbernen Haarreif mit Blatt- und Perlenornamenten auf die professionell frisierten Locken, die sie sich zuvor bei ihrem Friseurbesuch mit Paige hatte legen lassen.

Er folgte ihr durch das Schlafzimmer. »Ich komme mit. Wir haben noch etwa eine Stunde Zeit und ich wollte vor der Party noch etwas mit dir besprechen.«

»Nein!«, protestierte sie und griff nach dem Türknauf. »Das muss ich allein machen. Es geht um eine Mädchensache. Wir treffen uns vor dem Ball unten, dann können wir reden.« Ihr Herz raste, als sie die Tür aufriss und einen letzten Blick auf den Mann warf, der ihr Herz erobert hatte. In diesem Augenblick wusste sie, dass nichts, was sie in ihrem Leben getan hatte, so wichtig gewesen war wie das, was sie vorhatte. Entschlossener als je zuvor betrat sie den Flur und ging schnellen Schrittes zur Treppe.

Ein Paar verließ die Nachbarsuite und Aubrey wurde etwas langsamer. Sie lief die Stufen hinunter und bahnte sich einen Weg durch die überfüllte Lobby und das Restaurant, während sie versuchte, sich ihre Aufregung nicht anmerken zu lassen. Als sie die Küchentür aufriss, stellte sie erschrocken fest, dass sich hier dreimal so viele Menschen aufhielten wie bei ihrem letzten

Besuch. Jede Arbeitsfläche war mit Lebensmitteln und Kochutensilien bedeckt und die mit weißen Schürzen bewehrten Angestellten waren eifrig am Werk. Dampf stieg von den Töpfen auf den Herden auf, Schalen wurden in Öfen geschoben oder herausgenommen. Und sie stand einfach nur wie erstarrt da und fragte sich, was in aller Welt sie sich nur dabei gedacht hatte.

»Achtung«, rief ein Mann mit einem großen Tablett voller Teller, kam durch die Türen und drängte sich an ihr vorbei.

Ihr sackte das Herz in die Hose und ihre romantischen Pläne schienen zum Scheitern verurteilt zu sein.

Möglicherweise konnte sie sich einen Wagen leihen und Joyce um Hilfe bitten. Das würde allerdings deutlich länger dauern und ihr blieb schon jetzt kaum genug Zeit. Knox hatte so viel für sie getan. Alles, was er sagte und unternahm, bewies seine Gefühle für sie. Jetzt wollte sie es ihm nachtun, und kein Ball würde sie davon abhalten, ihm zu beweisen, wie viel er ihr bedeutete.

Sie straffte die Schultern und sah sich nach Clyde um. Da entdeckte sie den kräftigen Mann, der den Menschen um sich herum wie ein Feldmarschall Befehle erteilte. Sie ging auf ihn zu und wartete, bis er fertig war.

»Könnte ich Sie kurz sprechen, Clyde?«

Er lächelte sie an, auch wenn ihm vermutlich eine Million Dinge durch den Kopf gingen. »Sie sehen hinreißend aus, Aubrey. Wie geht es Ihnen?«

»Gut, danke. Bitte entschuldigen Sie die Störung, aber ich möchte Sie um einen großen Gefallen bitten.« Sie folgte ihm durch die Küche zu zwei Frauen, die Gemüse klein schnitten, und wartete, bis er auch ihnen weitere Anweisungen gegeben hatte.

Bereits auf dem Weg zu seinem nächsten Ziel fragte er: »Einen Gefallen?«

»Ja. Ich bräuchte einen Ort, um etwas zu backen. Nur eine kleine Ecke, einen Stuhl oder einen Pappkarton, in den ich die Schüsseln stellen kann, während ich alles zusammenrühre. Notfalls ginge auch der Boden. Bitte!«

Er gluckste. »In meiner Küche muss niemand auf dem Boden arbeiten. Kommen Sie.« Er ging um drei Männer herum, die Fleisch zerteilten, und schaffte auf der Arbeitsfläche hinter ihnen etwas Platz. »Räum diesen Bereich bitte auf, Stephen. Danke.«

Der große, schlanke Mann, den er angesprochen hatte, erwiderte: »Ja, Sir«, und half ihm dabei, alles wegzuräumen.

»Danke. Vielen Dank. Ich … ähm …« *Gott, ist das peinlich.* »Kann ich mir vielleicht für ein paar Minuten ein Telefon, ein Blatt Papier und einen Stift ausborgen?«

Clyde zog amüsiert die buschigen Augenbrauen hoch. »Selbstverständlich.« Er deutete auf die gegenüberliegende Wand, an der ein Telefon neben einem Klemmbrett mit daran herunterbaumelndem Stift hing.

Sie fiel ihm um den Hals. »Vielen Dank!«

Während Clyde wieder an die Arbeit ging, schnappte sich Aubrey das Klemmbrett und wählte eine Nummer. »Mom? Ich bräuchte das Rezept für Grandmas Liebeskekse und zwar schnell.«

»Entschuldigung«, sagte Knox und bahnte sich einen Weg zwischen zwei Paaren hindurch, um sich auf die Suche nach

Landon Richtung Ballsaal zu begeben. Er wollte mit seinem Bruder sprechen, bevor Aubrey ihn traf. Seine Nachrichten waren unbeantwortet geblieben, aber er hätte sich eigentlich denken können, dass sein ach so perfekter Bruder an einem solchen Tag nicht daran denken würde, sein Handy bei sich zu haben.

»Da bist du ja!« Paige kam aus der Menge und berührte Knox am Arm. »Du hast dich aber schick gemacht, großer Bruder.«

Sein Blick wanderte über das bodenlange, perlenbesetzte lavendel-graue Kleid mit angeschnittenen Ärmeln und so tiefem Ausschnitt, dass man fast ihren Bauchnabel sehen konnte. »Du aber auch. Du siehst umwerfend aus, aber wäre es nicht besser, wenn du dir noch etwas drunterziehst?«

»Das kannst du vergessen. Das ist der wahre Gatsby-Stil.« Sie schaute sich um. »Wo steckt Aubrey?«

»Ich dachte, sie wäre bei dir.«

Paige schüttelte den Kopf. »Ich habe sie seit dem Friseurbesuch nicht mehr gesehen.«

»Sie sagte, sie wollte mit dir noch eine Mädchensache besprechen.«

»Ich war eine Weile unten im Haus. Vielleicht haben wir uns verpasst? Soll ich dir helfen, sie zu suchen?«

»Schon okay. Ich finde sie auch allein. Hast du Landon gesehen?«

»Ja. Vor einigen Minuten stand er noch mit Dad am Seiteneingang des Ballsaals.«

Ihr Blick fiel über Knox' Schulter, und sie strahlte, als hätte sie Zac Efron oder Duncan Raz gesehen. Knox drehte sich gerade noch rechtzeitig um, damit er sehen konnte, wie der bärtige, bebrillte Fotograf interessiert lächelte und die Kamera auf Paige richtete. Mit finsterer Miene wünschte sich Knox, seine Schwester würde ein züchtigeres Kleid tragen. Würde er sich wohl je daran gewöhnen, dass seine kleine Schwester erwachsen geworden war?

Der Fotograf trat neben Paige und legte ihr eine Hand auf den Rücken. Sein hellbraunes Haar war an den Seiten sehr kurz, oben länger und nach hinten gegelt, wie es jetzt Mode zu sein schien. Er trug ein weißes Hemd, eine graue Nadelstreifenweste, eine Anzughose und eine dunkellila Fliege. Waren das da Tattoos, die unter seinem Kragen zu sehen waren?

»Hallo, meine Liebe«, sagte der Fotograf.

»Oh, Hawk.« Paige errötete. »Hast du meinen Bruder Knox schon kennengelernt? Knox, das ist Hawk Pennington.«

»Freut mich.« Knox reichte dem Mann die Hand, die dieser fest schüttelte.

»Darf ich ein Foto von euch beiden machen?«, erkundigte sich Hawk.

»Ja, gern.« Paige stellte sich neben Knox und lächelte, während Hawk mehrere Fotos schoss.

»Danke«, sagte er an Paige gerichtet und sah ihr etwas zu lange in die Augen. »Viel Spaß beim Ball«, wünschte er Knox, um erneut Paige anzusehen. »Dann bis später?« Als Paige abermals errötete, konnte sich Knox nur mit Mühe zusammenreißen.

Seufzend blickte Paige Hawk hinterher.

»Ziemlich ungezwungen, der Mann, was?«, kommentierte Knox.

»Ach, sei still«, fuhr sie ihn an. »Er ist ein sehr guter Fotograf, und wir hatten Glück, ihn für uns zu gewinnen.«

»Dann hoffen wir mal, dass er die Augen hinter der Linse und die Hände an der Kamera behält.«

Sie verdrehte die Augen. »Wolltest du nicht deine Freundin suchen?«

Er zeigte mit zwei Fingern von seinen Augen auf ihre, um ihr zu verstehen zu geben, dass er sie beobachten würde, und machte sich auf die Suche nach Aubrey und Landon, wobei er hoffte, die beiden nicht zusammen anzutreffen. Genau an der Stelle, an der Paige sie gesehen hatte, fand er Landon und ihren Vater, die sich leise unterhielten. Knox standen die Haare zu Berge, als er die beiden sah, die kerzengerade standen – wie immer, wenn sie versuchten, die Oberhand zu gewinnen. Er konnte nur hoffen, dass sie sich nicht stritten.

»Landon, Dad«, sagte er.

Beide erwiderten gleichzeitig: »Knox.«

Landon blickte von Knox zu seinem Vater und ein Lächeln umspielte seine Lippen. »Tja, jetzt wissen wir endlich, wer von uns beiden mehr nach unserem Vater kommt.«

Knox beäugte seinen Vater und brauchte einen Augenblick, bis er begriff, dass sich Landon auf ihre Kleidung bezog. Landon trug einen weißen Smoking zur schwarzen Hose und schwarzer Krawatte, während sich Knox und sein Vater für ein klassisches schwarzes Jackett mit Samtrevers, schwarzer Hose und passender Krawatte entschieden hatten.

»Wir sind eben nicht so stilbewusst wie du«, erwiderte Knox. »Das weiße Jackett ist ein wahres Statement.«

»Ein klassischer Gatsby.« Landon strich sich das Jackett mit einer Hand glatt.

»Witzig.« Ihr Vater lächelte leicht. »Ich dachte immer, Knox wäre der Lautere von euch beiden, aber möglicherweise habe ich euch beide falsch eingeschätzt. Wenn ihr mich jetzt entschuldigen würdet. Der Ball fängt gleich an und ich muss eure Mutter suchen.«

Musik drang aus der Seitentür des Ballsaals, und Knox bemerkte, dass sich immer mehr Personen an den Tischen und auf der Tanzfläche versammelten. Er drehte sich zu seinem Bruder um, der ihrem Vater hinterherblickte. »Du siehst großartig aus, Landon.«

»Danke. Du aber auch.« Landon schaute an Knox vorbei den leeren Flur hinunter.

Knox trat so vor seinen Bruder, dass er ihn ansehen musste. »Würdest du mir vielleicht verraten, warum du mich nie zurückrufst?«

»Ich brauche nicht noch mehr Amateurtherapeutendiagnosen, okay?« Landon starrte stur geradeaus.

Knox nahm seinen Arm. »Wie wäre es dann mit einer entspannten Unterhaltung zwischen zwei Brüdern?«

»Dazu scheinen wir nicht in der Lage zu sein«, erwiderte Landon ernst.

»Das sehe ich anders. Du hast in letzter Zeit nicht nur meine Anrufe ins Leere laufen lassen, nicht wahr?«

Landon mahlte mit dem Kiefer. »Lass es gut sein, Knox.«

»Nein. Diesmal nicht. Du bist mir viel zu wichtig, als dass ich mit ansehen könnte, wie du dich derart quälst. Du triffst schlechte Geschäftsentscheidungen, weil du noch immer in Carlos verliebt bist.«

Landon trat näher und blähte die Nasenflügel auf. »Du hast nicht die geringste Ahnung, was ich für Entscheidungen treffe.«

»Und ob. Du willst nicht, dass Aubrey hier ihren Film dreht, weil du zu dickköpfig bist und dein viel zu großes Ego verhindert, dass du dich mit dem Mann triffst, den du liebst, und dir anhörst, was er zu sagen hat. Es ist ja auch viel leichter, die ganze Welt einfach auszusperren und sich einzureden, das Hotel würde die Publicity nicht brauchen, wo du doch ganz genau weißt, dass die Realität anders aussieht.« Landon ballte die Fäuste, und Knox wusste, dass er einen Nerv getroffen hatte. »Was willst du noch alles falsch machen, Landon? Was hast du zu verlieren, wenn du endlich das siehst, was direkt vor deiner Nase ist?«

»Ich bin dir doch scheißegal, Bruder.« Landons Tonfall war eisig. »Glaubst du wirklich, du könntest meine Entscheidung in Bezug auf die Dreharbeiten ändern? Tja, da hast du dich geschnitten. Ich habe mit meiner Meinung nie hinter dem Berg gehalten. Du weißt schon, dass ich dagegen bin, seitdem du vor zwei Wochen mit Aubrey hier aufgetaucht bist, und die Tatsache, dass ihr miteinander ins Bett geht, ändert nichts an meiner Entscheidung.«

Ein lautes Aufkeuchen, gefolgt von einem Knall, bewirkte, dass sie sich beide auf dem Absatz umdrehten. Knox blieb bei Aubreys Anblick, die mitten auf dem Flur wie erstarrt stehengeblieben und von Scherben und Lebensmitteln auf dem Boden umgeben war, beinahe das Herz stehen.

»Gottverdammt, Landon.«

»Es tut mir leid«, entschuldigte sich sein Bruder. »Ich wollte nicht …«

Knox baute sich vor seinem Bruder auf und stieß zwischen zusammengebissenen Zähnen hervor: »Dir ging es dabei nie ums Hotel, du Idiot.«

»Landon?«

Knox schluckte schwer, als er Carlos Ruiz' Akzent erkannte.

»Carlos?« Landon starrte den attraktiven dunkelhaarigen Mann an, der am Seiteneingang des Ballsaals aufgetaucht war.

»Ich habe versucht, dir in Bezug auf den Riesenfehler, den du begehst, die Augen zu öffnen«, sagte Knox so schnell und so ruhig, wie er konnte, da er eigentlich nur noch Aubrey hinterherlaufen wollte. »Aber du warst so darauf erpicht, dein zartes Ego zu beschützen und dein Elend zu verbreiten, und musstest damit der einzigen Frau wehtun, die mir je etwas bedeutet hat. Wenn du so weitermachen willst, nur zu. Ich hatte ohnehin vor, Aubrey zu sagen, dass sie hier nicht drehen kann.«

Achtzehn

Aubrey stürmte aufgebracht und stinksauer in ihre Suite. Ihr Herz raste und ihre Augen brannten, während Landons Worte in ihrem Kopf widerhallten. *Du weißt schon, dass ich dagegen bin, seitdem du vor zwei Wochen mit Aubrey hier aufgetaucht bist, und die Tatsache, dass ihr miteinander ins Bett geht, ändert nichts an meiner Entscheidung.* Knox hatte also die ganze Zeit gewusst, dass sie das Hotel nicht bekommen würde, und als ob das noch nicht schlimm genug war, hatte sie Landons Anschuldigung auch noch schwer getroffen.

Die Tür ging abermals auf und Knox kam herein. »Aubrey …«

»Bleib mir bloß vom Leib«, fauchte sie.

Er trat näher. »Lass es mich erklären. Bitte, Baby.«

Sie hob die Hände und schüttelte den Kopf. »Du wusstest die ganze Zeit, dass er mich hier nicht drehen lässt. Du hast mich angelogen! Deinetwegen habe ich zwei Wochen verloren, in denen ich längst nach anderen Drehorten hätte suchen können!«

»Ich habe dich nie belogen«, erwiderte er aufgebracht. »Ich sagte, dass es Finesse bedarf, und das stimmt auch. Hinter seiner Entscheidung steckt mehr, als du ahnst.«

Sie verschränkte die Arme und war so wütend und verletzt, dass sie kaum atmen konnte. »Ich weiß ganz genau, dass ich meinen Körper in meiner gesamten beruflichen Laufbahn nie eingesetzt habe, um ein Ziel zu erreichen, doch du hast es in gerade mal zwei Wochen geschafft, es genau danach aussehen zu lassen. Als würde ich nur mit dir schlafen, damit ich hier drehen kann.«

»Verdammt noch mal, Aubrey.« Er wurde immer lauter. »Du weißt ganz genau, dass ich so etwas nie tun würde!«

»Ich bin zutiefst gedemütigt! Aber noch viel schlimmer ist, dass ich dir vertraut habe, Knox. Ich habe dir eine geschäftliche Entscheidung und sogar mein Herz anvertraut.«

»Baby, bitte …«

Er machte noch einen Schritt auf sie zu, aber sie wandte sich ab und brauchte die Distanz, weil sie viel zu tief verletzt war.

»Aubrey! Landon hat sich so verhalten, weil ich ihn gereizt habe, nicht weil er das wirklich denkt. Sobald ihm klar wurde, dass du ihn gehört hast, hat er sich entschuldigt. Ich konnte ihm ansehen, wie sehr er sich für seine Worte geschämt hat.«

»Er sollte sich auch schämen.« Sie drehte sich schwer atmend um. »Aber du bist sehr gut darin, anderen zuzusetzen, bis du bekommst, was du haben willst, nicht wahr? Ich habe dir deutlich zu verstehen gegeben, dass ich in meinem Leben keine Dramen gebrauchen kann, und jetzt streitest du dich mit deiner Familie und lügst mich an?«

»Ich habe nicht gelogen.«

Sie starrte ihn nur wütend an.

»Bitte lass es mich erklären. Es stimmt, dass Landon zu mir gesagt hat, dass er strikt gegen diese Dreharbeiten ist, aber ich bin davon ausgegangen, dass ich ihn noch umstimmen kann, und nicht nur durch meine Art. Landon war mit Carlos Ruiz zusammen, Aubrey. Dieser ganze Medienhype, von dem du gehört hast, kam erst auf, weil die Presse Wind von ihrer Beziehung bekommen hat.«

»Das ist ein netter Versuch, aber Carlos ist nicht schwul, also versuch nicht, die Sache durch noch mehr Lügen in Ordnung zu bringen.«

»So etwas würde ich nie tun! Lass mich einfach ausreden. Hör mich an.« Er erzählte ihr alles – wie Landon in seinem Büro zusammengebrochen war, ihm von den Fotos erzählt hatte und dass Carlos den Reportern Geld gegeben hatte und woher er wusste, dass Landon Carlos noch immer liebte.

»Na super!« Sie warf die Arme in die Luft und lehnte sich an die Wand. »Das Leben deines Bruders fällt auseinander und du setzt ihm auch noch zu. Da ist es kein Wunder, dass er so ausgerastet ist.«

»Ich wollte ihm helfen, und ja, ich wollte dir dieses Hotel für die Dreharbeiten sichern. Es gibt nichts, was ich nicht für dich tun würde. Ich habe meine Familie noch nie um einen Gefallen gebeten, aber siehst du, was ich hier mache? Für dich würde ich alles riskieren. Ich möchte dir die Welt zu Füßen legen, und du kannst mich dafür hassen, dass ich es dir auf diese Weise zu zeigen versuche, aber hör mir wenigstens zu. Denn ich kann dir versichern, dass ich dich niemals anlügen würde. Ich war fest davon überzeugt, dass Landon seine Meinung ändern würde. Und weißt du, warum ich diese Woche nach Kalifornien geflogen bin? Um mit Carlos zu reden.«

Sie runzelte die Stirn und schüttelte den Kopf. »Weiß Landon davon?«

»Nein. Ich war hin- und hergerissen, wollte das Hotel für dich sichern, ihn aber auch nicht hintergehen. Er liebt Carlos. So viel stand fest. Und als ich bemerkte, dass er beim

Abendessen die vielen Anrufe weggedrückt hat, wurde mir einiges klar und ich wusste, dass Carlos weiterhin versuchte, ihn zu erreichen. Also bin ich das Risiko eingegangen. Wie sich herausgestellt hat, ruft Carlos Landon nicht nur seit Wochen an, sondern schickt ihm auch unzählige Nachrichten, um sich mit ihm auszusöhnen. Carlos hat alles bestätigt, was mir Landon erzählt hat, aber er sagte, er würde seit der Veröffentlichung des Verlobungsartikels versuchen, Landon zu erreichen. Ihm ist völlig bewusst, dass er die Sache falsch gehandhabt hat. Und er ist hier. Er ist bereit, sich für Landon vor der ganzen Welt zu outen, wenn Landon ihm nur endlich verzeiht und sie wieder zusammenkommen.«

»Das ist ja schön für sie, hilft mir jedoch nicht im Geringsten dabei, dir wieder zu vertrauen.«

»Ich weiß. Ich habe Mist gebaut, Aubrey. Auch wenn ich dich wirklich nicht angelogen habe, hätte ich dir die ganze Wahrheit sagen müssen. Zu der Zeit war ich jedoch der Ansicht, dass es mir nicht zusteht, dir zu erzählen, was Landon bedrückt. Er sagte, er wollte nicht, dass irgendjemand von ihm und Carlos erfährt. Ich wusste nicht, wie ich damit umgehen sollte, und wollte nur, dass er nicht länger leidet. Ich liebe dich, Aubrey, und ich möchte mein Leben mit dir verbringen. Mir ist klar, dass es besser gewesen wäre, dir von Anfang an reinen Wein einzuschenken. Ich hätte dich beschützen und dir die Wahrheit sagen sollen, habe stattdessen jedoch meinen Bruder geschützt, der meine Hilfe nie wirklich zu schätzen wissen wird. Ich wollte dir noch vor dem Ball sagen, dass du die Drehgenehmigung für das Hotel nicht bekommen wirst. Als wir im Bad waren und du mich angesehen hast, als wäre ich alles, was du dir je gewünscht hast …«

Sein flehender Blick zerriss ihr das Herz. »Das warst du«,

sagte sie mit zittriger Stimme.

»Ich bin es noch, Wattsy.«

»Ich muss dir vertrauen können.«

»Das kannst du, Baby. Jeder Mensch macht mal Fehler. Als du mich so angesehen hast, da wurde mir klar, dass ich dich im Stich gelassen habe und nicht mehr darauf hoffen durfte, Landon umzustimmen. Ich wollte es dir in diesem Moment sagen und dir alles erklären, aber dann bist du losgerannt und ich hatte keine Gelegenheit mehr dazu.«

»Darum wolltest du mich begleiten. Das war es, was du vor dem Ball mit mir besprechen wolltest.« Sie hatte es so eilig gehabt, dass sie gar nicht weiter darüber nachgedacht hatte.

Er nickte. »Ich habe nach dir gesucht, um mit dir zu sprechen, aber Paige meinte, sie hätte dich nicht gesehen. Dann beschloss ich, Landon aufzusuchen, und als ich ihn fand, gingen wir uns auch schon an die Gurgel.«

Sie senkte den Blick, musste an die Notlüge denken, die sie ihm aufgetischt hatte, und war auf einmal nicht mehr ganz so wütend. »Ich wollte in die Küche, nicht zu Paige.«

»Der zerbrochene Teller …?«

Sie presste die Lippen aufeinander und musste seine Worte noch immer verarbeiten. Ihr kamen die Tränen und sie schaute rasch zur Decke und blinzelte sie weg. »Ich habe dir Kekse gebacken.«

»Kekse …« Er musste lächeln. »Etwa Liebeskekse?«

Sie verdrehte die Augen und wischte sich darüber.

Knox kam langsam auf sie zu. »Ich bin noch immer sauer.«

»Ich weiß.« Er nahm ihre Hände. »Du hast auch jedes Recht dazu. Das alles ist für mich ebenfalls neu, und ich versichere dir, dass ich so etwas nie wieder tun werde.«

»Doch, das wirst du. Du kannst gar nicht anders.«

»Ich kann es versuchen«, erwiderte er viel zu schnell.

Sie schüttelte den Kopf. »Vergiss es. Du willst immer alles in Ordnung bringen und hast keine Angst vor Dramen. Du folgst einfach deinem dummen Herzen.«

»Stimmt. Du hast recht. Aber das bedeutet nicht, dass ich mich nicht mehr anstrengen kann.«

»Wenn diese Beziehung funktionieren soll, brauchen wir einige Regeln«, erklärte sie so entschlossen wie möglich.

»Du legst die Regeln fest. Ich werde versuchen, sie zu befolgen.«

»Ab sofort werden Berufliches und Privates strikt getrennt.«

»Alles klar.« Er zog sie an sich. »Das ist allerdings jammerschade, denn es hat mir durchaus gefallen, wie wir beides gestern in deinem Umkleidezimmer miteinander vereint haben.«

Sie musste unwillkürlich grinsen und konnte es sich beim besten Willen nicht verkneifen. »Okay, diese Art von Vergnügen ist eine Ausnahme.«

»Was noch?«

»Völlige Aufrichtigkeit, und zwar immer, selbst wenn du glaubst, du könntest mit etwas Finesse Dinge ändern. Und ich will nicht darüber diskutieren, was als Lüge angesehen wird. Sei einfach ehrlich zu mir.«

»Geht klar. Was ist, wenn ich dich mit etwas überraschen möchte?«

»Das geht natürlich in Ordnung, aber wir müssen aufpassen und dürfen einander nicht verletzen, Knox. Keiner von uns weiß, wie man eine gute Beziehung führt.«

»Das ist deine Sichtweise. Aus meiner Perspektive bin ich seit zwei Jahren in einer monogamen Beziehung mit dir.«

Sie lachte leise. »Du weißt genau, was ich meine. So etwas

wird immer wieder passieren, und wir müssen in der Lage sein, gemeinsam eine Lösung zu finden. Wir müssen uns aufeinander verlassen können und darauf, dass der andere das Richtige tut.«

»Da bin ich ganz deiner Meinung. Und wir fangen sofort damit an.« Er gab ihr einen federleichten Kuss. »Aubrey, meine Liebste, ich kann nicht lügen und werde nichts auslassen, daher sage ich es einfach, wie es ist: Ich liebe dich von ganzem Herzen, Aubrey Stewart, und ich bin nicht perfekt. Ich bin ein Dickkopf, und Landon liegt mit seiner Behauptung nicht ganz falsch, dass ich immer versuche, mit Gewalt meinen Willen durchzusetzen, auch wenn ich das manchmal nicht wahrhaben will. Wenn du mir noch eine Chance gibst, dann verspreche ich dir, dass ich alles tun werde, um der Mann zu sein, den du verdient hast.«

»Brauchst du eine Frist?«, neckte sie ihn und spürte, wie sich die Knoten in ihrer Brust langsam lösten.

»Wenn du ein Mann wärst, hättest du garantiert was mit Landon und nicht mit mir.«

Sie lachte auf.

»Können wir jetzt mal über die Kekse reden, die unten im Flur verteilt liegen?« Er drückte ihr einen Kuss auf den Mundwinkel und flüsterte: »Die Liebeskekse?« Der nächste Kuss auf den anderen Mundwinkel. »Die, von denen du gesagt hast, dass man sie angeblich nur für seine wahre Liebe backt.« Es folgte ein zärtlicher Kuss. »Du liebst mich, Wattsy.«

»Grundgütiger …«, murmelte sie und war ganz von Liebe erfüllt. »Ich muss den Verstand verloren haben.«

»Ich kann dich nicht hören.« Er legte sich eine Hand hinters Ohr.

Ihr kamen die Tränen. »Ich hatte mir so gewünscht, dass dieser Augenblick perfekt ist.«

Er sah ihr tief in die Augen. »Er ist doch perfekt, Liebes. Wir haben eben unseren ersten richtigen Streit überstanden, und zwar problemlos. Es hat zwei Jahre gedauert, bis wir an diesen Punkt gelangt sind. So, wie ich es sehe, haben wir zwei weitere Jahre, um zu lernen, wie wir derartige Situationen besser in den Griff bekommen. Wer weiß, vielleicht schaffen wir es mit Hunderten von Keksen und sehr viel Mühe, diese herzzerreißenden Auseinandersetzungen zu vermeiden.«

»Einen Moment lang dachte ich schon, du wärst auf Versöhnungssex aus.«

Er wackelte mit den Augenbrauen und sie schüttelte den Kopf.

»Wir müssen uns auf dem Ball sehen lassen. Das habe ich deiner Familie versprochen.« Sie schlang die Arme um seinen Hals und sah dem Mann, den sie liebte, tief in die Augen. »Danke, dass du versucht hast, mir das Hotel zu sichern, und dass du Landon helfen wolltest. Ich weiß es zu schätzen, dass du mir alles erklärt hast, obwohl ich so aufgebracht war. Aber vor allem bin ich sehr froh, dass du bereit bist, mit mir zusammenzuarbeiten, damit wir lernen, wie wir solche Missverständnisse von vornherein ausschließen können, denn ich möchte keinen anderen Mann als dich, Knox, und das schon seit sehr langer Zeit.«

»Das ist gut, denn du hast mir schon den Schlüssel zu deinem Herzen geschenkt. Und jetzt gehört es mir.«

»Ich liebe dich so sehr«, sagte sie. »Das ist mein voller Ernst, also küss mich jetzt, als hätten wir alle Zeit der Welt und als wolltest du mich nie wieder loslassen.«

Kurz bevor er die Lippen auf ihre presste, murmelte er: »Das werde ich, und ich kann dir auch versprechen, dass wir garantiert zu spät zum Ball kommen werden.«

Epilog

Es gab keinen schöneren Ort als die Berge von Colorado im Juni, und nachdem Beau das Sterling House renoviert hatte, sah es schöner aus denn je. Der Gasthof von Charlottes Familie vor dem Hintergrund mit den Berggipfeln, grünen Wiesen und hohen, stattlichen Bäumen war die perfekte Location für ihre Märchenhochzeit. Beau hatte sich ins Zeug gelegt und Hunderte ausgefallener Laternen in die Bäume gehängt und für seine wunderschöne Braut ein Hochzeitszelt aufgebaut, in dem der Märchenwald nachempfunden worden war. Unzählige Meter weißer Seide hingen über einem kunstvoll arrangierten Rahmen aus miteinander verzweigten Ästen und waren mit winzigen weißen Lichtern und Perlensträngen dekoriert. In der Mitte hing ein Kristallleuchter mit pinkfarbenen Lämpchen von einem verzierten eisernen Baum. Vor dieser Kulisse versammelte sich eine große, eng verbundene Gruppe von Menschen an Tischen mit üppigen weißen Blumenarrangements, und immer mehr Verwandte und Freunde trafen ein, um diesen großen Tag mit ihnen zu feiern.

Doch Charlotte konnte nicht aufhören zu weinen.

»Du bist meine Trauzeugin«, schluchzte sie und sah Aubrey an. Sie saß im Ankleidezelt und presste die Beine zusammen, wobei sich der Rock ihres wunderschönen Kleides um sie herum aufbauschte. Ihr dunkles Haar hing in lockeren Wellen herunter, so wie Beau es liebte, und sie hatte sich einen Blumenkranz aufgesetzt. Inmitten von derart viel Tüll wirkte sie sehr klein und sie blinzelte die Tränen in ihren großen, feuchten Augen weg. »Hättest du mir nicht raten sollen, vorher eine Probehochzeit abzuhalten, damit ich mich schon mal ausweinen kann?« Bevor Aubrey etwas erwidern konnte, sah Charlotte auch schon Libby, Presley und Beaus Schwester Jillian an, ihre Brautjungfern. »Hätte mich nicht irgendjemand davor warnen können, wie ich mich heute fühle?«

Alle antworteten gleichzeitig.

»Das sind Freudentränen, Char«, rief Aubrey ihr ins Gedächtnis. »Und es ist völlig in Ordnung, dass du glücklich bist!«

Libby kniete sich neben die Braut. »Jede Braut weint. Das gehört einfach dazu.«

Presley reichte ihr einen selbst gemachten Schokoriegel von einem Silbertablett. »Iss den. Das wird dir helfen.«

Eine von Beaus und Charlottes Freundinnen besaß ein Schokoladengeschäft in Allure, Colorado, und hatte für die Hochzeit zahlreiche Leckereien hergestellt, darunter eigene Twix-Riegel, die Charlotte am liebsten aß.

»Ich hab euch so lieb!« Charlotte riss die Verpackung auf und biss in den Riegel. »Aber ich kann doch nicht mit roter Nase vor dem Altar stehen.«

»Das wirst du auch nicht«, versicherte Jill ihr. »Wir bringen dein Make-up in Ordnung, dann siehst du aus wie eine Prinzessin. Aber selbst wenn deine Nase rot und deine Augen verquollen wären, würde dich Beau weiter anhimmeln, weil er dich über alle Maßen liebt. Wenn du allerdings einen

Schokoladenfleck auf das Kleid machst, verpasse ich dir ein blaues Auge.«

Jillian und ihr Zwillingsbruder Jax waren beide Modedesigner und hatten aus Teilen der Brautkleider von Charlottes Mutter und Großmutter ein eisblaues Kleid im Cinderella-Stil geschaffen. Das glatte Korsett war mit elfenbeinfarbenen Applikationen und schimmernden hellblauen Strasssteinen verziert und die Spitzenärmel ließen die Schultern frei. Der mehrschichtige Tüllrock hatte einen Saum aus bestickter französischer Spitze. Charlotte sah darin wirklich aus wie eine Prinzessin.

Sie salutierte und steckte sich den Rest des Schokoriegels in den Mund.

»Sieh mich an.« Aubrey versuchte, Charlotte abzulenken, damit sie sich wieder unter Kontrolle bekam. Als Charlotte das Kinn hob, tupfte Aubrey ihr die Tränen mit einem Taschentuch weg. »Ich weiß, dass all deine Träume endlich in Erfüllung gehen, und ja, du musst aus purem Glück weinen. Aber ist nicht genau das der Stoff, aus dem Märchen geschaffen werden? Begründen sie sich nicht auf übergroßen Emotionen?«

Charlotte nickte kauend. Sie streckte eine Hand aus und Presley reichte ihr den nächsten Riegel.

Jillian stöhnte auf. »Ich werde im Erdboden versinken, wenn du mit braunen Flecken auf dem Kleid zum Altar gehst.«

Charlotte lächelte sie an und da fiel ihr ein Stück Schokolade von den Lippen direkt auf den Rock. »Nein!«, schrien alle anderen gleichzeitig auf.

»Keiner bewegt sich!« Jillian streckte die Arme aus und schirmte den Rock ab. »Gebt mir eine Pinzette aus dem Schminkkoffer.«

Libby lief los und kam mit einer Pinzette in der Hand

wieder.

Jillian deutete damit auf Charlotte. »Wag es ja nicht, auch nur zu atmen.«

»Jetzt wird es ernst«, flüsterte Presley.

»Sch!« Vorsichtig hob Jillian das Schokoladenstück vom Stoff. Dann beugte sie sich so weit vor, dass ihr dunkelburgunderfarbenes Haar ihr Gesicht einrahmte, während sie nach weiteren Beweisen für dieses Missgeschick Ausschau hielt. Sie streckte ruckartig eine Hand zur Seite aus und verlangte: »Ein Handtuch, bitte.«

Presley reichte ihr ein Handtuch, das Jillian auf Charlottes Schoß ausbreitete. Dann erhob sie sich zu voller Lebensgröße, was bei dieser zarten Person nicht viel aussagte, und sah Charlotte an. »Schluck runter, was du im Mund hast, und danach gibt es erst wieder was zu essen, wenn du *Ja, ich will* gesagt hast. Verstanden?«

Charlotte nickte und musterte ihre Freundinnen amüsiert und im nächsten Augenblick fingen alle an zu lachen. Sobald sie sich wieder beruhigt hatten, stand Charlotte auf. »Okay, ich glaube, ich habe vorerst genug Freudentränen vergossen.«

»Im Ernst? Wer bist du und was hast du mit Charlotte gemacht?«, fragte Presley.

Charlotte wirbelte herum. »Ich bin die Braut des attraktiven und liebevollen Beau Braden, der noch dazu unglaublich talentiert im Bett ist!«

»Igitt! Du sprichst von meinem Bruder!«, fauchte Jillian, woraufhin sie alle erneut lachen mussten.

»Bitte erinnert mich daran, nie zu heiraten.« Aubrey ließ sich auf einen Stuhl sinken. »Das ist mir viel zu viel Drama.«

»Ach, bitte.« Charlotte winkte ab. »Du lebst mit Mr. Drama zusammen.«

»Stimmt«, gab Aubrey verträumt zu. »Das kann ich nicht abstreiten.«

Knox und sie wohnten inzwischen seit einigen Monaten zusammen, allerdings hatten sie sich nie bewusst für das Zusammenziehen entschieden. Nach dem Ball waren ihre Leben schlichtweg mit jeder Woche mehr verschmolzen, bis ihnen bewusst geworden war, dass sie sich unter der Woche in Aubreys Haus aufhielten und die Wochenenden meist in der Stadt und damit in Knox' Loft verbrachten. Sie trafen sich regelmäßig ebenso mit ihrer wie mit seiner Familie. Mit Knox' Eltern gab es zwar noch weiterhin Reibereien, aber sie versuchten, einen Mittelweg zu finden und gleichzeitig Mitglieder der feinen Gesellschaft und Eltern zu sein. Ihre neu gefundene Herzlichkeit wirkte sich auch auf die Beziehung zwischen Knox und Landon aus und sorgte für ein besseres Verhältnis zwischen allen Familienmitgliedern. Carlos hatte Landon einen Heiratsantrag gemacht und sich noch am Wochenende des Balls öffentlich geoutet. Zu seiner großen Überraschung hatte der Großteil seiner Fans überhaupt kein Problem damit und unterstützte das Paar. Es gab zwar einige Großmäuler, die Knox am liebsten aufspüren und zum Schweigen bringen wollte, aber Landon hatte ihn zur Vernunft gebracht.

»Du hast es wochenlang geleugnet«, entgegnete Presley. »›Wir wohnen nicht zusammen. Er schläft nur bei mir.‹«

Aubrey grinste, da sie auch das nicht leugnen konnte.

Libby strich ihr Kleid glatt. »Ich bin nur froh, dass du nicht die ganze Zeit in der Stadt bist, denn dann hätte ich dich schrecklich vermisst.«

Knox und Aubrey verbrachten mehrere Abende im Monat mit Libby, Presley und Nolan und manchmal schlossen sich ihnen auch Paige, Becca und Taylor an. Paige hatte Becca und

Taylor überredet, sich ihrem Buchclub anzuschließen, und einmal im Monat fuhren sie weg, um sich über Bücher zu unterhalten, allerdings vermutete Aubrey, dass sie sich da vielmehr einfach nur amüsierten. Doch sie freute sich sehr, dass Paige mehr gute Freundinnen gefunden hatte.

Grace Montgomery betrat das Zelt und sah in ihrem kurzen marineblauen Kleid und mit dem hochgesteckten dunklen Haar umwerfend aus. »Das ist ja fast wie ein LWW-Treffen. Ich würde ja Amber dazuholen, aber sie ist zu sehr damit beschäftigt, Emma zu umarmen.« Emily »Emma« Louise war Brindles und Traces kleine Tochter, die von allen nur Emma genannt wurde – nur Trace bestand darauf, sie mit Emma Lou anzusprechen. »Bist du fertig? Beau sagte, es wären fast alle da, allerdings treffen noch immer weitere Gäste ein. Wenn ihr mich fragt, haben die Bradens mehr Cousins und Cousinen, als ich je an einem Ort versammelt gesehen habe.«

»Ja, nicht wahr?«, rief Charlotte aus. »Und ich habe sie alle so gern. Ich bin überglücklich, dass sich Hal Braden bereit erklärt hat, mich zum Altar zu führen, denn er stand meinen Eltern so nahe, dass sie es sich bestimmt genau so gewünscht hätten.«

»Falls Beau das überhaupt zulässt«, erwiderte Grace. »Beaus Brüder ermahnen uns schon die ganze Zeit, dass wir uns beeilen sollen, bevor er vor Ungeduld platzt. Wenn die Hochzeit nicht bald anfängt, werde ich das nächste Drehbuch über einen Bräutigam schreiben, der beim Warten auf die Braut ausgetickt ist.«

»Den Film drehe ich sofort«, versprach Aubrey. Endlich hatten sie alles geregelt, damit die Dreharbeiten für die Verfilmung von Charlottes Roman beginnen konnten. Landon hatte Aubrey großzügigerweise das Hotel angeboten, aber da sie sich den Nachbau von Schneewittchens Hütte, den Knox in Seattle entdeckt hatte, sichern konnten, hatte sie sich für das Brookstone entschieden, da sie so alles an einem Ort drehen konnten. Außerdem wollten Carlos und Landon im Monroe House heiraten, was ihnen auch so genug Medienrummel einbringen würde.

Aubrey betrachtete die Frauen im Zelt, die seit so langer Zeit Teil ihres Lebens waren, ihr geholfen hatten, ein Imperium aufzubauen, und sie trotz all ihrer Fehler liebten. Während sich die anderen um Charlotte scharten und ihr Kleid, ihre Frisur und ihr Make-up in Ordnung brachten, schlug Aubrey die Zeltklappe zurück und entdeckte auf Anhieb ihren Mann, der in einiger Entfernung mit Beau und dessen Brüdern zusammenstand. Ihr Herz schlug sofort schneller, und unwillkürlich berührte sie das Armband, das er ihr geschenkt hatte. Sie wusste, dass er die Kette mit dem Schlüssel unter dem Hemd trug, denn er nahm sie nie ab. Ihr war früher nie aufgefallen, dass sie ihr Leben bei Weitem nicht auskostete, doch ihr zu Dramen neigender Freund hatte das alles verändert, und heute konnte sie sich ein Leben ohne Knox beim besten Willen nicht mehr vorstellen …

»Hey«, meinte Graham zu Knox, »du hast den Blick nicht von diesem Zelt abgewendet, seitdem die Frauen darin verschwunden sind.«

Knox zwinkerte seiner wunderschönen Aubrey zu, die gerade aus dem Zelt spähte. »Tu nicht so, als wärst du nicht mit Morgyn im Gasthof verschwunden, weil ihr angeblich eine

Toilette suchen wolltet, nur um eine halbe Stunde später ganz erhitzt und freudestrahlend wieder rauszukommen.«

»Ich vermute mal, dass wir das nicht mitbekommen sollten«, warf Beau ein und zupfte an seinem Jackett herum.

Knox und Beaus Brüder hatten versucht, den Bräutigam abzulenken, damit seine Nervosität etwas nachließ, aber er schaute trotzdem wie ein werdender Vater alle paar Minuten auf die Uhr.

Oder wie ein Mann, der gleich heiraten wird.

So wie ich eines Tages.

Graham sah zu Morgyn hinüber, die bei ihren Schwestern saß und zusammen mit ihnen Brindles Baby hätschelte. »Sieh dir meine wunderschöne Frau doch mal an. Kannst du es mir da verdenken, dass ich sie kurz entführen musste?«

»Ganz und gar nicht.« Knox konnte es vielmehr gut nachvollziehen, und er malte sich auch immer wieder aus, wie seine und Aubreys Babys wohl aussehen würden, wie er es schon tat, seitdem er die kleine Emma zum ersten Mal in den Armen gehalten hatte.

Graham schüttelte den Kopf. »Meine Sunshine ist die süßeste Frau auf dieser Erde.«

»Hast du meine Zukünftige mal kennengelernt?« Beau lachte auf. »Char ist die süßeste …«

»Das müsst ihr beide unter euch klären. Meine Aubrey ist eher scharf als süß«, gab Knox zu. »Und es gefällt mir.«

»Grundgütiger, seid ihr schon wieder am Schwärmen?« Zev trat zwischen Beau und Knox. »Wieso werden alle Kerle so, kaum dass sie in einer Beziehung sind? Auf einmal verwandeln sie sich in echte Mädchen, werden ganz verträumt und hingerissen.«

Zev war der Nomade der Braden-Familie, ein langhaariger –

und Grahams Worten zufolge gequälter – Schatzsucher und Abenteurer. Nach dem tragischen Tod von Beaus Jugendfreundin Tory Raznick vor zehn Jahren hatte sich Zev von seiner langjährigen Freundin Carly Dylan getrennt, die Stadt verlassen und nie mehr zurückgeblickt.

»Hey, sag nichts gegen ein Happy End«, meinte Beau.

Zev schnaufte. »Es kann nicht jeder auf Märchen stehen, nicht wahr, Nick? Jax?«

»Ich stehe mehr auf Geschichten für Erwachsene«, erwiderte Nick mit frechem Grinsen. Er war der größte und schroffste Braden und hatte nach der jahrelangen Arbeit auf der Farm enorme Muskeln.

Jax strich sich lachend über das Revers. Er war schlank und fit, und obwohl er Hochzeitskleider für die Reichen und Schönen entwarf, war er ebenso bodenständig wie alle anderen Bradens. »Tja, würdest du in einem Anzug so gut aussehen wie ich, dann hättest du auch mehr Frauen.«

»Hoffentlich haben wir die Trauung nicht verpasst. Ich konnte sie kaum von der Arbeit wegbekommen.« Cutter Long, ein gut aussehender schwarzhaariger Cowboy und einer von Charlottes besten Freunden, kam zusammen mit Carly Dylan, einer weiteren ihrer Freundinnen, um die Ecke. Beide hatten Tabletts mit Schokoladendesserts in den Händen.

Carly blieb wie erstarrt stehen, sobald sie Zev erblickte. »Zevy ...«

»Carly?« Zev machte ein Gesicht, als hätte er einen Geist gesehen. Er beäugte das Tablett und dann Cutter und kniff die Augen zusammen.

Knox bemerkte Grahams Mutter, die zum Zelt eilte, aus dem die Frauen soeben herausströmten, und meinte: »Es ist offenbar so weit, Beau.«

Cutter stieß Carly an. »Dann stellen wir die Tabletts mal ab.«

Carly folgte ihm zu einem Tisch und warf Zev, der ein finsteres Gesicht machte, über die Schulter einen Blick zu.

Graham beugte sich zu Knox hinüber. »Sieht ganz so aus, als hätte mein Bruder einen harten Abend vor sich. Wir sollten schon mal den Alkohol bereitstellen.«

»Hm-hm«, murmelte Knox geistesabwesend und konnte den Blick nicht von Aubrey abwenden, die zusammen mit ihren Freundinnen über den Rasen ging.

Die Männer stellten sich auf, um die Frauen zu ihren Plätzen zu begleiten, und Beau war bereits auf dem Weg zum Altar. Knox wusste, dass er sich eigentlich hinsetzen sollte, aber seine Beine trugen ihn wie von selbst zu Aubrey. Er wollte kein Außenseiter mehr sein, sondern das haben, was alle hatten. Und er wusste genau, was er wollte, und stand auch schon direkt vor dieser Frau.

»Knox«, flüsterte Aubrey. »Du musst dich hinsetzen. Die Trauung fängt jeden Moment an.«

»Gleich.« Er ging auf ein Knie, woraufhin alle um ihn herum aufkeuchten.

»Knox! Steh auf!«, flehte Aubrey leise. »Bitte.« Ihr kamen die Tränen. »Das ist Beaus und Chars Hochzeit.«

»Tut mir leid, Char«, murmelte er und konnte nicht aufhören zu strahlen.

»Das muss es nicht«, erwiderte Charlotte. »Das ist der Zauber des Gasthofs!«

Er war sich vage des fröhlichen Gemurmels und der leisen »Oh, wie schön!«-Ausrufe um sie herum bewusst, doch seine Liebe zu Aubrey stellte alles in den Schatten, und er verlor sich in den Gefühlen, die sich in ihren Augen widerspiegelten und die ihm die Welt bedeuteten.

»Eigentlich wollte ich dich erst heute Abend fragen, aber wir haben einander versprochen, immer ehrlich zu sein, und darum kann ich nicht länger warten.« Er holte einen wunderschönen Diamantring aus der Tasche. »Du bist wie ein Traum in mein Leben geschwebt und ich möchte nie mehr daraus erwachen. Ich liebe dich, Aubrey. Möchtest du meine Frau werden?«

Ihr liefen die Tränen über die Wangen, während sie heftig nickte. Er steckte ihr den Ring an den Finger, und als er sich erhob, fiel sie ihm um den Hals und küsste ihn. Jubel brandete auf, und als sie die Lippen schließlich voneinander lösten, lächelte sie ihn an und meinte: »Du hast wie immer ein schreckliches Timing, du Dramakönig.«

»Du wirst meine Frau, Wattsy. Da kann mein Timing doch nur perfekt gewesen sein.«

Lust auf mehr von den Bradens & Montgomerys?

Bereit, sich mit Zev Braden und Carly Dylan in *Der Liebe auf der Spur* zu verlieben? Lesen Sie hier einen ersten Vorgeschmack auf eine wahre Achterbahnfahrt der Gefühle.

Und wenn Sie die Geschichte von Josh und Riley noch nicht kennen, lesen Sie *Freundschaft in Flammen*.

Eins

Zev Braden wusste nicht, was schlimmer war – die Frau, die sein Herz in der zweiten Klasse erobert hatte, mit einem anderen Mann zu sehen, oder zu wissen, dass seine Familie ihn hintergangen und ihm nicht verraten hatte, dass sie zur Hochzeit seines ältesten Bruders kommen würde. Beau war über sich hinausgewachsen, um seiner Braut Charlotte eine Märchenhochzeit im Sterling House, dem Gasthof ihrer Familie in den Colorado Mountains, zu bieten. Er hatte ein Festzelt aufgebaut und darin den Märchenwald nachgebildet. Unmengen von weißem Seidenstoff waren um einen Rahmen aus kunstvoll miteinander verschlungenen Ästen gewickelt und mit winzigen Lampions und Perlenschnüren dekoriert. Ein Kristallleuchter hing in der Mitte des Zeltes an einem verzierten eisernen Baum und aus opulenten Tafelaufsätzen quollen üppige Blumenarrangements. Der großen Familie und den engen Freunden wurde eine heimelige Festatmosphäre geboten. Doch in diesem Moment fühlte Zev sich seiner geliebten Familie nicht so eng verbunden wie sonst. Er und seine fünf Geschwister ärgerten sich gern einmal gegenseitig, aber sie konnten sich *immer* aufeinander verlassen.

Bis jetzt.

Er kippte noch einen Tequila hinunter und dachte nach.

Eigentlich sollte er an diesem Wochenende die Entdeckung seines Lebens feiern. Die letzten Jahre hatte er seine ganze Zeit – und zig Tausende Dollar – darauf verwendet, nach der *Pride*, dem Schiffswrack des Piraten Garrick »One-Leg« Clegg, zu suchen, das 1716 vor der Küste von Silver Island gesunken war. Vor zwei Tagen hatte Zev drei Konkretionen entdeckt. Diese festen Körper, die entstanden, wenn Metall zerfiel und sich mit dem im Meerwasser enthaltenen Salz verband und zu einem Gebilde aus Stein, Sand, Ton und in der Nähe befindlichen Gegenständen wurde, hatte er genau an der Stelle gefunden, an der seiner Meinung nach das Schiff gesunken war. Auf Röntgenbildern dieser harten Massen waren Gegenstände und Münzen aus Eisen und Silber zu erkennen gewesen. Die größte Konkretion, die über vierzig Kilo wog, hatte Zev zusammen mit den dazugehörigen Röntgenbildern und Dokumentationen seinem Anwalt übergeben, damit dieser die rechtlichen Schritte für einen Schiffsarrest einleiten konnte. Dadurch würden Zev hoffentlich die exklusiven Verwertungsrechte auf das gesunkene Schiff und alle Artefakte, die er dort zu finden hoffte, zugesprochen. Doch statt seine geschichtsträchtige Entdeckung zu feiern, schüttete er nun Tequila in sich hinein, um seinen Schmerz über das unerwartete Wiedersehen mit Carly Dylan zu betäuben.

Die *Pride* hätte ihre gemeinsame Entdeckung sein sollen. Ein Dokumentarfilm, den sie in der dritten Klasse darüber gesehen hatten, war der Beginn ihrer beider Besessenheit mit dem gesunkenen Schiff gewesen, und im Laufe der Jahre war ihr Interesse daran immer mehr gestiegen. Sie hatten sogar Pläne geschmiedet, im Sommer nach ihrem ersten Collegejahr nach dem Wrack zu suchen. Während ihrer Kindheit hatten er und Carly alle Abenteuer gemeinsam durchstanden, hatten sich zusammen in Schwierigkeiten manövriert und waren beste Freunde gewesen. Als sie erwachsen wurden, waren sie auch ein Liebespaar geworden, das – so hatte er geglaubt – eine gemeinsame Zukunft vor sich hatte.

Aber das war, bevor …

Beau und ihre Brüder Nick und Graham kamen auf Zev zu. *Verräter.* Wütend blickte er ihnen entgegen. Sie waren alle groß, breitschultrig und durchtrainiert, aber Zev und Beau hatten noch eine Gemeinsamkeit – die qualvolle Vergangenheit, die ihrer beider Leben verändert hatte.

Verdammt, Beau! Wäre dies nicht seine Hochzeitsfeier, hätte Zev jedem von ihnen nur zu gern dieses breite Grinsen aus der Visage geprügelt.

»Ich weiß, dass du deine Entdeckung feierst, aber wenn du weiterhin den Tequila so in dich hineinkippst, wird der Alkohol das das Einzige sein, was dich heute Abend flachlegt«, feixte

Graham. Er war der Jüngste von Zevs Geschwistern. Graham und ihr Bruder Jax konnten mit ihren kurzen braunen Haaren, dem sorgfältig gestutzten Dreitagebart und dem ernsten Blick fast als Beaus Doppelgänger durchgehen, während Zev und sein älterer Bruder Nick die Haare länger trugen und Zev seinem Bart oft längere Zeit keine Aufmerksamkeit, geschweige denn einen Schnitt zugutekommen ließ.

Zev bot Graham die Tequilaflasche an, während er versuchte, die Tatsache zu verdauen, dass er vorhin nur durch ein zufällig mitgehörtes Gespräch von Dritten erfahren hatte, dass Carly hier in der Gegend lebte, eng mit Beau und Charlotte befreundet war und Nachspeisen für die Hochzeit geliefert hatte.

»Nein danke, Mann, ich will mich heute nur von meiner schönen Sunshine flachlegen lassen.« Graham schaute über den Rasen zu ihren Geschwistern, den Zwillingen Jax und Jillian, die sich gerade mit Grahams Frau Morgyn alias Sunshine unterhielten.

Zevs sah jedoch an Morgyn und den anderen vorbei zu der Frau, die seine Gedanken erfüllt und jede seiner Fantasien für sich eingenommen hatte, so lange er denken konnte. Als er Carly vor der Zeremonie zum ersten Mal wiedergesehen hatte – einfach umwerfend in diesem pfirsichfarbenen Kleid, das ihre langen Beine und die schmale Taille betonte –, waren ihre Blicke sich begegnet, und das hatte eingeschlagen wie die Blitze eines Sommergewitters. Kaum hörbar war ihm *Carls* über die Lippen gekommen, so wie ihr *Zevy* entwichen war. Nach fast einem Jahrzehnt ihre süße Stimme zu hören, hatte ihn erstarren lassen. Mit einem Tablett voller Schoko-Desserts war sie Cutter Long gefolgt, einem Cowboy-Typen, der einem Western entsprungen zu sein schien und der, wie Zev wusste, einer der engsten Freunde von Charlotte war. Seit der Trauungszeremonie war Cutter kaum von Carlys Seite gewichen, und jetzt berührte Carly seinen Arm und lachte über etwas, das er gesagt hatte. Zev war einst der Typ an ihrer Seite gewesen. Sie hatten sogar dasselbe College besucht. Aber das war lange her.

Er konnte den Blick nicht von ihr lösen. Sie war sogar noch schöner, als er sie in Erinnerung gehabt hatte. Das Blond ihrer Haare war jetzt noch heller, doch selbst nach all dieser Zeit wusste er noch, wie es sich anfühlte, wenn seine Finger durch ihre seidenen Strähnen glitten. Noch immer sah er ihre großen blauen Augen vor sich, in denen Glut und Verspieltheit funkelten, wenn sie durchs Gras tollten oder am Meer entlangspazierten.

Mit aufeinandergepressten Zähnen versuchte er, die glücklichen Erinnerungen zu verdrängen, an die er sich seit Jahren wie an einen Rettungsring geklammert hatte. Seit er die Beziehung beendet und ihrer gemeinsamen Heimatstadt Pleasant Hill in Maryland den Rücken gekehrt hatte – genau zwei Tage, nachdem Carlys beste Freundin und Beaus damalige Partnerin Tory Raznick bei einem Autounfall ums Leben gekommen war. Tory war bei einer Freundin zu Besuch gewesen und früher zurückgeflogen, ohne jemandem Bescheid zu sagen. Sie hatte Beau überraschen wollen, doch Zev hatte ihn zu einer Party mitgenommen. Als sie vom Flughafen aus eine Nachricht geschrieben hatte, waren sie schon angetrunken gewesen und Beau hatte das Telefon nicht gehört. Nachdem sie mehrere Leute vergeblich angerufen hatte, um sich von jemandem abholen zu lassen, war sie letztendlich in ein Taxi gestiegen. Ein Sturm hatte in jener Nacht gewütet und nur wenige Meilen vom Flughafen entfernt hatte der Fahrer die Kontrolle über das Auto verloren. Zev wusste, dass er nicht für den Tod von Tory verantwortlich war, aber die Schuldgefühle, weil er Beau zum Feiern mitgeschleppt hatte, und die Erkenntnis, dass ein geliebter Mensch jederzeit aus ihrem Leben gerissen werden konnte, hatten einen Erdrutsch in ihm ausgelöst, dem er nicht gewachsen war.

Nick riss Zev aus seinen Gedanken, als er ihn anstieß. »Mann, Carly sieht unverschämt heiß aus. Wenn ich gewusst hätte, dass sie eine Schwäche für Cowboys hat …«

»Halt bloß die Klappe.« Zev kippte noch einen Tequila in sich hinein.

Schmunzelnd tippte Nick sich an den Hut. Der Pferdetrainer hatte einen Körper, der für jeden Kampf gerüstet war, und sein Auftreten wirkte, als wäre er auch immer gern für einen zu haben.

Zev hatte schon miterlebt, wie Nick einen Kerl mit einem einzigen Schlag niederstreckte, aber das würde ihn nicht davon abhalten, sich mit ihm anzulegen, wenn er ihn weiterhin piesackte. Zev war vielleicht schlanker als sein breit gebauter Bruder, aber er war auch schnell. Etwas, das sein nomadenhaftes Schatzsucherdasein mit sich brachte. *Furchtlos und flink* war eine gefährliche Mischung, wenn Wut – wie in diesem Moment – in Zevs Adern brodelte. Aber er gab Nick nicht die Gelegenheit, ihm noch stärker zuzusetzen. Stattdessen wandte er sich zornig an Beau. »Warum hast du mir nicht gesagt, dass sie kommt?« Er beäugte seine anderen Brüder. »Ihr wusstet alle, dass sie hier lebt, und keiner von euch hat es für nötig gehalten, mich einzuweihen. Was zum Teufel soll das?«

Beau straffte die Schultern und sagte: »Als ich das letzte Mal etwas über Carly gesagt habe, hast du mir gedroht, du würdest mich killen, wenn ich ihren Namen jemals wieder erwähnen sollte.«

»Das stimmt«, pflichtete Graham ihm bei. »Weißt du noch? Das war letztes Jahr am Nationalfeiertag bei Mom und Dad, als Beau und Char ihre Verlobung gefeiert haben.«

Wie konnte er jemals den Tag vergessen, den er nie erwartet hätte?

Nachdem Tory gestorben war, hatten Schmerz und Schuldgefühle sowohl Zev als auch Beau derart aus dem Gleichgewicht gebracht, dass sie beide einfach nur noch weg aus Pleasant Hill wollten. Beau war nicht einmal mehr fähig gewesen, sich mit Duncan, seinem besten Freund aus Kindheitstagen und Torys älterem Bruder, in einem Raum aufzuhalten, ohne den Drang zu verspüren, alles auseinanderzunehmen. Auch wenn Zev selten nach Hause gekommen war, so hatte er doch den Kontakt zu seiner Familie aufrechterhalten und von dem immer größer werdenden Graben zwischen Beau und Duncan gehört. Als Duncan am Abend von Beaus Verlobung das Haus ihrer Eltern betreten hatte, war Zev deshalb auch kurz davor gewesen, auf Duncan loszugehen. Doch dann war ihm berichtet worden, dass Beau es geschafft hatte, Torys Tod hinter sich zu lassen und sich mit Duncan auszusöhnen.

An jenem Tag hatte Zev sich gefragt, ob er auch einen Weg finden könnte, alles Geschehene hinter sich zu lassen. Aber der einzige Mensch, mit dem er in die Zukunft blicken wollte, war Carly. Vor dem heutigen Tag hatte er sie nur einmal wiedergesehen, und damals hatte sie ihm eindeutig zu verstehen gegeben, dass sie über ihn hinweg war.

»Ich weiß, was ich gesagt habe.« Zev sah Beau ernst an. »Aber, Mann, hättest du mich nicht vorwarnen können? Du und Char seid gut mit ihr befreundet. Ihr wusstet, dass sie mit Cutter hier sein würde. Was soll der Mist?«

»Hey, ich habe keine Ahnung, was da zwischen ihr und Cutter läuft.« Beau schaute zu Charlotte hinüber, die mit Morgyn und ihrer toughen Schwester Sable – nur eine der vielen Montgomery-Schwestern, die zu der Hochzeit gekommen waren – in ihre Richtung kamen. »Aber bitte sag jetzt nicht, dass du dich während unserer Flitterwochen nicht mehr um unsere Tiere kümmern willst.« Er hatte Charlotte mit einer Woche Urlaub in dem kleinen französischen Dorf überrascht, in dem ihre Großeltern mütterlicherseits gelebt hatten.

Vor seiner sagenhaften Entdeckung hatte Zev zugesagt, in ihrem Gasthof zu wohnen und auf ihre Hühner und den diebischen Hund Bandit aufzupassen, da keiner seiner Geschwister Zeit hatte. Gestern Abend hatte er veranlasst, dass die übrigen kleineren Konkretionen, die er gefunden hatte, an das meeresbiologische Labor seines Cousins Noah außerhalb der Stadt geschickt wurden, damit er seine Funde präparieren konnte, solange er sich um den Gasthof kümmerte. Unaufhörlich hatte er seitdem überlegt, welches seiner Geschwister er dazu überreden konnte, für ihn einzuspringen. Aber nachdem er nun erfahren hatte, dass Carly hier lebte, wusste er nicht mehr, was er überhaupt wollte.

»Die Pferde stehen bei Hal auf der Ranch, also brauchst du die Boxen nicht auszumisten«, sagte Beau, als brächte er ein Verkaufsargument vor. »Ich weiß, dass du im Moment viel um die Ohren hast, aber niemand sonst kann das übernehmen.«

»Ganz richtig, ich kann auf keinen Fall bleiben«, sagte Nick. »Ich fahre Ende der Woche nach Virginia, um dort ein paar Pferde zu kaufen.«

»Morgyn und ich reisen morgen für zwei Wochen nach Seattle ab, und alle anderen sind auch gleich morgen schon wieder weg«, fügte Graham hinzu. »Jilly und Jax haben eine

Fashion Show und werden zwei Wochen lang weg sein, und Mom und Dad haben Termine wegen dem Ausbau des Weinguts.« Die Familie ihrer Mutter besaß einen Weinbaubetrieb namens Hilltop Vineyards, und ihr Vater half als Ingenieur bei den Bauplänen. »Tut mir leid, Zev, aber das bleibt an dir hängen.«

Charlotte stellte sich zu Beau. In ihrem märchenhaften Hochzeitskleid, das Jillian und Jax, beide Modedesigner, für sie kreiert hatten, sah sie hinreißend aus. Beau legte den Arm um sie und gab ihr einen Kuss. Seinen Bruder so glücklich und so verliebt zu sehen, rief Erinnerungen an das Gefühl wach, mit dem Menschen zusammen zu sein, den er liebte. Noch einmal schaute Zev verstohlen zu der einzigen Frau, die so ziemlich alle Gefühle bei ihm ausgelöst hatte. Vielleicht wusste er nicht, was er wollte, aber eines war sicher: Abzureisen war nicht mehr seine erste Priorität.

»Keine Sorge«, sagte Zev. »Ich würde euch niemals hängen lassen.«

»Das sagst du sicher zu allen Frauen, *Vorspiel*«, meinte Sable mit hochgezogenen Augenbrauen und brachte damit seine Brüder zum Schmunzeln.

»Das wüsstest du wohl gern, wie?«, konterte Zev. Morgyn hatte ihm den Spitznamen Vorspiel verpasst, weil sie ihn für den Typ Mann hielt, den Frauen sich gerne für ein kurzes Vergnügen aussuchten, aber niemals für etwas Langfristiges. Zev sah das ganz genauso und war damit völlig zufrieden.

»Du starrst Cutter und Carly jetzt schon so lange an, dass ich mich allmählich frage, wer von beiden dein Typ ist«, stichelte Morgyn.

»Du weißt genau, dass ich nicht so gepolt bin, Sunshine. Und wenn, dann wäre *dieser* Cowboy mit Sicherheit nicht mein

Typ.« Zev nahm noch einen Schluck Tequila, während sein Blick wieder zu Carly wanderte. Jillian und Jax hatten sich zu ihr und Cutter gesellt, und wie es aussah, amüsierten sie alle sich hervorragend.

»Witzig, mir kam eben der Gedanke, dass ich einen Cowboy gerade gut gebrauchen könnte.« Sable warf sich ihre Haarmähne über die Schulter und wandte sich Nick zu. »Was meinst du, starker Mann? Sind diese ganzen Muskeln auch für die Tanzfläche geschaffen oder können die nur auf deiner Ranch schuften?«

»Baby, es gibt nichts, was dieser Körper nicht kann.« Nick legte die Hand auf Sables Rücken und führte sie zur Tanzfläche.

»Ich will auch tanzen!«, rief Morgyn. Sie zog Graham hinter sich her und gemeinsam folgten sie Nick und Sable.

Charlotte nahm Beaus Hand. »Sie spielen gerade unser Lied, geliebter *Ehemann*. Lass uns auch tanzen.« Sie trat näher an Zev heran und flüsterte ihm zu: »Carly beißt nicht.«

»Tja, das ist wirklich zu schade, meine Süße«, meinte Zev grinsend. »Sie hat ihren sexy Mund immer so gekonnt eingesetzt.«

Charlotte quietschte erfreut auf. »Wenn du sie fragst, knabbert sie bestimmt gern ein bisschen.«

»Komm, schöne Frau. Ich bin mir ziemlich sicher, dass Zev in solchen Dingen keine Nachhilfe braucht.« Beau führte sie fort und ließ Zev mit seinen schmutzigen Gedanken über Carly und ihren talentierten Mund zurück.

Niemand wusste, dass Zev und Carly sich zufällig in Mexiko begegnet waren, als sie in dem Jahr nach Torys Tod ihre Frühlingsferien dort verbracht hatte. Er hatte gerade eine Tauchexpedition abgeschlossen und saß in einer Bar, als er ihr ansteckendes Lachen gehört hatte. Er war davon ausgegangen, dass er sich das nur eingebildet hatte, aber dann hatte er sie am anderen Ende der Kneipe gesehen, unfassbar schön und verlockend vertraut. Als sich ihre Blicke getroffen hatten, war ein flammendes Inferno zwischen ihnen aufgelodert, und die überwältigenden Gefühle, die er versucht hatte zu vergessen, hatten ihn fast verschlungen. Schon immer war ihre Verbindung so stark gewesen, dass sie sich ihre Gedanken ohne viele Worte mitteilen konnten, und in jener Nacht war es nicht anders. Sie sprachen nicht über Tory, auch nicht darüber, dass er Pleasant Hill verlassen hatte. Eigentlich sprachen sie überhaupt nicht viel. Zev hatte gesagt, er wäre nicht in der Lage, irgendwelche Versprechungen zu geben, woraufhin Carly entgegnete: *Ich will keine Versprechungen. Ich will nur diese Nacht.* Eine einzige unglaubliche Nacht hatten sie miteinander verbracht. Damals war Zev bewusst geworden, dass er einen Fehler begangen hatte, als er einfach so gegangen war, und er hatte gedacht – *gehofft* –, dass sie vielleicht wieder zueinander finden würden. Doch als er am nächsten Morgen aufgewacht war, war Carly spurlos verschwunden und hatte ihn verwirrt, verletzt, wütend zurückgelassen, und mit dem festen Entschluss, dass er sich nie wieder so fühlen wollte.

Als er jetzt sah, wie sie diesem dämlichen Cowboy ihr strahlendes Lächeln schenkte, akzeptierte er die Wahrheit, die er jahrelang zu leugnen versucht hatte. Carly Dylan hatte nicht nur sein Herz erobert, als sie noch Kinder waren. Sie hatte sein ganzes Wesen – seine Gedanken, seinen Körper und seine Seele – eingenommen, und es würde ihr noch weit über seinen Tod hinaus gehören.

Ende des Auszugs

Wenn Ihnen die Vorschau gefallen hat, können Sie *Der Liebe auf der Spur* direkt bei Ihrem Online-Buchhändler bestellen!

Kommen Sie mit nach Seaside!

Die Serie *Seaside Summers* erzählt die unterhaltsamen, prickelnden Geschichten einer Gruppe von Freunden, die jedes Jahr den Sommer gemeinsam in ihren Ferienhäusern am Cape Cod verbringen. Sie sind witzig, sexy und so sympathisch unvollkommen, dass man am liebsten gleich dazugehören würde.

Verlieben Sie sich mit Bella und Caden in *Träume in Seaside* dem ersten Band der Serie *Seaside Summers*

Bella Abbascia ist wie jeden Sommer in die Ferienhaussiedlung Seaside in Wellfleet, Cape Cod zurückgekehrt. Doch in diesem Jahr hat Bella mehr vor, als mit ihren Freundinnen in der Sonne zu liegen und sich beim Nacktbaden zu vergnügen. Sie hat ihren Job gekündigt, ihr Haus in Connecticut verkauft und jeglichen Männergeschichten abgeschworen, um sich an ihrem Lieblingsort auf Erden ein neues Leben aufzubauen. Der Plan steht – zumindest bis ein Streich der stets zu Scherzen aufgelegten Bella eine böse Wendung nimmt und ein sündhaft attraktiver Police Officer vor ihr steht.

Der alleinerziehende Vater und Polizist Caden Grant hat Boston den Rücken gekehrt, nachdem sein Partner im Dienst getötet wurde. In dem kleinen Ferienort Wellfleet hofft er auf ein sichereres Leben mit seinem vierzehnjährigen Sohn Evan. Als er während einer nächtlichen Streife Bella kennenlernt, wird ihm bewusst, dass er plötzlich gefunden hat, was er sich nie zu erträumen erlaubte – und von dem er nie wusste, dass es ihm fehlt.

Nachdem er sich vierzehn Jahre lang nur auf seinen Sohn konzentriert hat, kann Caden der starken Anziehungskraft der schönen Bella nicht widerstehen, und Bella ist der Intensität ihrer aufkeimenden Liebe ebenso machtlos ausgeliefert. Aber der Neuanfang gestaltet sich schwieriger, als sie beide es sich ausgemalt haben, und dann gerät Evan an die falschen Freunde. Cadens Loyalität wird auf eine harte Probe gestellt. Wird er alles aufgeben, um seinen Sohn zu beschützen – sogar Bella?

Bestellen Sie *Träume in Seaside* bei Ihrem Online-Buchhändler.

Neu bei »Love in Bloom – Herzen im Aufbruch«?

Ich hoffe, Ihnen hat es genauso viel Vergnügen bereitet, die Bradens & Montgomerys und ihre Freunde kennenzulernen, wie mir, über sie zu schreiben. Falls dieser Band Ihr erstes Buch aus der Reihe »Love in Bloom – Herzen im Aufbruch« ist, warten noch jede Menge Geschichten über unsere sexy, selbstbewussten und loyalen Heldinnen und Helden auf Sie.

Die Bradens & Montgomerys (Pleasant Hill – Oak Falls) ist nur eine der Serien aus meiner großen Sammlung von Liebesromanen mit Tiefgang, Humor und Happy-End-Garantie. In allen Büchern finden Sie eine abgeschlossene Geschichte, die auch für sich allein gelesen werden kann. Figuren aus den einzelnen Serien und Büchern der weitverzweigten »Love in Bloom – Herzen im Aufbruch«-Familien tauchen immer wieder auch in den anderen Bänden auf. So verpassen Sie nie eine Verlobung, eine Hochzeit oder eine Geburt. Wenn Sie mögen, lernen Sie doch auch die anderen Serien der Reihe kennen! Eine vollständige Liste aller auf Deutsch erschienenen und geplanten Bücher gibt es am Ende des Buches und unter dem folgenden Link finden Sie weitere Informationen:
www.MelissaFoster.com/Herzen-im-Aufbruch

Danksagung

Es hat mir großen Spaß gemacht, Knox' und Aubreys Geschichte zu schreiben und ihre Familien kennenzulernen. Mir sind sie alle ans Herz gewachsen, und ich freue mich schon darauf, auch die Liebesgeschichten ihrer Geschwister auf Papier zu bringen! Allerdings wird kein Buch im Vakuum geschrieben. Ich bin meinem Team, das hinter den Kulissen arbeitet, unendlich dankbar dafür, dass es mich im Fluss und gleichzeitig am Boden hält. Zudem werde ich tagtäglich von meinen Lesern inspiriert. Wir unterhalten uns in meinem Fanclub auf Facebook angeregt über unsere heißen Helden und frechen Heldinnen. Machen Sie mit! Und wer weiß, vielleicht bekomme ich von Ihnen die Inspiration zu einer Geschichte oder einer Figur und Sie landen in einem meiner Bücher, wie es mehreren Mitgliedern meines Fanclubs bereits passiert ist.
www.Facebook.com/groups/MelissaFosterFans

Wenn Sie meine Facebook-Autorenseite abonnieren, bleiben Sie in Bezug auf Ihre Lieblingshelden immer auf dem Laufenden. Zudem erfahren Sie alles über Neuerscheinungen, besondere Angebote und Events.
www.Facebook.com/MelissaFosterAuthor

Wenn Sie sich für den Familienstammbaum, Erscheinungstermine, Serienübersichten und Ähnliches interessieren, sollten Sie unbedingt meine »Reader Goodies«-Seite (in englischer

Sprache) besuchen. Die Serien-Checkliste gibt es jetzt auch auf Deutsch!

www.MelissaFoster.com/Reader-Goodies

Wie immer gilt mein Dank auch meinem wunderbaren Team aus Lektorinnen und Korrektorinnen: Kristen Weber, Penina Lopez, Elaini Caruso, Juliette Hill, Marlene Engel, Lynn Mullan und Justinn Harrison, genauso wie meinem deutschen Team: Anna Wichmann, Cathérine Fischer, Rabea Güttler und Judith Zimmer. Und natürlich werde ich meinem Herzallerliebsten Les und dem Rest meiner Familie, die mit mir über meine fiktive Welt spricht, als wäre sie real, auf ewig dankbar sein.

DIE VOLLSTÄNDIGE REIHE

Love in Bloom – Herzen im Aufbruch

Für noch mehr Vergnügen lesen Sie die Bücher der Reihe nach.
Sie werden in jedem Band bekannte Figuren wiederfinden!

Die Snow-Schwestern

Schwestern im Aufbruch
Schwestern im Glück
Schwestern in Weiß

Die Bradens (Weston, Colorado)

Im Herzen eins – neu erzählt
Für die Liebe bestimmt
Freundschaft in Flammen
Wogen der Liebe
Liebe voller Abenteuer
Verspielte Herzen
Ein Fest für die Liebe (Hochzeits-Geschichte)
Nachwuchs für die Liebe (Savannahs & Jacks Baby)
Happy End für die Liebe (Hochzeits-Geschichte)
Weihnachten mit den Bradens (Kurzgeschichte)

Die Bradens (Trusty, Colorado)

Bei Heimkehr Liebe
Bei Ankunft Liebe
Im Zweifel Liebe
Bei Rückkehr Liebe
Trotz allem Liebe
Bei Aufprall Liebe

Die Bradens (Peaceful Harbor)

Geheilte Herzen
Voller Einsatz für die Liebe
Liebe gegen den Strom
Vereinte Herzen
Melodie der Liebe
Sieg für die Liebe
Endlich Liebe – ein Braden-Flirt

Die Remingtons

Spiel der Herzen
Im Dschungel der Liebe
Herzen in Flammen
Herzen im Schnee
Liebe zwischen den Zeilen
Von der Liebe berührt

Die Bradens & Montgomerys (Pleasant Hill – Oak Falls)

Von der Liebe umarmt
Alles für die Liebe
Pfade der Liebe
Wilde Herzen
Schenk mir dein Herz
Der Liebe auf der Spur
Verrückt nach Liebe
Liebe süß und sündig

…

Die Whiskeys: Dark Knights aus Peaceful Harbor

Tru Blue – Im Herzen stark
Truly, Madly, Whiskey – Für immer und ganz
Driving Whiskey Wild – Herz über Kopf
Wicked Whiskey Love – Ganz und gar Liebe
Mad About Moon – Verrückt nach dir
Taming My Whiskey – Im Herzen wild
The Gritty Truth – Kein Blick zurück
In For A Penny – Süßes Glück

…

Seaside Summers

Träume in Seaside
Herzen in Seaside
Hoffnung in Seaside
Geheimnisse in Seaside

…

Entdecken Sie Melissa Fosters Bücher auch auf:
www.MelissaFoster.com/Herzen-im-Aufbruch

9 781948 868730